화이트 래빗

# 화이트
# 래빗

이사카 고타로 장편소설
김은모 옮김

현대문학

**흰토끼** White Rabbit

루이스 캐럴의 『이상한 나라의 앨리스』와 『고지키古事記』에 실린
「이나바의 흰토끼」에 등장하는 흰토끼가 특히 유명.
아무튼 토끼에 얽힌 관용구는 묘妙하게 많다.

 **레 미제라블** Les Misérables

프랑스 작가 빅토르 위고가 1862년에 발표한 대하소설.
일본에서는 『아아 무정』이라는 제목으로 시민권을 얻었다.
지금까지 헤아릴 수 없을 만큼 많이 영화화, 드라마화, 무대화되
었지만 당신의 지인 중에 소설 전권을 정독했다는 분은 무정하
게도 극히 적으리라.

 **밤** Night

하늘에서 태양이 사라진 시간대. 도둑과 인질범이 바라 마지않
는 암흑이 찾아온다.

 **오리온자리** Orion

겨울 별자리. 타악기인 장구와 비슷하게 생겼다 하여 일본에서
는 '장구별'로도 불렸다.
더 많은 깨알 지식은 본 작품을 참고할 것.

# 화이트 래빗에 관하여

10대 시절에 읽은 미스터리 소설 가이드북에 아이라 레빈의 데뷔작 『죽음의 키스』가 이렇게 소개되어 있었습니다.

'누워서 읽다가 어느 부분에 다다르면 놀라서 몸을 벌떡 일으킨다.'

설마 그럴 리가 있겠나 싶어 냉큼 『죽음의 키스』를 읽어 보았는데, 실제로 도중에 놀라서(누워 있지는 않았으므로 몸을 벌떡 일으키지는 않았습니다만) "장난 아니네!" 하고 흥분했습니다.

그때의 기억이 내내 남아 있었기 때문이겠지요. 언젠가는 나도 그렇게 독자가 읽다가 깜짝 놀랄 만한 소설을 쓰고 싶다고 생각했고, 그런 마음으로 이번 작품 『화이트 래빗』을 완성했습니다.

이야기를 읽는 도중에 "어? 이거 어떻게 된 거지" 하고 독자가 고개를 갸웃하다가 나중에 가서 "아아, 그런 거였구나!" 하고 유쾌한 기분을 느끼시길 바라는 마음으로 가득합니다.

또한 이번 소설을 쓸 때는 제 작품 『러시 라이프』도 자주 생각났습니다. 『러시 라이프』는 지방 도시 센다이를 무대로 삼아 범죄를 그려 낸 미스터리 작품으로, '시간'에 관련된 트릭을 사용했는데요, 『화이트 래빗』도 센다이를 무대로 삼아 범죄를 그려 냈고 묘수를 준비해 두었습니다. 덧붙여 양쪽 다 도둑 구로사와가 등장합니다. 한쪽이 형이고 한쪽이 동생이라는 건 아니지만, 두 작품은 외모가 약간 다른 형제같이 느껴지기도 합니다.

데뷔하고 나서 지금까지 제 마음 내키는 대로 다양한 스타일의 소설을 써 왔기 때문인지 미스터리 작가가 아니라고 생각하시는 분도 많습니다만(그건 그것대로 싫지 않습니다만) 원래 '수수께끼'와 '묘수', '놀라움'이 가득한 미스터리가 좋아서 소설을 쓰기 시작했으므로 이번 『화이트 래빗』은 미스터리 작가인 제게 무척 소중한 작품입니다.

한국 독자 여러분이 재미있게 읽어 주시면 좋겠습니다.


2018년 3월
이사카 고타로

"그래, 어떻게 여기에 머무르느냐, 그게 어려워."

"아니에요, 그렇지 않습니다." 포슐르방이 말했다. "여기서 나가기가 어렵죠."

장 발장은 심장의 피가 거꾸로 흐르는 느낌이었다.

"여기서 나간다!"

"아무렴요, 마들렌 씨. 다시 들어오려면 일단 여기서 나가야 하고말고요."

_빅토르 위고,『레 미제라블』에서

흰토끼 사건이 발생하기 한 달쯤 전, 우사기타 다카노리는 도쿄 도내에서 차를 세우고 하늘을 바라보고 있었다. '흰토끼 사건이 발생하기 한 달쯤 전'이라는 표현은 적합하지 않을지도 모르겠다. 이미 사건의 막이 올라 이 장면은 흰토끼 사건의 일부라고도 할 수 있으니까. 하기야 그렇게 따지자면 애당초 센다이 시의 단독주택에서 발생한 인질 농성 사건을 흰토끼 사건이라고 부르는 사람은 한 명도 없으니 자잘한 점은 그냥 넘어가자.

아무튼 우사기타 다카노리는 승합차를 어두운 도로변에 대고 겨울 하늘을 바라보며 아내 와타코 쨩을 생각했다. 밖에 있을 때는 늘 와타코 쨩을 떠올리며 빨리 보고 싶다, 애정을 활활 불태우고 싶다고 생각하지만 이때는 우연히 올려다본 밤하늘에 오리온자리가 있어서 와타코 쨩이 들려준 신화가 생각났다.

거인 오리온은 바다의 신 포세이돈의 아들이야. 사냥을 잘한 답시고 뻐기는 모습을 아니꼽게 여긴 여신이 그에게 전갈을 보냈지. 전갈은 몸을 숨기고 오리온에게 살금살금 기어가서 독침으로 푹 찔렀대. 한다하는 오리온도 독은 이겨 내지 못하고 생을 마감했어.

"그래서 전갈자리가 하늘에 보이면 오리온자리는 달아나듯이 가라앉는 거야. 오리온이 다르게 죽었다는 설도 있지만."

와타코 짱에게 초보 중의 초보랄 수 있는 별자리 지식을 듣고 우사기타는 크게 감동했다. 그저 조그마한 점으로 취급했던 별자리에 그런 드라마가 숨어 있었다니, 역시 내 아내는 달라도 뭔가 좀 다르다면서.

오리온자리는 육안으로 찾기 쉬운 별자리의 만형 격이다. 삼형제별이라고 불리는 이등성을 기준으로 위아래에 빛나는 별을 찾으면 된다. 오각형 밑에 사다리꼴을 붙인 듯한 모양이라고 할 수도 있겠다. 재미를 빼앗는 것 같아서 미안하지만 이 오리온자리가 흰토끼 사건 전반에 크게 얽혀 있으며, 이야기의 밑바탕을 수놓고 있다는 사실을 미리 알려 주도록 하겠다.

"하지만 별자리는 알아보기 힘들잖아. 별 사이에 선을 찍찍 긋고 전갈로 보인다고 우긴들 하나도 공감이 안 돼. 억지가 심하다고."

"그렇게 낭만 없는 소리 하는 거 아니야." 와타코 짱이 발끈한 듯 대꾸하기에 우사기타 다카노리는 "농담이었쩨요" 하고 둘이 있을 때만 쓰는 어린아이 말투로 대답했다.


"아이고, 많이 기다렸지. 미안해." 이노다 마사루가 돌아왔다. 도롯가 전신주 뒤에 숨어서 소변을 보고 오는 길이다.

우사기타는 운전석에 올라타고 시동을 걸었다.

"안에서 기다리지 그랬어." 이노다가 미안한 듯이 말했다. 할아버지라고 불러도 될 만큼 나이를 먹었지만, 책임감이고 자존심이고 없는지 지시를 받지 않으면 일을 하지 못해 우사기타가 시키는 대로 움직일 뿐이다.

"별을 보고 있었어, 별 말이야."

"별이라."

두 사람은 젊은 기업가가 설립한 벤처기업 같은 단체에 소속되어 있었다. 사람을 유괴하니까 제대로 된 회사는 아니지만, 제대로 된 회사가 대부분 그러하듯 업무를 분담한다. 유능하고 냉혹한 우두머리와 몇몇 간부 그리고 각 현장 담당자로 구성되는데, 우사기타 다카노리 팀은 말하자면 매입 담당이다. 즉, 지정된 사람을 끌고 오는 역할이다. 이노다와 한 팀이 된 지 꽤 오래됐지만, 서로 간에 내력과 사생활에 대해서는 거의 모른다. 이노다 마사루에게 우사기타 다카노리는 나이가 젊다고는 하나 엄하고 무서운 상사이므로 설마 그가 집에서 아내에게 "었쩌요"를 연발하리라고는 상상도 못 할 것이다.

"그러고 보니 오늘 '창고'는 몇 번이었더라?"

"잘 좀 외워 놔, 멍청아. 2번이잖아."

"미안해."

"에이, 쯧."

뒤에서 소리가 났다. 이노다 마사루가 살짝 돌아보았다. "뒤쪽 괜찮을까? 포장이 허술했나."

"그냥 구른 거 아니야? 아까 차 세웠을 때도 뒹굴뒹굴하는 것 같았는데."

30분쯤 전에 여자를 차에 밀어 넣었다. 일단 니시아자부 뒷길에서 밥을 먹고 나온 여자를 쫓아가 말을 걸었다. 예상대로 무시당했고, 그사이에 앞질러 가 있던 이노다 마사루가 여자의 머리에 봉투를 씌웠다. 즉시 얼굴을 가까이 대고 경고했다. 2년 전 처음 이 일을 맡았을 때만 해도 정해진 대사를 틀리지는 않을까 잔뜩 긴장해서 떨리는 목소리로 간신히 더듬더듬 말했지만, 지금은 여유만만하게 "약속 하나, 인질로 잡혀 있는 동안 잡담은 삼가 주세요", "약속 둘, 인질로 잡혀 있는 동안 휴대전화 사용은 삼가 주세요", "약속 셋, 인질로 잡혀 있는 동안 주변 사람에게 폐가 되는 행동은 삼가 주세요" 하고 영화 상영 전에 흘러나오는 주의 사항처럼, 아니 실제로 그걸 패러디해서 즐겁게 말할 수 있게 되었다.

이 명랑한 안내 방송 같은 말투가 의외로 효과적이라, 경고를 들은 인질은 차분함을 되찾을 때가 많다. 윽박지르며 겁을 주기보다 찬찬히 타이르는 편이 나은 모양이다. 이날 붙잡은 여자도 곧바로 얌전해졌다. 물론 몸부림을 좀 치기는 했지만 이노다 마사루가 둘러메고 승합차 뒷자리에 싣고 나서도 운반용 자루에 넣을 때까지는 크게 저항하지 않았다. 자루에 달린 지퍼를 잠그자 비로소 악을 쓰며 난리를 쳤지만 "숨은 쉴 수 있습니다. 약속 넷, 이쪽은 절대 당신을 해치지 않는답니다. 이래 봬도 우리는 프로라서" 하고 달래자 조용해졌다.

좁은 길로 들어가자 차가 약간 흔들렸다. 빈 깡통을 밟았는지 개가 깽 하고 우는 듯한 소리가 울려 퍼졌다.

"요전에 텔레비전에서 봤는데, 티베탄 마스티프라는 놈이 있대." 이노다가 말했다.

"무슨 질병 이름이야?"

"개래. 티베트의 큼지막한 개. 부자들 사이에서 유행한 모양이야. 가격이 몇억대라나. 억, 억대 개라니 진짜 어마어마하다."

"억? 그걸 누가 사는데?"

"개보다는 돈 자랑하기를 좋아하는 사람들이 사겠지."

"우리 회사도 그쪽으로 방향을 전환하는 게 낫지 않을까? 사람을 납치하기보다 개를 키우는 쪽으로."

"그건 아니라고 보는데."

"그야 개가 사람은 아니니까 똑같이 취급할 수는 없겠지."

"그런 뜻이 아니고 유행이 끝났대. 그런 것도 거품이 있나. 티베탄 마스티프의 인기가 낮아지니까 가격도 낮아지고 덩달아 개도 남아도는 것 같더라고. 개가 처치 곤란이라더라."

우사기타 다카노리는 방석처럼 푹 퍼진 티베탄 어쩌고가 창고에 산더미처럼 쌓인 모습을 상상했다. "그렇군. 그런 의미에서 우리 사업은 빈틈이 없어."

"어떤 의미에서?"

"개는 기분이나 시세에 따라 살까 말까 마음이 변하잖아. 하지만 가족은 언제나 소중하지. 유행을 타지 않아. 시세에 관계없이 가족의 가치는 아주 높게 책정돼. 사람의 목숨은 돈으로 환산할 수 없지. 개랑 달리 안정되어 있다고. 게다가 우리는 돈으로는 환산할 수 없는 소중한 목숨을 돈과 교환해 주니까 양심적이잖아."

"아아, 그렇군. 맞는 말이야."

유괴는 위험성이 높다. 수지가 맞지 않는 사업이다. 보통은 그렇게 인식한다. 아니, 정확하게 말해 유괴로 사업이 가능할지 셈해 보는 사람은 아무도 없겠지만, 아무튼 수지가 맞지 않는 것은 사실이다. 그러므로 그들이 속한 조직은 위험성을 최대한 낮출 방법을 궁리했다. 어떤 업종에서든 창의성을 발휘해 어려운 상황을 타개할 대책을 세우는 사람이 성공하는 법이므로, 그들이 속한 조직이 번창하는 것은 당연하다면 당연하다.

그렇다면 어떻게 위험성을 낮추었을까.

예를 들어 몸값은 상대가 감당할 수 있는 범위로 한정한다. 너무 큰 부담을 주지 않는다. 돈에 연연하지 않는다. 몸값을 받을 때가 범인에게 제일 위험하다면 안 받으면 된다. 역발상이라고 할 만큼 확 뒤엎지는 못했는지도 모르지만, 요컨대 이거다. 인질을 돌려주는 대신 상대에게 뭔가 시킨다. 좀 둘러 가더라도 결과적으로 이익이 난다면 굳이 돈을 고집할 필요는 없다. '금방 손에 들어오지만 위험한 방식'과 '효과는 천천히 나타나지만 안전한 방식'이 있다면 후자를 택하겠다는 자세다.

주식을 대량으로 구입한다. 법안을 통과시킨다. 법률을 위반한다. 법률을 엄수한다. 수술을 하지 않는다. 수술을 한다. 사고를 일으킨다. 물건을 훔친다. 예술가를 후원한다. 예술가의 명예를 실추시킨다.

인질과 교환하는 조건으로 그런 일을 부탁한다.

우사기타는 경찰에도 조직이 시키는 대로 하는 자가 있다는 이야기를 들은 적이 있다. 인질을 잡힌 건지 아니면 빚이 있는지 경찰로 일하면서 정보를 넘겨주는 자가 있다고.

"경찰이 제 할 일을 똑바로 못 하는데 도대체 뭘 믿으란 말이야. 범죄를 저지르는 입장에서는 고맙지만."

유괴 대상은 대부분 어린아이가 아니라 성인이다. 아이는 천사라서가 아니다. 어른 쪽이 통제하기 쉽기 때문이다. 이익과 손해를 저울에 달아서 설득할 수 있다. 논리적으로 설명한 후 좁은 방에 가둬 놓고 관리하기도 용이하다.

우사기타가 운전하는 차는 전조등 불빛으로 도로 중앙선을 비추며 달렸다. 밤의 도로는 어둠에 어둠을 물고 이어졌다.

"그러고 보니 그 이야기 들었어? 경리 이야기."

"개 다음에는 경리야?" 이노다 마사루의 이야기는 늘 자유자재로 이리저리 튄다. "도망쳤잖아. 어차피 붙잡힐 테지만."

조직의 자금을 관리하는 여자가 행방을 감추었다.

"벌써 잡은 것 같더라."

"아, 그래? 어떻게 됐어?" 물어보기는 했지만 우사기타는 대답을 듣지 않아도 대충 상상이 갔다. "다음부터는 조심해." 그런 말로 끝날 리 없다. "그나저나 왜 도망친 거야? 그 경리 꽤 오래 전부터 일해서 이 바닥에서는 우리보다 잔뼈가 굵잖아. 해묵은 원한이라도 쌓였나?"

성희롱이라도 당했나 싶었지만 그들이 속한 조직을 통솔하는 남자, 내력을 포함해 자세한 내용은 나중에 이야기에 등장했을 때 알려 주겠지만 아무튼 그 우두머리 외의 다른 간부들은 사고방식이 합리적이라 감정이나 성적 충동보다 논리를 중시하는 측면이 있으므로 지위를 이용해 경리를 괴롭힐 것 같지는 않았다.

"다 남자 때문이지." 이노다가 말했다.

"남자 때문?"

"남자의 꾐에 넘어가서 조직의 돈에 손을 댄 모양이야. 왜, 그 자식 있잖아, 그 자식, 오리오. 컨설턴트 오리오오리오."

"진짜야?" 우사기타는 몇 번 마주친 적 있는 오리오의 얼굴을 떠올렸다. 동그란 얼굴에 안경을 꼈고, 정수리는 머리숱이 적어 조금 허전하며, 체격은 통통하다. 성은 오리오, 이름은 유타카이지만 조직 사람들은 대부분 그의 이름을 제대로 모르고서 어느 위대한 만화가의 이름에 빗댄 건지 아니면 앞에서 읽으나 뒤에서 읽으나 똑같은 이름이 재미있어서 그러는 건지 보통 오리오오리오라고 불렸다.

"컨설턴트는 대체 뭘 하는 직업일까." 이노다 마사루가 지나가는 말처럼 중얼거렸다.

"몰라."

"나는 오리오오리오처럼 인상이 너글너글하고 말발이 좋은 놈은 영 믿음이 안 가." 그렇게 말하며 이노다는 스마트폰을 나이에 비해서는 재빠르게 조작했다. 우사기타에게는 보이지 않지만 '컨설턴트'라고 검색 화면에 입력해서 알아보는 중이었다.

"여기까지는 옳다고 할 수 있을 듯하다고 추론하는 것이 특기." 이노다가 검색 결과를 읽었다.

"뭐야 그게."

"여기 그렇게 쓰여 있어. 컨설턴트는 '여기까지는 옳다고 할 수 있을 듯하다고 추론하는 게 특기'래. 옳다고 할 수 있을 듯하다니 엄청 애매하잖아."

"그렇게 말하면 성실한 컨설턴트는 열받을걸."

"뭐, 좋은 컨설턴트도 많기야 하겠지."

"아무 근거도 없이 단정하는 점쟁이보다는 낫잖아."

"글쎄." 이노다는 회의적으로 말했다. "단정하면 떳떳해 보이기나 하지. 애매모호한 표현으로 얼렁뚱땅 넘기는 건 무책임하고 약아빠진 짓이야. 게다가 왜, 놈은 점쟁이 비슷한 말만 늘어났잖아. 툭하면 그 별, 뭐더라."

"오리온자리."

"그래, 맞아, 오리온자리. 그 이야기뿐이었어. 분명 자기 이름이 오리오라서 그럴 거야."

"오리온자리 하면 오리오, 오리오 하면 오리온자리." 우사기타 다카노리도 오리오가 종이에 점을 찍고 "자, 세상만사 중요한 모든 일은 오리온자리 모양으로 나타낼 수 있습니다" 운운하며 자신만만하게 이야기하던 모습이 떠올랐다.

예를 들면 한복판에 점 세 개를 나란히 찍고 "귀사가 소중히 새겨야 할 이념을 세 가지 들겠습니다" 하고 말하는 식이다. 물론 조직원들 입장에서는 귀사는 무슨 얼어 죽을 귀사, 라는 기분이지만 오리오는 개의치 않고 "현재 목표 두 가지를 위에 적을까요. 아래에는 과거의 반성할 점을 두 가지" 하고 써 나간다. 모래시계와 비슷하게 생겼다는 오리온자리의 형상을 모방한 셈이다. "이 구도가 중요합니다."

"그건 오리온자리 모양에 억지로 끼워 맞춘 거지. 무슨 말만 나왔다 하면 오리온자리라니까."

"확실히 그래." 앞서 와타코 짱이 오리온과 전갈에 대한 신화를 우사기타에게 들려주었다고 서술했다. 우사기타가 집에서 "오리오라는 놈은 늘 오리온자리 이야기만 해" 하고 말한 것이 그 시초이지만 정작 우사기타 본인은 까맣게 잊어버렸다.

"별자리는 별끼리 적당히 이어 붙여서 날림으로 만든 거잖아.

별 사이에 선을 찍찍 긋고 전갈로 보인다고 우긴들 하나도 공감이 안 된다니까. 억지가 따로 없어."

"그렇게 낭만 없는 소리 하는 거 아니야." 우사기타는 무의식적으로 예전에 와타코 짱이 한 말을 따라 했다.

"응?"

"그래서 오리오가 어쨌는데? 경리를 어떻게 꼬드겼어?"

"뭐, '그대는 여신 아르테미스다' 같은 말로 적당히 구워삶았겠지."

"그게 누군데?"

"오리온의 연인."

"그걸 어떻게 알아? 그나저나 낫살이나 먹고 여신이니 뭐니 그딴 소리 하지 마. 소름 끼치니까."

"나이가 무슨 상관이람." 이노다는 약간 발끈했다. "아르테미스에 관해서도 오리오오리오한테 들었어. 그 사이비 컨설턴트는 오리온자리 이야기만 나왔다 하면 사람 가리지 않고 해설을 늘어놓잖아. 오리온자리 학계의 제일인자라고 자부하는 걸까?"

"오리온자리 학계라니 그딴 게 어디 있어. 아무튼 아르테미스가 뭐 어쨌는데?"

아르테미스의 오빠 아폴론은 두 사람을 결혼시키기 싫은 나머지 무서운 작전을 실행에 옮긴다. "활로 저 바다에 보이는 바위를 맞힐 수 있겠느냐?" 하고 여동생을 부추긴 것이다. 동생 아르테미스는 "물론이지" 하고 활을 쐈지만, 실은 바위가 아니라 오리온의 머리였다는 경악스러운 결말이 기다리고 있다. 무시무시한 그리스 신화의 세계, 속인 쪽도 어지간하거니와 속은 쪽도 어지간하다.

"어떻게 연인의 뒤통수를 바위로 착각할 수 있는 거지?" 이노다의 이야기를 듣고 우사기타도 인상을 찌푸렸다.

"그런 의미에서 놈이 하는 짓은 그 이야기에 가까운지도 모르겠어. 머리가 바위라는 믿음을 심어 준다고 할까, 자신만만하게 가슴을 펴고 요령 있는 말솜씨로 여기까지는 옳다고 할 수 있을 것 같다며 남을 꼬드기는 거지."

"그 수작에 경리가 걸려들었다?"

"아아, 응. 아직 해결은 못 한 모양이지만."

"해결을 못 했다고, 왜?" 붙잡았으니 다 끝난 것 아닌가.

"경리가 조직의 돈을 어느 계좌로 빼돌렸대."

"돈을?"

"한 방에 거의 전부 다. 자금이 행방불명된 셈이지. 오리오오리오가 그러라고 시켰을 거야." "제법이네." "게다가 그 사실이 밝혀졌을 때 경리는 이미." "입이 있어도 말을 못 하게 됐군."

"돈이 흘러간 흔적이 어디 남아 있지 않나 모두 기를 쓰고 찾는 중인가 보더라고."

"오리오오리오가 알겠지."

"그래서 오리오오리오를 쫓고 있대."

"흐음." 우사기타는 전갈자리가 하늘에 나타날 때마다 죽어라 멀어지는 오리온자리를 머릿속에 떠올렸다.

"웃기지만 남의 일이 아닐지도 모르겠어." 이노다는 그렇게 말하면서도 어쩐지 무사태평해 보였다.

"남의 일이야. 우리는 매입 담당이잖아. 회사 경영이랑 경리하고는 아무 상관도 없어. 졸개는 어디까지나 졸개에 지나지 않아. 그쪽 일은 그쪽에서 알아서 처리해야지. 수상쩍은 컨설턴트에게 속은 건 윗사람들이니까."

"들은 바로는 조만간 거래 상대한테 돈을 보내야 한대. 그런데 지금 이대로는."

"돈이 없다 그건가. 사정을 설명하고 양해를 구하는 수밖에. 경리 직원이 숨겼으니 좀 봐주십시오, 하고."

"사정을 이해해 줄 작자들이라면 다행이겠지만."

"그럼 열심히 여기저기 들쑤셔서 돈을 찾아내야겠네. 아니면 오리오를 찾아내든가."

"정말로 남의 일처럼 말하네."

"뭐, 어떻게든 되지 않겠어? 다 그런 거야."

차는 전조등 불빛으로 앞 유리창 너머에 펼쳐진 어두운 밤거리에 구멍을 뚫으며 앞으로 나아갔다.

잠시 후 더 좁아진 길이 숲속으로 이어지자 허름한 맨션이 보였다. 전조등 불빛이 하루 업무의 종점을 희미하게 비추었다. 와타코 짱, 안 자고 기다리고 있을까. 우사기타 다카노리는 안달이 나서 가속페달을 꾹 밟았다.

맨션에 도착해 매입해 온 인질을 다른 담당자에게 넘겼다. 업무를 마친 두 사람은 거기서 헤어졌다.

우사기타 다카노리는 다시 매입하라는 지시가 떨어지기를 기다리며 느긋하게 지냈다.

아침부터 볼링장에서 볼링을 치며 자주 마주치는 볼링 동호회 사람들과 잡담을 나누었고, 영화도 감상했다. 그것도 아니면 집에서 인터넷 중고 시장에 들어가 헌 옷을 사고팔면서 즐거운 시간을 보냈다.

와타코 쨩이 회사에서 퇴근하면 어린아이 말투로 서로에게 응석을 부린 후 손가락으로 간질이다가 뜨거운 사랑을 나눈다.

나는 참 행복한 놈이라고 우사기타 다카노리는 생각했을 것이다. 이런 나날이 영원히 계속되기를 소망하고, 영원히 계속되리라 여겼을 것이다. 제행무상이고 성자필쇠고 간에 나랑 와타코 쨩의 행복한 나날은 영원히 계속될 거야, 미안해 기원정사, 미안해 사라쌍수, 하고 익살스럽게 한 가락 뽑고 싶어질 만큼 그는 매일매일 즐겁게 지냈다. 우사기타가 『헤이케모노가타리平家物語』✢를 알고 있을 가능성은 낮으므로 실제로 한 가락 뽑지는 않겠지만.

✢ 다이라 가문의 번영과 몰락을 그린 13세기 일본의 문학작품. 비파 연주에 맞추어 낭송하는 낭송문학으로, 서장 제1구에 기원정사, 사라쌍수, 제행무상, 성자필쇠라는 어구가 나온다.

유괴 조직에 들어간 지 2년, 참 괜찮은 직업을 얻었다고 감개를 곱씹을 정도였다.

하지만 그러한 기간은 길지 않았다.

그의 여유로운 일상은 봄날 꿈처럼 덧없이 사라졌다.

그날 와타코 짱은 밤늦도록 집에 돌아오지 않았다. 결혼 후는 물론 교제하던 시절을 합쳐도 처음 있는 일이었다. 아내의 스마트폰에 전화를 걸어 봤지만 전원이 꺼져 있다는 음성만 되풀이됐다. 어찌할 바를 모르고 당황하여 경찰에 전화를 할까 말까 망설이는 동안 시간만 흘러갔다.

끔찍한 상상이 차례차례 머리를 스쳤지만 그는 집에서 그저 안절부절못할 뿐이었다.

그날 밤, 자정이 되기 직전에 그의 스마트폰에 전화가 왔다. 통화 버튼을 눌렀을 때 그는 무슨 일이 벌어진 건지 짐작할 수 있었다.

요 2년간 하늘에 대고 뱉은 침이 한 덩어리로 크게 뭉쳐서 머리에 떨어졌다.

"네 아내를 유괴했다."

우사기타는 새카만 텔레비전 화면에 비치는 자기 얼굴을 망연자실 바라보는 것이 고작이었다.

센다이에서 발생한 인질 농성 사건, 아무도 흰토끼 사건이라고는 부르지 않는 그 사건의 초반부에 벌어진 큰일 중 하나는 총을 든 남자가 단독주택에 침입한 것이리라. 날이 저물어 하루의 종반전에 접어드는 시간대다. 그 집 외아들 유스케는 분명 '엄마가 이토록 강했나!' 싶어 감탄을 금치 못했을 것이다. 20대인 자기보다 연약한 몸으로 최선을 다해 지켜 주려 애썼으니 그럴 만도 하다.

위아래로 새카만 옷을 입고 야구 모자를 눌러쓴 남자가 권총을 들이대는데도 어머니는 유스케를 지키고자 몸을 방패 삼아 앞에 나서서 "뭐예요, 뭔데 남의 집에 멋대로 들어와. 나가요! 애를, 유스케를 해코지하지 말아요" 하고 카랑카랑하게 소리를 질렀다. 그녀도 뭐가 뭔지 몰라서 혼란스럽겠지만, 위험을 무릅쓰고 자식을 지키려 하는 그 모습은 감동적이다. 이제 막 시작된 참이라고는 하나 흰토끼 사건에서 눈물을 자아내는 몇 안 되는 장면 중 하나이리라.

좀 조용히 해, 하고 새카만 복장의 남자가 어머니를 협박했다. 좀 앉아, 좀 닥쳐, 좀 얌전히 있어. 남자는 총을 쏘는 대신은 아니겠지만, '좀'이라는 부사와 명령어를 차례차례 발사하며 위협했다.

유스케의 어머니는 그 말이 들리지 않는지 계속 소리쳤다.

"어째서, 왜."

갑자기 들이닥쳐서 무슨 짓이야?

왜 이런 일이!

유스케도 동감이었다. 아무에게도 피해를 주지 않게끔 착실하게, 눈에 띄지 않도록 늘 응달을 고르며 살았는데도 항상 손해를 입는다. 왜일까. 우리가 뭘 어쨌다는 거야.

"엄마, 위험해. 진정해." 유스케는 어머니를 달랬다.

그러는 본인도 뭐가 뭔지, 도대체 뭐가 어떻게 돌아가는지 몰라서 혼란스러웠다.

이 남자는 방금 전에 인터폰을 눌렀다. 유스케와 어머니는 상의한 것도 아니건만 벨 소리를 무시했다. 집에 없는 척하면 방문자가 물러가겠거니 했지만 깜박하고 현관문을 잠그지 않은 것이 실책이었다. 방문자는 문을 멋대로 열었다.

남자는 일단 조용히 집에 들어왔다. 소리가 나지 않게 까치발로 살금살금. 이때까지만 해도 그 역시 일을 크게 벌일 생각은 없었지만, 마침 2층에서 계단을 내려온 유스케 어머니가 남자를 보고 비명을 지르는 바람에 일이 커졌다.

"집에 너희 말고 또 누가 있어?" 남자는 권총을 꺼내고 유스케와 어머니에게 물었다. "다른 가족은? 아버지는 없나?"

유스케는 고개를 저었다. 이 질문으로 그가 유스케네 가족이 몇 명인지 모른다는 사실이 밝혀졌다. 빈틈없는 사전 조사를 거쳐 계획적으로 저지른 범행은 아니라는 뜻이다.

"지금은 우리 둘밖에 없어요." 어머니는 흥분이 가시지 않은 목소리로 대답했다.

"아버지는 일하러 갔나?"

유스케는 바로 대답이 나오지 않았다. 과연 그 남자에게 아버지라는 호칭이 적절한지 의문이 들었기 때문이다. 이렇게 말하면 유스케 아버지가 어떤 인물인지 상상이 가지 않을까. 다른 사람에게는 예의 바른 회사원이자 성실하고 자상한 아버지라는 인상을 주지만, 가정에서는 완전히 다른 사람으로 바뀐다. 아내와 아들에게는 주저 없이 폭언을 퍼붓고 폭력을 행사한다. 유스케는 예전부터 아버지를 볼 때마다 '똘똘 뭉친 남성호르몬 덩어리'라는 생각이 들었다. 공격적이고 경쟁과 순위에 민감하며 지배적으로 행동하기를 좋아하기 때문이다. 덤으로 당연하다는 듯이 밖에서 여자를 만들었다.

그런 인간을 아버지라고 인정하기는 싫었다.

이러저러하다가 남자는 가방에서 접착테이프를 꺼내어 우선 유스케, 다음으로 어머니의 손목에 둘둘 감았다. 물론 두 사람도 저항하지 않았던 것은 아니다. 특히 어머니는 아들이 묶일 때 몸속에서 야수의 기운이라도 불끈 솟아오른 것처럼 덤벼들려고 했다.

어머니를 얌전하게 만든 것은 유스케에게 겨누어진 총구였다. 즉 남자는 어머니를 고분고분하게 만들려면 그녀 자신보다 아들에게 위해를 가하는 편이 효과적임을 알 만큼은 남을 협박하는 데 익숙했다.

자유를 빼앗긴 두 사람은 거실 벽에 등을 대고 앉았다.

"집 안을 살펴보고 올게." 두 사람의 발목을 테이프로 묶고 나서 남자는 말했다.

그러자 유스케 어머니는 "잠깐만요. 남의 집을 멋대로. 아무도 없다니까요" 하고 조금 전보다 더 크게 소리쳤다. "믿어 주세요. 유스케와 저뿐이에요!"

안타깝게도 남자는 그 말을 믿지 않았다. 그는 유스케 어머니의 말을 곧이곧대로 받아들이지 않을 만한 근거를 가지고 있었다. 직감이 아니라 GPS로 측정한 위치 정보이므로 나름대로 정확한 근거였지만 설명해 줄 생각은 없었다.

"지금 집에는 저희밖에 없다고요."

"그럼 살펴봐도 별문제 없겠네." 남자는 울컥했다. "그리고 몰래 숨어 있던 아버지한테 반격당하는 사태는 피해야 할 것 아냐."

그 말을 듣고 유스케는 움찔했다.

남자는 두 사람의 손목과 발목이 단단히 묶여 있는지 확인하고 "너희 이놈 몰라?" 하며 스마트폰을 꺼냈다. 화면에는 웬 남자의 사진이 떠 있었다. 사진을 찍는 줄도 모르고 비스듬히 서 있는 모습으로 보건대 멀리서 확대해 촬영했으리라.

"이 사람이 왜요?" 유스케가 물었다.

"이 집에 있잖아."

"우리 집에?" 어머니는 휘둥그레진 눈으로 유스케를 흘끗 보더니 "어째서" 하고 말했다. 어째서 우리 집에 있느냐고 말하려 했는지, 아니면 어째서 그렇게 생각하느냐고 물어보려 했는지는 알 수 없다.

"우리 집에 왜 그 남자가 있다는 건데요?" 유스케는 자기가 생각한 것보다 큰 소리로 되물었다.

그때 천장이 삐걱거렸다. 저절로 삐걱거렸다기보다는 누군가 움직이다가 갑자기 멈춰 선 듯한 느낌, 즉 명백한 인기척이었다.

어머니와 아들은 반사적으로 천장에 눈길을 주었고, 남자는 즉시 계단을 뛰어올랐다.

유스케와 어머니는 얼굴을 마주 보았다.

이 틈에 어떻게든 테이프를 풀어야겠다 싶어, 엉덩이를 땅에 대고 무릎을 구부려 앉은 상태로 상대방 뒤편으로 돌아가고, 손목을 상대방에게 향하고, 입으로 테이프를 물어뜯어 보는 등 자세를 바꾸어 가며 시행착오를 거듭했다.

하지만 잘 안 됐다.

잠시 후 남자가 돌아오자 제한 시간은 끝났다. 어머니와 아들은 망측한 놀이를 하다가 들킬 뻔한 사람처럼 재빨리 몸을 떼고 얌전하게 있는 척했다.

"야, 인마, 빨리 따라와." 남자가 계단을 내려오며 말하는 소리가 들렸다. "역시 아버지가 숨어 있었네. 이것들이 시치미 떼기는."

이때 총을 든 남자의 머릿속에는 옛날에 본 몇몇 영화가 떠올랐다. 악당들이 빌딩이나 배를 점거한 가운데, 주인공이 혼자 들키지 않도록 조심하며 엄청난 싸움 실력을 발휘해 반격하는 내용이다. 혹시 이 아버지도 그런 활약을 펼칠 작정 아니었을까? 위험할 뻔했다고 속으로 가슴을 쓸어내렸다.

"허를 찌를 생각이었을 텐데 안됐네." 남자는 거실로 들어와서 말했다. "자, 작전이 실패했다고 가족한테 사과해."

"우리 아들, 여보, 미안해. 좀 더 숨어 있으면서 기회를 엿보려고 했는데. 총을 들이대서 어쩔 수가 없었어."

"아버지란 정말 대단하다니까. 가족을 위해 물불 안 가리잖아."

"쏘지 마. 제발 쏘지 마. 그리고 내 가족한테 해를 입히지 마."

"이봐, 이제는 아무도 없겠지?"

유스케와 어머니는 고개를 끄덕했다.

"분명 잘 풀릴 거야. 나도 무섭지만 분명 괜찮을 거야. 이럴 때야말로 가족이 일치단결해서 이겨 내야 해."

늘 가족에게 거드름을 피우고 하인에게 명령하는 듯한 태도를 취하는 아버지와는 너무나 달라서 유스케는 당혹스러웠다.

이러저러하던 끝에 남자는 세 사람의 입에도 테이프를 붙여서 얼굴 아래쪽 절반을 막아 버렸다.

이리하여 흰토끼 사건은 조금씩 진행되어 간다.

인질 농성 사건 하면 빼먹을 수 없는 것이 경찰과의 교섭이므로 현장으로 향하는 경찰 수사원, 특수수사반 대원들에 대해서 한시라도 빨리 이야기하고 싶지만, 이 사건을 좀 더 자세히 알아보기 위해 시간을 조금 되돌리기로 하겠다.

센다이 시내의 다른 곳, 센다이역 동쪽 출입구에 위치한 패밀리 레스토랑에 세 남자가 모여 있는 장면이다.

☾

"요컨대."

"구로사와, 정리하지 마."

"정리하지 말라고?"

"넌 바로 요점을 정리하려고 들어. 내가 친절하게 조곤조곤 설명하려고 한 일의 전말을 한 줄로 요약할 거잖아. 그럼 제대로 전달이 안 된단 말이야." 나카무라가 말했다. "그렇지, 이마무라?"

"그게 좋은 점이기도 하지만요."

좋은 점이라니, 누구의 좋은 점? 그렇게 물으면 난감하겠다고 이마무라는 생각했다. 왜냐하면 별생각 없이 머릿속의 맞장구 어휘집에서 제일 먼저 찾아낸 말을 꺼냈기 때문이다. 다행스럽게도 나카무라는 아무 지적도 하지 않았다.

"그렇지만 네가 하고 싶은 말은 요컨대."

"구로사와."

"알았어, 요컨대라는 말은 안 쓸게. 하지만 어떤 사기꾼이 해외로 나간 틈에 그자의 집에 가서 일을 하고 오라는 이야기라면, 장소 설명까지 포함해도 3분이 채 안 걸릴 거야. 그런데 여기 와서 이야기를 얼마나 오래 했는지 봐. 15분은 지났을걸."

나카무라와 이마무라 두 사람은 30분 전에 센다이역 동쪽 출입구 근처 실내 낚시터로 향했다. 그리고 긴히 할 이야기가 있다며 잉어 낚시 중인 구로사와에게 말을 걸었다. 구로사와는 낚싯줄이 천장에 세게 닿을 만큼 낚싯대를 확 잡아챈 후 "잉어 낚시를 끝내고 갈 테니까 옆에 있는 가게에서 좀 기다려 줘" 하고 말했다.

그래서 나카무라와 이마무라 두 사람은 구로사와가 시킨 대로 패밀리 레스토랑에 가서 15분을 기다렸다.

마주 앉자마자 구로사와는 한숨을 내쉬더니 "두 사람은 정말로 사이가 좋군" 하고 말했다. 빈집털이가 생업인 나카무라와 젊은 이마무라는 대개 일을 같이 한다. 이마무라는 나카무라를 '두목'이라고 부르지만, 두 사람의 관계를 스승과 제자 혹은 형님과 아우라고 보기는 힘들다. 그렇다고 둘이 서로 결점을 보완하느냐 하면, 낙관적이고 소박하다는 의미에서는 둘 다 같은 결점을 지니고 있으므로 구멍을 막기는커녕 더 넓히는 인상이다.

"구로사와, 들어 봐. 그 사기꾼은 인간도 아니야. 할아버지, 할머니만 점찍어서 얼마 되지도 않는 저금을 털어먹는다니까. 투자를 빙자해서 슬그머니."

"그 노인들도 돈에 눈이 멀었다면 자업자득 아닌가?"

"물론 욕심쟁이 영감님이 손해를 보는 경우도 없지야 않겠지만, 고령자의 적적하고 불안한 심리를 이용해서 돈을 빼앗다니 영 마음에 안 들어."

"사기를 당한 노인이 안쓰러운 게 아니라 그냥 범인한테 열 받은 것 같은데."

"그래. 난 약한 상대를 함정에 빠뜨리고서 내 실력이 어떠냐 고 뽐내는 놈이 제일 싫어."

"저도 그래요." 이마무라도 한마디 거들었다. "이건 왜 그럴 까요?"

"뭐가?" 구로사와는 감정이 깃들지 않은 목소리로 물었다.

"그게, 그런 사기꾼을 보면 화가 나잖아요. 하지만 딱히 제가 피해를 입은 것도 아니고, 저희 어머니가 사기를 당했다면 모를 까 그런 것도 아니거든요. 아무 관계도 없어요. 그렇지만 어디 선가 학교 폭력이 발생했다는 이야기가 들리면 또 열을 받는단 말이에요. 관계가 없는데도 용서 못 하겠다는 생각이 드는 건 무슨 이유일까요?"

"인간은 집단으로 살아가기 때문이야." 구로사와가 대답했 다. "규칙을 지키는 데 관해서는 민감해. 규칙은 개인에게서 자 유를 빼앗아. 다만 규칙을 지킴으로써 질서와 집단이 보호되지. 규칙을 어기고 싶어도 어기지 않도록 옛날부터 철저히 세뇌를 당했어."

"누가 세뇌했는데요?"

"철새에게 이동할 시기를 가르쳐 준 녀석이겠지." 본능이라고 말하려니 거창한 느낌이 들어서 구로사와는 말을 바꾸었다.

"그거, 누구였죠?"

"요컨대." 구로사와는 나카무라를 힐끔 보았다. "우리는 규칙을 어기는 사람을 용서하지 못하는 거야. 우리는 꾹꾹 참으며 규칙을 따르는데 너는 왜 안 참느냐, 너 때문에 질서가 망가진다, 라고 느끼도록 되어 있지. 큰 영향이 없는 규칙 위반이나 소소한 반칙이라도 화가 나. 거기에다 상대가 부끄러워하는 기색 하나 없으면 더더욱 용서가 안 돼. 집단을 위기에 빠뜨릴 가능성이 있으니까 자신이 피해를 입든 말든 불쾌해져."

"철새에게 이동할 시기를 가르쳐 준 녀석이?"

"그래. 그렇게 되도록 정했어."

"아, 그러고 보니 요전에 그거 다 읽었어요." 이마무라가 말했다.

"뭘?"

"『레 미제라블』요. 전에 두목이 추천해 주셨잖아요."

"나는 영화로만 봤는데. 그거 길잖아."

"장난 아니던데요." 이마무라가 주먹을 휘두를 듯한 기세로 힘주어 말했다. "몇 권이나 되더라고요. 5년 걸렸습니다."

"그렇게나?" 나카무라의 눈이 휘둥그레졌다.

"중간에 역사나 언어와 관련된 이야기 같은 게 들어가서 자꾸 샛길로 빠지더라고요. 뭐, 그것도 재미있었지만요."

"괜히 추천한 것 같아서 미안하네."

"하지만 재미있었으니까요."

"그건 재미있지."

"구로사와 씨도 읽으셨어요?"

"그것도 도둑 이야기니까."

"도둑 이야기? 뭐, 분명 장 씨가 빵을 훔치기는 했죠." 이마무라는 장 발장을 당연하다는 듯이 장 씨라고 불렀다. "그런데 장씨의 라이벌 같은 사람이 있잖아요."

"자베르 경감."

"아, 맞아요. 자베르 씨. 그 사람도 짜증 나지만 악인은 아니더군요. 법률을 지키고 범죄자를 붙잡으려고 하는 것뿐이지."

"실수했을 때는 제대로 사과도 하고."

"아, 구로사와 씨가 읽었을 때도 그랬나요?"

"내가 읽었을 때고 뭐고, 똑같은 내용인걸."

"그 소설, 군데군데 이상한 구석이 있던데요. 작가가 느닷없이 '이것은 작가의 특권이므로 여기서 이야기를 앞으로 되돌리겠다'는 둥 '한참 뒤에 나올 장면을 위해 한 가지 짚고 넘어가겠다'는 둥 묘하게 나서더라고요."

구로사와는 옛날부터 있는 수법이라고 말하려다 애당초 『레미제라블』이 옛날 소설이니 굳이 지적할 필요는 없겠다 싶어서 그만두었다.

"제가 놀란 건 그겁니다. 소설이 끝날 무렵에 누군가가 연설을 하잖아요. 19세기는 위대하지만 20세기는 행복해질 거라고요. 20세기에는 낡은 역사 속에서 일어났던 일들 전부, 정복, 침략, 기아, 약탈은 전부 없어질 거라고요. 어쩐지 기운 빠지던데요. 지금도 다 있으니까요."

"사람은 변하지 않고 똑같은 짓을 되풀이해."

"그런 걸까요."

"구로사와, 이야기를 되돌릴게. 내가 장황한 이야기를 끈덕질 만큼 열심히 늘어놓은 건 그 사기꾼이 얼마나 몹쓸 놈인지 알려 주고 싶어서야. 그걸 알려 주느냐 마느냐에 따라 집에 숨어들어 가서 물건을 슬쩍해 올 네 의욕이 달라질 것 아니냐. 배경 설명은 중요하다고."

"그딴 이야기 때문에 의욕이 달라지지는 않아. 언제 어느 때든 똑같지. 난 그 녀석의 집에서."

"금고에 들어 있는 걸 가져오면 돼."

"뭐가 들어 있는데?"

"금고가 있는 건 확실해."

"안에 뭐가 들어 있느냐고."

"좋은 거겠지."

"거겠지?"

"명부는 들어 있어. 그건 틀림없지. 그놈이 봉으로 잡은 피해자들의 명부가 금고에 들어 있어."

"그게 돈이 되나?"

"안 되는데."

"잉어 낚시하러 돌아가도 될까?"

"구로사와 씨, 사정을 말씀드리면요. 피해자 할머니께서 자기 명부가 남아 있으면 그걸 빌미로 또 협박을 당할 것 같아서 밤에 잠도 못 주무시겠대요. 그래서 가엾기도 하니 명부를 빼앗아 돌려주자는 작전을 세운 거죠." 이마무라가 끼어들었다.

"그 사기꾼은 장기 여행을 갔나?"

"아주 장기간이지. 우주여행에 가까워."

"죽었다는 뜻이야?" 구로사와는 눈치 빠르게 말했다.

"어딘가의 누군가랑 갈등을 빚다가."

"어딘가의 누군가."

"약한 초식동물을 잡아먹는 육식동물도 영역 싸움을 해. 어느 업계든 질투, 시기, 원한은 으레 생기기 마련이지."

"육식동물이 육식동물에게 당한 거로군."

"맞아. 비슷한 일을 하는 누군가에게. 다만 시체는 발견되지 않았어. 어디서 죽은 건 틀림없지만."

어떤 사기꾼이 다른 동업자에게 목숨을 빼앗겼다. 도대체 누가 무슨 방법으로 그랬느냐는 호기심이 발동할지도 모르지만, 이 이야기에서 그 부분의 자세한 내용은 중요하지 않다. 물론 그럴싸하게 설명할 수는 있지만 생략하기로 하겠다. 사기꾼이 한 명 죽었지만 아직 그 사건은 발각되지 않았다, 덕분에 사기꾼의 집에 가서 도둑질하기 쉽다. 그것만 머릿속에 담아 두면 별다른 지장은 없다.

"사기꾼은 사라졌고, 집은 아직 고스란히 남아 있지. 제집처럼 드나들 수 있다고."

"만약 죽었다면 할머니도 딱히 걱정하지 않아도 될 텐데. 명부를 훔쳐 올 필요는 없어."

"구로사와, 너, 녀석은 이미 죽었으니 이제 걱정 말라고 할머니를 설득할 수 있겠어? 애당초 고령자에게 죽는다는 이야기를 하다니 영 마음이 안 내켜."

"우주여행에 비유하면 되지."

"제일 간단한 방법은 명부를 가져와서, 자 가져왔어요, 불태울게요, 이제 안심이네요, 하고 말해 주는 거야. 그렇지? 그리고 그런 녀석의 금고이니만큼 분명히 명부 말고도 값진 물건이 들어 있을걸."

"분명하지 않은 일에 분명히라는 말을 쓰지 마."

"그러니까 네가 그 집에 가서 금고를 열어 줬으면 해." 나카무라는 말을 마치자마자 오른손을 정지 표식 대신이라는 듯 앞으로 내밀었다. "구로사와, 무슨 말을 하고 싶은지 알겠어. 왜 내가 해야 하는데, 맞지?"

"왜 내가 해야 하는데?"

"이유는 두 가지야. 첫 번째, 나는 금고를 따는 게 성미에 안 맞아. 자잘한 작업은 딱 질색이거든."

"넌 직업을 바꾸는 편이 낫겠어. 그게 나아. 분명히."

"두 번째 이유는 네가 일하는 방식을 이 녀석한테 가르쳐 줬으면 해서야. 아니, 안 가르쳐 주고 보여 주기만 해도 돼." 나카무라가 이마무라에게 눈짓했다.

"황공무지로소이다." 이마무라가 즉시 반응했다.

"아직 승낙 안 했는데."

"황공무지로소이다."

시간이 흘러 드디어 사기꾼의 집에 침입하는 날, 구로사와는 일단 "부탁한 쪽이 늦게 오다니 어떻게 된 거야" 하고 이마무라에게 말했다. 목표로 한 집의 대문 앞에서다.

"일찌감치 도착은 했는데요." 이마무라는 전혀 주눅 드는 기색 없이 말했다. "집을 착각했어요."

목표물을 착각해서는 안 된다. 그것부터 가르쳐야 하느냐는 생각에 구로사와는 한숨을 쉬고 싶어졌다.

인터폰을 눌렀다. 빈집이라는 정보를 의심하는 것은 아니다. 다만 빈집인 줄 알았는데 사람이 있으면 번거로워지니까 매번 응답이 있는지 없는지 확인하는 것이 구로사와의 습관이었다.

현관 옆에 심은 능수매화나무에 하얀 꽃이 피었다. 꽃잎과 암술이 아래를 향한 모습이 마치 구로사와와 이마무라가 침입해도 눈감아 주겠다는 것 같다. 우리가 안 보는 사이에 얼른 들어가.

바깥은 어둡고 동네에는 가로등이 켜지기 시작했다.

구로사와는 가스 검침원 제복을 입었다. 뒤에 서 있는 이마무라도 마찬가지다. 무슨 직업인지 알아보기 쉬운 제복을 입고 당당하게 행동해야 의심받지 않고, 남에게 불안감을 주지 않는다. 이런 밤에 가스 검침원이 집을 방문할까, 도리어 의심받지는 않을까 생각하는 사람도 있겠지만 그래도 제복은 사람을 안심시킨다. 밤에 가스 검침이 필요한 사태가 발생했구나, 하고 멋대로 해석한다.

"구로사와 씨한테 영향을 받았는지, 두목이 다양한 제복을 장만했어요. 소방대원복에 주유소 직원 복장에, 헬멧도 있고요."

"여고생 교복은 사지 마."

"아무리 두목이라도 거기까지는."

"두목인지 고목인지는 몰라도."

"고목이라니요. 두목입니다."

구로사와는 현관문 앞에 쪼그리고 앉아 열쇠 구멍을 들여다보았다. 문을 매개체로 집 안과 대화라도 하듯이 잠깐 그러고 있다가, 물론 실제로는 그저 열쇠 구멍의 홈이 어떻게 생겼는지 관찰했을 뿐이지만, 기구를 꺼내 구멍에 쑤셔 넣었다.

나카무라가 "구로사와의 기술을 훔쳐 와. 기술은 배우는 게 아니라 훔치는 거야, 알겠지" 하고 말한 것이 생각나서 이마무라는 허둥지둥 바싹 다가붙어 기를 쓰고 들여다보았다.

그 직후에 구로사와가 일어섰다.

"앙코르!"

"뭐라고?"

"못 봤어요. 한 번만 더 해 주십시오."

구로사와는 아무 대답도 없이 집 안으로 들어갔다. 이마무라도 쓱 미끄러지듯이 몸을 밀어 넣었다. "저기, 구로사와 씨. 아까 그거 한 번만 더."

"미련 둘 것 없어." 구로사와는 신발을 벗었다. 신발이라고는 하나 발끝만 꿰어 신는 얇은 고무 소재 제품으로, 벗으면 반으로 접어서 뒷주머니에 넣을 수 있다. "딱히 어려운 방법을 쓴 건 아니야. 요즘은 기구가 발달했거든. 이걸 누르면 대개 열려."

"예."

"무슨 방법을 쓰든 상관없어. 한 가지 방법에 연연하지 마. 좀 더 빠르게, 집주인에게 좀 더 피해를 주지 않고 일을 마치면 그만이야."

"그런 의미에서 이 집은 아무 걱정도 없군요."

"아무 걱정도 없다고?"

"집주인은 이미 이 세상에 없으니까요."

구로사와는 계단을 거들떠보지도 않고 1층 거실로 들어갔다. 어느 틈엔가 손전등을 켜서 실내를 비추었다.

"전등을 켜면 문제가 생길까요?"

"응, 근처 주민이 의심할지도 몰라. 평소에는 어두운데 오늘만 불이 켜져 있다면서."

훌륭한 거실에는 가구 판매점에서 견본으로 전시된 물건을 그대로 가져온 것처럼 가구 일습이 갖추어져 있었다. 대형 텔레비전이며 테이블, 번듯한 찬장도 놓여 있었다. 사람이 사는 낌새가 어디에도 없어서 그런지 더더욱 가구 판매점의 전시품이 연상됐다.

구로사와는 묵묵히 돌아다니며 방을 살폈다. 문을 열고 가만히 바라보는가 하면, 옷장 앞만 힐끗 보고 지나치기도 했다.

"금고가 어디 있는지는 어떻게 찾으시나요?"

"감으로." 쌀쌀맞은 대답이 돌아왔다. "1층은 아닌가 본데. 위로 가자."

"그런데 저희는 뭘 찾고 있는 거였죠?"

"금고잖아."

"이 집에 금고가 있던가요?"

구로사와는 걸음을 멈추고 돌아서서 이마무라를 빤히 쳐다보았다. 진심으로 하는 말이냐고 묻고 싶었지만 틀림없이 진심일 테니 묻지 않았다.

2층에 올라가서 구로사와는 손전등으로 복도를 비추었다. "집이 의외로 큰데."

"몇 년 전에는 가족 비슷한 사람들도 살았던 모양이에요."

가족 비슷하다면 가족인가 아닌가. "지금은 없고?"

"도망쳤다는 설도 있고, 어디서 험한 꼴을 당했다는 설도 있고, 그냥 동료 사기꾼이었을 뿐이라는 설도."

"죄다 설뿐이로군."

"구로사와 씨, 무슨 일이든 다 설입니다."

"그건 무슨 소리야?"

"전에 두목이 그러셨어요. 자신이 옳다고 믿는 사람은 조심해야 한다고요. 내 말대로 하면 틀림없다고 믿는 사람은 자기 말이 맞는다는 걸 증명하기 위해 수단을 가리지 않는대요. 그런 의미에서는 '나는 옳다'는 견해 역시 그런 설도 있다는 정도로 받아들이는 편이 제일 좋겠죠. 상대가 옳다는 설도 있거니와 상대는 틀렸다는 설도 있겠네요. 아, 그러면 '세상에는 다양한 설이 있다'는 설도 있거니와 '세상에 설 같은 건 없다'는 설도 있다고 봐야 하나. 골치 아프네요. 저, 구로사와 씨 생각은 어떠세요?"

구로사와는 이미 이마무라 곁을 떠나 2층 방을 살펴보는 중이었다. 2층은 1층보다 더욱 살풍경해서 커튼조차 없는 방도 있었다.

금고는 마룻바닥재가 깔린 다다미 여섯 장* 크기 방의 옷장 속에 있었다. 달아날 기회를 놓쳐 숨을 죽인 채 무릎을 끌어안고 앉아 있는 듯한 인상이었다.

구로사와는 불빛을 비추며 금고를 더듬었다. 웨이스트백을 열고 속에서 청진기 같은 물건을 꺼냈다.

"이제부터 구로사와 씨의 금고 따기 기술이 펼쳐지겠군요."

"그렇게 대단한 건 아니야."

"너무 아끼지 말고 얼른 보여 주세요."

* 다다미 여섯 장은 약 세 평 정도이다.

"진짜 별거 아니라니까. 다이얼을 천천히 돌리다 보면 실린더 들어맞는 소리가 나."

"아, 장갑은 안 끼셔도 됩니까? 지문이 남을 텐데요?"

"너도 전에 써 봤을 텐데." 구로사와는 손가락을 이마무라 쪽으로 돌렸다. 지문이 묻지 않도록 손끝에 접착제 같은 전용 도료를 발랐다. 빈집털이를 할 때 필요한 준비 작업 중 하나다.

구로사와는 다이얼을 돌렸다. 이마무라는 어느새 옆에 바짝 붙어 눈 한 번 깜박이는 것도 아깝다는 듯이 눈을 부릅뜨고 얼굴을 가까이 댔다.

"콧숨 소리가 시끄러워." 구로사와가 불쑥 말했다.

"금고는 코로 숨을 쉬나요?"

구로사와는 묵묵히 작업을 계속했다. 시간으로 따지면 10분 가까이 걸렸지만 금고가 비교적 구식이고 시중에 흔한 유형이라 크게 애먹는 일 없이 문을 여는 데 성공했다. 마치 단단하고 튼튼한 성채에 틀어박힌 범인을 신중하고 끈질기게 설득하여 항복시키는 수사원 같기도 했다. 왜 이런 비유를 사용했느냐 하면 흰토끼 사건에서 나중에 인질 농성 사건에 대응하는 특수수사반이 등장하기 때문인데, 여기서는 이만 말을 아끼겠다.

이마무라는 구로사와의 기술에 감탄하여 "앙코르, 앙코르" 하고 애원하듯 외쳤다.

물론 구로사와는 한 귀로 듣고 한 귀로 흘렸다.

금고에는 통장과 인감으로 추정되는 도장, 종이 뭉치와 USB

메모리가 들어 있었다. 계좌 명의인이 여러 명인 것으로 보아 사기꾼이 차명 계좌를 운용했음을 어렵지 않게 상상할 수 있었다. 현금은 없었다. 구로사와는 물건들을 꺼내 불빛으로 비추며 하나하나 확인했다. "이게 그 명부인가? USB에도 데이터가 저장되어 있을지 모르겠네."

"이제 할머니는 안심하실까요?"

"나야 모르지. 하지만 네가 이제 안심이네요, 하고 기쁘게 말하면 안심하지 않을까."

"명부가 없어도요?"

"너한테는 그런 설득력이 있어."

구로사와는 몸을 일으켜 창가에 섰다. 바깥이 딱히 신경 쓰였던 것은 아니지만, 창문 옆에 몸을 숨기고 레이스 커튼 너머로 날카로운 시선을 던져 가로등 불빛에 희미하게 비치는 이웃 주택을 살폈다.

"이렇게 바라보면 조용하지만, 다들 입 다물고 있는 건 아니겠죠."

"각자 집 안에서는."

"밥을 먹거나, 부모 자식 간에 싸움을 하거나, 알몸으로 끌어안고 있거나."

"잠든 사람도 있겠지."

그렇겠죠, 하고 대꾸한 후, 이마무라는 먹으로 칠한 듯한 색깔이라고 생각하며 밤하늘을 바라보다가 "아아, 오리온자리네요" 하고 말했다.

구로사와가 의아하다는 듯이 쳐다보았다. "뭐가?"

"보세요, 저기 보이잖습니까. 나란히 줄지어 있는 별 세 개."

"그건 알아. 왜 그렇게 감개무량한 듯이 말한 건데?"

"마침 오늘 오리온자리 이야기를 들었거든요."

"오리온자리 이야기."

"예."

센다이역 구내의 카페에 있을 때 낯선 남자가 이마무라에게 말을 걸었다. 안경을 낀 통통한 남자가.

"낯선 남자."

"여느 때와 다름없이 한가해서 종이에 삼각형 같은 걸 그리고 있었는데요."

"삼각형."

"구로사와 씨, 마음에 걸리는 단어를 소리 내어 말하는 게 직업인 사람 같네요."

"그것도 부업 중 하나야."

"아, 그러시구나." 이마무라는 곧이곧대로 받아들이고 이야기를 이어 나갔다. "아무튼 그러고 있자니 종이에 별자리를 그린다고 생각했는지 옆자리에 있던 남자가 말을 걸더라고요."

"사람 무서운 줄 모르는군."

"무서웠던 건 저라고요. 말을 술술 늘어놓다가 뭔가 사라고 하지 않을까 걱정되더라니까요. 오리온자리 포스터 같은 거."

"그 남자는 도대체 뭐였어?"

"그냥 이야기만 하다가 가던데요. 덕분에 오리온자리에 관해서는 빠삭해졌다고요."

"예를 들면?"

"삼형제별 왼쪽 위에 밝은 별이 있잖아요."

"베텔기우스?" 구로사와가 말했다. "거인의 겨드랑이라는 뜻이잖아."

"뭐야, 알고 계셨어요?" 이마무라는 조금 낙담했다. "아무튼 베텔기우스는 지름이 14억 킬로미터나 된대요. 크기가 태양의 천 배이고, 지구에서는 640광년 떨어져 있어요."

"통 감이 안 잡히는군."

"저도요. 그런데 언제 폭발해도 이상하지 않은 상태래요."

"그런가 보더군."

"어, 알고 계셨어요?"

"요전에 텔레비전에서 봤어. 지금 보이는 저건." 구로사와는 하늘에 아로새겨진 오리온자리를 가리켰다. "640년 전에 비친 빛, 옛날의 잔상 같은 거야. 그러니까 어쩌면 이미 폭발했을 가능성도 있겠지."

"그렇겠죠."

여기서 『레 미제라블』의 문장을 흉내 내자면 이렇게 된다. "독자는 분명 이마무라에게 말을 건 상대가 오리오오리오임을 눈치챘으리라!"

그 남자가 바로 유괴 조직의 컨설턴트로 일하다가 경리에게 횡령을 사주한 까닭에 쫓기고 있는 오리오, 통칭 오리오오리오였다. 이마무라와 마주친 건 우연이다. 그럼 왜 오리오오리오가 생판 처음 보는 이마무라에게 말을 걸었는가 하면, 옆자리에서 도형을 그리는 이마무라가 너무나 수상쩍어 '설마 추격자는 아니겠지?'라는 의혹을 이기지 못해 정체를 파악하고 싶었기 때문이다.

"구로사와 씨, 베텔기우스가 폭발하면 엄청나다네요."

"뭐가 엄청난데?"

"폭발할 때 강한 빛이 발생해서 지구에서는 석 달쯤, 30일이었나, 태양이 두 개 있는 것처럼 느껴질 거래요."

"태양은 가득히."

"아니요, 두 개요. 보름달의 100배나 밝다고 하니까 엄청나죠? 게다가 이미 폭발했을 가능성도 있잖아요. 만약 600년 전에 폭발했다면 지금으로부터 40년 후에 지구에서 볼 수 있을 테고, 640년 전에 폭발했다면 내년쯤에는 볼 수 있을지도 모른다고요."

"그런 이야기를 일면식도 없는 남자와."

"신나게 떠들었죠."

"재미있군."

"그러게요."

"이미 일어난 일도 시차를 두지 않으면 보이지 않는 법이야."

"어, 음." 자기 생각과는 다른 관점에서 구로사와가 재미있어

하자 이마무라는 당혹스러웠지만, 사실 구로사와의 말은 본인의 의도와는 관계없이 이 이야기 자체의 구도를 암시하기도 한다.

"구로사와 씨, 그러고 보니 그 종이는 어디에 둘까요?"

"그 종이?"

"빈집털이를 하러 들어간 집에 두고 오는 종이 말입니다. 집주인이 불안해하지 않도록."

"아아, 그거."

도둑을 맞은 사람은 돈을 잃어 상심하는 것 이상으로 몇 가지 불안감을 맛본다. 어째서 우리 집을 노렸을까. 무슨 원한이라도 샀나. 혹은 방범상 표적이 되기 쉬운 요소가 있지는 않을까. 빈집털이가 또 집을 털러 오지는 않을까. 돈 말고도 통장이나 인감, 혹은 신용카드도 훔쳐 가지는 않았을까.

즉, 피해자는 도난이라는 행위 자체보다도 그 행위에 부수되는 공포와 불안감에 시달린다고 할 수 있겠다.

그래서 구로사와는 빈집을 털러 가면 어디서 얼마나 훔쳤는지를 기록한 종이를 놓아둔다. 종이에는 원한에 의한 범행이 아니고, 그쪽에는 아무 잘못도 없으며, 같은 집을 다시 노리지는 않는다는 보충 설명도 적혀 있다.

"그거 죄의식이랄까, 상대를 배려하는 마음에서 비롯된 행동인가요?"

"진짜로 배려심이 있는 사람은 애당초 빈집을 안 털어."

"그래도 장 씨는 죄를 저질렀지만 굳이 따지자면 착한 사람이었잖습니까."

굶주린 조카들을 위해 빵을 훔친 장 발장과 그저 빈집을 터는 자신은 전혀 비교 대상이 아니라고 구로사와는 생각했다.

이마무라는 태평스럽게 "그럼 종이는 어디에 둘까요?" 하며 자기 호주머니를 뒤졌다.

"오늘은 필요 없어. 이 집에는 아무도 안 살잖아? 불안해할 사람은 없다고."

아무래도 이마무라의 귀에는 그 목소리가 다다르지 않은 듯, 어라 이상하다, 하고 옷을 더듬더듬했다. 종이를 열심히 찾는 그 모습을 보자 구로사와는 약간 불안해졌다.

"왜 그래?" "아, 그렇구나." "이봐, 도대체 뭔데?" "어, 아니요, 괜찮습니다."

아무리 봐도 괜찮지 않은 듯해서 구로사와가 캐묻자 이마무라는 "나카무라 두목한테 사본을 받았어요. 구로사와 씨가 남기는 종이의 사본요. 이왕 일을 배울 거라면 그것도 해야 한다고 생각해서" 하고 어깨를 움츠렸다.

"어느 틈에 복사한 거야."

"그런데 없네요. 아아, 그렇구나, 알았습니다."

"나는 네가 무슨 생각인지 하나도 모르겠어."

이마무라는 창밖을 가리켰다. "아까 말씀드렸다시피 여기 오기 전에 착각해서 다른 집으로 갔어요. 바로 옆집이지만요. 어쨌거나 구로사와 씨가 오기 전에 예행연습이나 하려고 현관문을 봤더니 열렸어요."

"보기만 했는데 열리다니."

"아, 정확하게 말하자면 만졌습니다. 당겼더니 열리더라고요. 그래서 오늘은 되는 날이구나 싶어서 안에 들어가서 금고를 찾았어요. 하지만 아무 데도 없어서 이상하다고 생각했죠."

"다른 집이었으니까."

"잠시 후에 사람이 돌아오는 소리가 들려서 부리나케 달아났습니다만."

"참 잘했네." 구로사와는 비꼬아 줄 요량으로 그렇게 말했다.

"그 정도는 아닌데요."

"그래서 종이 사본은?"

"두고 온 모양입니다. 그러고 보니 호주머니에서 떨어진 것 같네요."

"떨어진 것 같았으면 주워 왔어야지."

"제대로 주운 것 같기도 하고요."

구로사와는 크게 한숨을 내쉬었다. 창문으로 다가가 커튼을 젖히고 밖을 내다보았다.

"걱정 마세요. 그걸 두고 왔다고 해도 처음 보는 영수증이 있구나, 정도로 생각하겠죠. 마음에 담아 두지 않아도 괜찮아요."

"내가 그렇게 말한다면 또 모를까, 왜 네가 태연하게 그런 소리를 하는 거야."

센다이 거리를 내려다보는 고지대에 위치한 센다이 거리!

이것은 사건의 무대인 주택지 '노스타운'을 분양할 때 광고지에 커다랗게 들어간 문구다.

이 문구로 정경을 설명할 의사가 있는 걸까 없는 걸까, 가령 '고지대에 있다'는 사실을 강조하고 싶더라도 표현을 조금 달리할 수 있지 않을까, 첫머리와 끝머리를 일치시켜 회문 같은 분위기를 내고 있는데 노린 걸까 우연일까, 이렇듯 고개를 갸웃거리고 싶어지는 구석이 꽤 많다. 초등학생이 광고 문구를 고안해도 이보다는 낫겠다 싶을지도 모르지만, 실은 초등학생 남자아이가 고안한 문구다. 대형 부동산 개발 업체의 높으신 양반께서 초등학교 5학년 아들이 불쑥 내뱉은 말을 듣고 그거 좋다며 극찬한 데다 측근들도 치켜세우는 통에 다른 사람들이 반대 의견을 내놓기 힘들어졌다. 물론 그들도 이것이 정식 캐치프레이즈가 되리라고는 생각지 않았고, 결정되기 전에 누군가가 제정신을 차릴 것이라 방심하여 적극적으로 저지하려 들지 않았다. 그 결과, 대충 찬 슛이 골키퍼 없는 골대에 들어가듯 그 문구가 최종 심사까지 남아 광고에 큼지막하게 실렸다.

집을 구입할 때 캐치프레이즈가 얼마나 큰 영향을 주는지는 명확하지 않다. 다만 일본의 경제가 이미 내리막길을 탔는데도 불구하고 매물로 나온 토지는 다 팔렸다. '내려다보다'를 '낮추어 보다'라는 뜻으로 오해한 사람이 많았는지, 아니면 가격을 높게 책정했기 때문인지 구입자가 대부분 부유층이라 센다이에서 첫째가는 고급 주택가가 되었다.

그 '노스타운'의 한 집에서 밤 9시가 다 되어 경찰에 전화가 걸려 왔다.

미야기 현경의 신고 접수 담당자가 "사고입니까, 사건입니까" 하고 묻자 "노, 노, 농성 사건입니다"라는 대답이 돌아왔다.

좀처럼 듣기 힘든 말에 담당자는 한순간 당황했다.

휴대전화로 건 전화였다.

소곤소곤하는 목소리에서 주위에 들키지 않도록 애쓰는 모습이 상상됐다.

"범인은 한 명이에요. 느닷없이 우리 집에 쳐들어왔어요." 젊은 남자 목소리로 들렸다. 주소도 말했다.

이 시점에서 담당자도 장난 전화가 아니라 심각한 사태일 가능성을 염두에 두기 시작했다.

"전화 주신 분은?" 담당자가 묻자 상대는 "아, 사토입니다. 장남 유스케예요" 하고 대답했다. "아버지랑 엄마도 묶여 있어요. 지금 범인이 2층에."

"본인 휴대전화로 거셨습니까?"

"아니요, 범인 걸로요. 마침 지금 사용할 수가 있어서."

자기들의 휴대전화는 빼앗겼으리라고 담당자는 짐작했다.

인질 농성 사건이라는 문자가 머릿속에 떠올랐다.

정보를 차례차례 단말기에 입력하면서 그는 SIT*가 나설 때라고 생각했다. 특수한 사건을 담당하는 수사반이 미야기 현경에도 조직되어 있으므로 농성 사건이 발생하면 SIT가 대응한다. 몇 년 전에 역시 시내 주택가에서 발생한 인질 농성 사건의 전말이 전화를 받은 그의 머릿속을 스쳤다. SIT의 나쓰노메 과장을 일약 유명하게 만든 그 사건이다. 나쓰노메가 누구냐고 고개를 갸웃하는 분도 있겠지만, 바로 등장할 테니 성급하게 굴지 마시라.

전화 저편에서 거친 목소리가 들렸다.

부스럭부스럭 잡음이 나는가 싶더니 방금 전 그 청년이 긴장한 태도로 허둥대는 분위기가 전해졌다.

인질범에게 들켰는지도 모른다.

여보세요, 하고 불러야 할까 그는 고민했다. 경솔하게 말을 걸다가 이쪽이 경찰이라는 사실을 들키면 인질들이 위험하다. 전화를 끊을 수도 없어 그저 조용히 귀에 신경을 집중했다.

잡음과 작은 목소리가 번갈아 났다. 전화기가 바닥에라도 떨어진 걸까. 그렇게 생각했을 때 "어이" 하고 방금 전과는 다른 목소리가 들렸다.

대답은 할 수 없다.

"경찰이지?"

* 특수수사반을 가리키는 'Special Investigation Team'의 약자.

그는 역시 아무 대답도 할 수 없었다.

"야, 역시 경찰이네. 젠장, 왜 신고하고 지랄이야. 이렇게 됐으니 어쩔 수 없군. 책임자한테 이 휴대전화에다 전화를 걸라고 해."

이제부터 흰토끼 사건은 미야기현 경찰 본부의 특수수사반 SIT가 맡게 되는데, 앞으로 한동안 SIT 대원의 시점으로 이야기를 진행하겠다. 수사의 중심인물은 현장 지휘관인 나쓰노메이지만, '겉보기에는 밝으나 내면은 어둡다'고 평해야 할 이 인물을 좀 더 자세히 알기 위해서는 본인이 아니라 그 가까이에 있는 인물의 눈을 빌리는 편이 낫겠다.

나와 달리 나쓰노메 과장은 차분했다. 범인이 이쪽에서 전화를 걸라고 말한 이상, 조금이라도 빨리 전화를 걸어 범인의 요구를 듣는 편이 낫지 않을까 싶었지만, 과장은 "괜찮아. 걱정하지 마"라는 말로 일관했다. 실제로 전혀 서두르는 기색 없이 담담하게 각 담당자에게 지시를 내리고 있다.

회의가 끝나자 대원들이 일제히 흩어졌다.

"가스카베, 오랜만에 큰 사건일지도 모르겠어." 나쓰노메 과장이 나를 보고 눈을 가늘게 떴다. 사건이 터져서 즐겁다는 듯이 말하다니 괘씸해 보일지도 모르지만, 나쓰노메 과장은 까불대는 것이 아니다. 야구팀 감독이 긴장 풀고 해 보자고 격려하

는 것과 비슷하다. 감독의 그런 말은 결코 해이해지자는 뜻이
아니다.

"전화, 슬슬 범인에게 전화를 걸어야 하지 않겠습니까?"

"가스카베는 정말 착실하다니까." 나쓰노메 과장이 나를 보
며 말했다.

"착실해서 드린 말씀은 아닌데요."

"착실한 사람일수록 호되게 당하지. 가공청구架空請求*도 그
렇잖아. 짚이는 데가 없는데도 청구를 당하면 문의해서 오해를
풀려고 하지. 그 결과 나쁜 놈에게 개인 정보가 넘어가. 성격이
헐렁한 사람은 나는 모르는 일이라며 무시해. 결과적으로는 그
쪽이 피해가 적어."

"착실한 사람일수록 손해를 본다는 의견이시라면 부정은 하
지 않겠습니다."

"아무튼 범인에게 물론 연락은 할 거야. 서두르지 마. 범인도
벌써부터 자포자기해서 막 나가지는 않겠지. 인질범과의 교섭
도 연애랑 비슷하지 않을까? 하나에 밀당, 둘에 인내, 셋넷 없이
다섯에 강행 돌파."

"과장님, 연애에 강행 돌파는 부적절하지 않겠습니까?" 바로
옆에 있던 젊은 대원 오시마가 말했다.

내가 웃자 나쓰노메 과장은 분위기를 맞추듯이 한 박자 늦게

---

✤ 이용한 적이 없음에도 가공의 비용을 청구하여 현금 등을 사취하는 사기 행위
를 가리킨다.

웃음을 터뜨렸다. 과장은 진심으로 웃지 않기 때문에 가끔 이렇듯 반응에 시간 차가 생긴다.

"오시마, 네가 SIT에 입대한 기념으로 사건이 터졌는지도 모르겠어." 나쓰노메 과장이 말했다.

"그럼 꼭 제 탓 같지 않습니까."

나쓰노메 과장은 다시 웃음을 터뜨리더니 먼저 자리를 떴다.

나와 오시마는 과장과 같은 차로 출동할 예정이었으므로 부랴부랴 따라갔다. 오시마가 "과장님은 어째서 저렇게 여유가 있는 걸까요?" 하고 목소리를 조금 낮추어서 물었다.

"과장님도 여유가 있는 건 아니야." 센다이라고 해서 인질 농성 사건이 흔한 것은 아니다.

"하지만 평소처럼 밝고, 농담을 할 여유도 있으시잖습니까."

"있는 척하는 거지."

"긴장 풀고 해 보자고 밝게 행동하는 감독 비슷한 건가요?"

"괜찮은 비유로군." 누구든지 생각은 다 똑같다.

"저, 이런 질문은 하면 안 되는지도 모르겠습니다만."

뭘 묻고 싶은지 대충 짐작이 갔다.

"과장님 말예요, 예전이랑 지금이 많이 다르신가요? 가스카베 씨는 과장님과 오랫동안 같이 일하셨죠?"

"지금 과장님은 옛날 과장님을 흉내 내고 있을 뿐이야."

"아아." 오시마는 작은 목소리를 흘리며 어깨를 축 늘어뜨렸다. "그렇겠죠."

7년 전 그때, 나는 과장의 눈앞에 있었다. 옛날 과장이 지금 과장으로 바뀌는 바로 그 순간을 목격했다. 요미우리 자이언츠의 팬인 과장이 신나게 야구 이야기를 꺼내 놓다가 스무 살 먹은 딸이 야구 결과에 너무 일희일비하지 말라고 잔소리를 했다며 기쁜 듯이 불평했을 때 휴대전화가 울렸다. 전화를 받은 과장의 낯빛이 순식간에 창백해져서 좋지 않은 소식임은 짐작할 수 있었다. 가족에게 무슨 일이라도 생겼나, 예를 들면 교통사고라거나. 그런 예감이 머릿속을 스쳤지만 설마 부인과 딸이 한꺼번에 변을 당했을 줄은 몰랐다.

  딸이 운전대를 잡았고 부인은 조수석에 탔다. 딸은 면허를 딴지 얼마 안 되었지만, 오히려 그래서라고 할까, 평소 안전 운전에 유념했고 그날도 예외는 아니었다. 문제는 신호를 무시하고 교차로로 진입한 고령의 여성이었다. 세상사 참 얄궂다더니만 나쓰노메가의 두 사람은 즉사했고, 충돌한 여성은 머리를 찧었지만 생명에는 지장이 없었다.

  "어휴, 일이 이렇게 되면 정말로 마음이 아프다니까." 장례식에서 돌아오는 길에 부장이 내게 말했다. "그야말로 최악의 사태가 발생했는데 누구 잘못인지 모르겠어."

  물론 누가 악인인지 확실한 경우도 마음 아프기는 매한가지지만, 나도 그의 말에 동의했다. 서로 입이 무거워진 데다 잡담을 나눌 기분도 들지 않았다. 뭔가 막연하게 푸념을 줄줄 늘어놓고 싶었다.

"할머니 말이야, 점쟁이한테 뜯기고 있었대."

"어, 할머니라면 상대방 운전자 말씀이십니까?" 할머니라고는 하나 일흔 살도 되지 않아 아직 정정하다.

"웬 여자 점쟁이가 재산을 노리고 접근했지. 상담해 준다는 핑계로 걸핏하면 돈을 받아 갔대. 수정구를 보거나 별의 위치로 점을 쳤다는군."

"아주 전형적이네요."

"전통적인 기술이라고 할 수도 있겠지."

"신호를 지키지 않은 것도 점 때문은 아니겠죠?"

"꼭 아니라고 볼 수는 없지. 점쟁이가 별의 위치니 생일이 어쩌고저쩌고 떠들다가 지도를 펼치더니 이 방향이 좋다, 이 길이 좋다, 얼마를 내면 평생 교통사고를 피할 수 있다고 했다는군. 돈을 몽땅 내준 탓에 걱정이 이만저만 아니었고, 결국 잠이 부족해서 사고를 낸 거야."

"그럼 그 점쟁이 잘못이잖습니까." 말은 그렇게 했지만 나도 물론 점쟁이를 체포할 생각은 없다.

"감정적으로 따지자면 그렇지. 하지만 인과관계는 없어."

엄밀하게 따지자면 '법률상 인과관계'이리라. 점쟁이가 없었다면 그 고령의 여성은 심신이 피폐해지지 않았을 테고, 그럼 사고는 일어나지 않았을 것이다. 연관성은 있다. 다만 법으로는 처벌할 수 없다.

"대학생 때 들었던 법률 수업이 생각나네요."

손해배상에 관한 민법 수업 아니었던가. 달려가는 차가 진흙을 튀겨서 거래처로 향하던 을의 옷을 더럽혔다. 서둘러 옷을 갈아입었지만 약속 시간에 늦는 바람에 거래처의 갑이 화가 나서 결국 계약에 실패했을 경우, 그 차에 책임을 물을 수 있느냐 없느냐 하는 문제였다.

인과관계는 인정되지 않는다.

차가 진흙을 튀긴 것과 계약 실패는 직접적으로 연결되지 않는다. 관련은 있을지도 모르지만, 옷이 더러워지지 않았다고 반드시 계약에 성공했으리라는 보장은 어디에도 없다. 지각하지 않았더라도 실패했을 가능성은 있다.

다만 나는 학창 시절과 마찬가지로 지금도 반대 의견을 품지 않을 수 없다. 인과관계가 완벽히 성립되지는 않을지언정 적잖은 관계가 있지 않습니까? 차가 진흙을 튀기지 않았다면 계약이 성사됐을 가능성이 높았을지도 모르잖습니까, 라고. 책임을 지라고 운전자를 닦달할 마음은 없지만, 미안함 정도는 느꼈으면 한다.

"점쟁이는 이번 일을 어떻게 생각할까요? 뉴스를 보고 알고 있을까요?"

"실은 주간지에서 취재를 했대. 기자한테 들었는데 말이야."

"어땠습니까?"

부장은 아랫입술을 내밀고 체념의 감정을 섞어 한숨을 내쉬었다. "단적으로 말해 태도가 역겨웠다는군. 자기랑 무슨 관계가 있느냐는 투였대."

"그거, 나쓰노메 과장님도 알고 계실까요?"

"그런 이야기를 어떻게 하겠어."

"그렇겠죠."

나쓰노메 과장의 내면은 그때 공백으로 변했다. 내가 상상하기에는 그렇다.

죽지 않고 살아가기 위해 심정과 감정을 전부 버린 것 아닐까. 최악의 사태로 떡칠이 된 마음이라는 캔버스를 깎아 내어 억지로 흰색 바탕으로 되돌렸다.

그 후로 나쓰노메 과장에게 감정이란 하얀 캔버스에 물로 그리는 그림과 다를 바 없다. 과장은 언제나 척을 한다. 즐거운 척, 슬픈 척, 살아 있는 척, 옛날의 자신인 척을.


빌딩에 켜진 전등, 가로등과 자동차 제동등, 전조등, 다양한 불빛이 어둠 속에 잠긴 길을 비추었다. 완만하게 구불대는 도로를 나아가고 있자니 그러한 불빛들이 번지고 뻗치고 흔들리는 것처럼 보였다.

오후 9시가 지나서인지 시내를 남북으로 잇는 현도는 교통이 원활했다. 적당한 거리를 두고 달릴 수 있었다.

운전대를 잡은 오시마는 사이렌을 울리고 싶은 모양이었지만, 어지간히 혼잡하지 않은 한 눈에 띄는 짓은 하지 말라는 지시가 내려졌다.

정보는 아직 얼마 없다.

범인의 목적은 물론 정신 상태와 피해자와의 관계, 소지한 무기의 종류 등 모르는 것 천지이다.

긴급사태라고 해서 요란스레 출동하면 범인을 자극할 수도 있다. 자극받은 범인이 어떤 행동에 나설지는 예측 불가능하다.

"슬슬 선행 부대가 도착할 시간이군요."

"오시마, 긴장한 건 아니겠지." 운전석을 보니 옆얼굴이 조금 굳어 있는 것 같아서 말을 걸었다.

"그야 조금은 긴장되죠. 하지만 과장님이 계시니까 큰 배에 탄 기분으로 느긋하게 있겠습니다." 오시마가 대답했다. "명명이 대작전을 지휘한 나쓰노메 과장님이시니까요."

5년 전 미야기 현경 SIT가 대응한 인질 농성 사건에 관한 이야기다.

"자네, 놀리는 거지?" 말없이 창밖을 바라보던 나쓰노메 과장이 시선을 차 안으로 돌리고 쓴웃음을 지었다.

"당치도 않습니다." 그 말투 또한 놀리는 듯이 들렸지만, 과장은 화내지 않고 건조한 웃음소리를 흘렸다.

"있지, 그때는 정말로 골치 아팠어. 사건도 골치 아팠지만, 그후로도."

"사건이 종결되고 나서도요?"

"개 애호가들의 항의가 쇄도했어. 그렇지, 가스카베?"

나는 긍정의 뜻을 담아 어깨를 으쓱했다.

"정말입니까?" 오시마가 말했다. "하지만 그 덕분에 모리 씨가 목숨을 건졌잖아요? 당시 저는 아직 이 일을 하기 전이었지만, 텔레비전으로 봤습니다. 저 경찰관 분명히 죽었을 거라고 생각했어요. 경찰은 동료가 죽든 말든 내버려 두는구나, 무섭다, 하는 생각도 들었고요."

한 남자가 전처와 자식이 사는 집을 며칠간 점거한 사건이 텔레비전으로 중계방송됐다. 실전은 어려우며 연습과 모의 훈련을 아무리 반복한들 예상외의 사태는 발생한다는 사실을 그 사건을 통해 통감했다. 무엇보다 큰 오산은 대원 가운데 가장 나이가 많은 모리 씨가 총에 맞은 것이리라.

범인이 권총을 가지고 있는 줄도 모르고 무방비하게 집에 접근하려다가 느닷없이 총에 맞았다. 모리 씨는 집 앞에 쓰러져서 일어서지 못했다.

범인은 의심과 두려움으로 흥분 상태에 빠져 우리가 모리 씨를 구하기 위해 다가가는 것조차 허락해 주지 않았다. "대원을 구출하려는 것뿐이야"라고 설명해도 "그 아저씨를 구하는 척하면서 돌입할 속셈이겠지" 하고 귓등으로도 듣지 않았다. 그리고 "경찰이 접근하면 인질을 죽이겠어" 하고 선언했다.

시간이 흐를수록 모리 씨는 움직임이 둔해져 살았는지 죽었는지도 판단이 되지 않았다.

그 와중에 현장 책임자인 나쓰노메 과장만이 유일하게 침착함을 유지했다. 범인에게 들키지 않도록 근처 주택 뒤편에 숨어

모리 씨에게 다가갈 계획을 세우고 실행에 옮기기로 했다. 하지만 장애물이 있었다. 이웃집에서 기르는 개, 수컷 도베르만이다. 개도 개 나름대로 심상치 않은 분위기를 느꼈는지 평소보다 경비견의 역할을 더욱 충실하게 수행하여 사람이 가까이 다가가면 왈왈 짖었다.

"주인은 어디 있지?" "집을 비운 것 같습니다."

집에 불이 꺼져 있고, 초인종을 눌러도 응답이 없어서 영락없이 집을 비운 줄 알았다. 개 주인 할아버지가 침실에서 숙면 중이었음은 사건이 해결된 후에야 밝혀졌다.

아무튼 그때는 툭하면 도베르만이 짖었다. 범인에게 경찰이 접근한다는 것을 알리는 경보 장치나 다름없었다. 개의 이름이 '센서'라는 것도 사건이 해결된 후에 밝혀졌는데, 어쨌거나 그때는 개라는 장애물이 우리 앞에 떡 버티고 있었다.

사람이 다가가지 않고서는 모리 씨를 구하기 힘들다. 밧줄을 걸어서 끌고 오면 어떨까 진지하게 검토했지만 현실적이지 못했다. 밧줄 같은 도구를 잘 다룰 수 있을지 없을지 불명확했고, 도구 자체에 개가 반응할 가능성도 있었다. 차라리 개한테 커다란 고기를 주어 입을 막을 수는 없겠느냐, 고기에 수면제를 넣는 건 어떻겠느냐는 안도 나와서 실행에 옮겼지만, 영리한 개는 던져 준 고기에 입도 대지 않았다.

시간이 흐를수록 길바닥에 쓰러진 모리 씨가 점점 식어 가는 것 같아서 대원들은 모두 무력감에 빠졌다. 젊은 대원 몇 명이 빨리 구출하자고 소리 높여 주장했지만, 나쓰노메 과장이 만류했다.

서두르지 마, 뭔가 방법이 있을 거야. 어떻게든 모리를 구할 거야. 서두르지 마.

목소리는 온화했지만 그렇게 단언하는 과장의 말투에는 모두를 진정시키는 힘이 있었다.

가까운 사람을 잃는 것이 얼마나 무서운 일인지 과장은 안다. 갑작스레 육친을 잃고 공포를 맛보았다. 그런 과장이 하는 말이니까 따라야 한다.

"그때 과장님의 아이디어가 없었다면 모리 씨는 위험했을 겁니다." 나는 당시를 회상하며 말했다.

"아니, 돌이켜 보면 그 밖에도 얼마든지 좋은 작전이 있었어. 동물 애호가들이 불만을 제기하지 않을 만한 방법이."

"하지만 모리 씨의 목숨을 구한 건 틀림없는 사실이잖아요. 개가 어쩌고저쩌고 항의하다니 이상합니다." 운전석의 오시마가 투덜거렸다.

"모리보다 개의 인기가 높다는 뜻이겠지. 나도 어느 파냐고 묻는다면 당연히 개파야."

나와 오시마가 웃자 나쓰노메 과장도 뒤늦게 웃었다. 인질 농성 사건이 발생해서 현장으로 향하는 동안 담소를 나누었다는 것을 들키면 세상 사람들이 질책할까 어쩐지 걱정됐다.

그 후에 선행 부대에서 무선이 들어왔다. 이미 '노스타운'에

도착해서 현장으로 추정되는 사토 씨네 집 앞에 있다고 한다.

"진짜군요." 대원이 무선으로 말했다. 장난 전화가 아니라 진짜 인질 농성 사건이라는 뜻이다.

"범인으로 추정되는 남자가 2층 창문으로 모습을 드러냈습니다. 저희가 도착하기를 기다리고 있었던 것 같습니다." 대원은 보고를 계속했다. "위아래로 검은색 복장이었습니다. 커튼을 치고 불도 꺼 놔서 잘 보이지는 않았지만, 총 같은 걸 젊은 남자에게 들이대고 있는 건 알겠더군요. 묶여 있는 것 같았습니다."

"오시마, 도착하려면 얼마나 걸리지?" 나쓰노메 과장이 운전석에 말을 던졌다.

"10분쯤 걸릴 겁니다."

과장은 몸을 뻗어 운전석 옆에 설치된 무전기를 조작했다. 마이크를 입에 대고 선행 부대에게 앞으로 10분쯤 후에 도착하며, 범인에게는 자기가 연락하겠다고 알렸다.

"알겠습니다. 대기하는 동안 뭔가 준비해 둘 일은 없습니까?"

"근처에 개가 없는지 알아봐."

대원도 그 말이 과거의 사건에서 비롯된 농담임을 알아들었는지 "멍멍이 합창단도 불러 두겠습니다" 하고 답했다.

5년 전 인질 농성 사건 때 '모리 씨를 구하기 위해, 짖는 개를 어떻게 짖지 못하게 할 것인가'라는 과제에 과장이 내놓은 아이디어는 '짖게 놔둔다'였다. 개에게 이쪽 사정을 이해시키기는 불가능하다. 짖지 말라고 부탁하는 것도 마찬가지다.

"그럼 짖으라고 해. 대신에 다른 개들이랑 같이."

대원들은 알고 지내는 펫숍과 개를 기르는 사람에게 연락하여 수많은 개들을 모아 커다란 트럭 짐칸에 실었다. 개들이 예상치 못한 일에 당황하고 화가 나서 대규모 합창을 하듯이 짖자 범인이 연락하여 무슨 일이냐고 물었다.

과장은 설명했다. "왠지 모르겠지만 근처에서 들개들이 소란을 피우고 있어. 바로 얌전히 시킬 테니 좀 기다려 봐."

어디까지나 경찰과는 상관없이 돌발적으로 벌어진 사태라고 잡아뗐다. "의심할 텐데요." 내 말에 과장은 당연하다는 듯 고개를 끄덕였다. "그야 그렇겠지. 하지만 저쪽도 확신은 없어. 우리는 들개를 어떻게든 얌전히 시킬 테니 기다려 달라고 애원하면 그만이야."

나중에 과장은 다음과 같은 이야기를 들려주었다. 자포자기하여 될 대로 되라는 식이 아니라 나름대로 이야기가 통하는 범인은 시간이 흐르면 흐를수록 어떻게든 사태를 끝내고 싶어 하는 법이라고. "저쪽은 저쪽대로 투항할 기력도 없이 지쳤거니와 사건이 장기화되는 것도 불안하거든. 그러니까 우리가 넌지시 막을 내리는 방향으로 움직여도 눈치챌 확률은 낮아."

결과부터 말하자면 모리 씨는 무사히 구출됐다. 개들이 계속 짖어서 옆집 도베르만의 울음소리가 묻히고, 과장이 범인과 이야기를 하며 주의를 돌리는 사이 대원들이 쓰러진 모리 씨에게 접근해 들것에 싣고 왔다.

그 후 범인이 녹초가 되어 잠든 틈을 타 인질이 몰래 탈출하고 대원들이 돌입하여 사건은 종결됐지만 과장이 불평했듯이 개를 위험에 빠뜨리지 말라는 항의가 쇄도했다.

☾

인질 농성 사건 현장인 사토 씨네 집은 화려하지는 않지만 만듦새가 실팍해 보였다. 대문 안쪽에 넓은 마당이 있어 도로에서 집까지 거리가 좀 됐다.

우리는 근처 차도에 차를 대고 선행 부대와 합류했다.

소형 버스만 한 크기의 차량이 임시 수사 본부였다. 무전기와 녹음기, 모니터가 설치되어 있어서 조금 좁지만 서너 명 정도는 마주 앉을 수 있다.

"수고가 많아." 나쓰노메 과장이 태평스러운 목소리로 말했다. 눈빛은 날카롭다. "이웃 주민들은 어때?"

"과장님 지시대로 한 집씩 방문하여 대피시키고 있습니다."

인질 농성 사건은 위험도에 따라 대응 방법이 달라지는데, 이번에는 범인이 권총을 소지했으므로 긴급성과 위험도가 높다. 주변 200미터 이내에 사는 사람들은 반강제적으로 대피해야 한다. 지금도 오시마를 비롯한 대원들이 집집마다 돌아다니고 있었다.

"깜짝 놀라면서도 대피 지시에 순순히 따라 줘서 한시름 덜었습니다."

"인터넷으로 생중계해서 인기를 끌려는 사람도 있지 않을까?"

"있어도 이상할 건 없습니다만, 다행히도 아직은. 일단 유명한 동영상 사이트는 수시로 확인하고 있습니다."

"사람이 없는 집도 많나?"

"아무 응답도 없는 집은 그리 많지 않습니다." 대원은 그렇게 대답하고 펼쳐 놓은 지도를 가리켰다. 사람이 없는 집에는 표시를 해 두었다.

"아무도 없는 줄 알았는데 집주인이 자고 있거나 그러지는 않겠지?"

5년 전에 도베르만의 주인이 그랬던 것이 생각났으리라.

"그럴 수도 있지만, 그것만은 어쩔 도리가 없죠."

집에 무단으로 들어가서 자고 있는지 확인할 수는 없다.

"폴리스 라인을 설치해 동네로 들어오는 사람을 통제하고 있습니다."

"평화롭고 아담한 동네에서 어쩌다 이런 사건이 발생했을까." 나쓰노메 과장은 감탄한 투로, 즉 익살스럽게 말하더니 "일단 첫수를 두어 볼까" 하며 자기 스마트폰을 꺼냈다. 저쪽 목소리는 스피커에서 나오도록 해 놓았다.

"긴장되네요." 내가 말했다.

신호음이 몇 번 이어진 후 "네" 하고 나지막한 목소리가 들렸다.

"미야기 현경의 나쓰노메라고 하는 사람이야. 전화가 늦어서 미안해." 과장은 자신을 낮추지도 않고 상대를 내려다보지도 않는 투로 담담히 말했다. 어떤 인간관계에서도 대등한 관계가 중요하다고 흔히들 말하지 않는가.

범인은 잠시 조용히 있다가 "잘 들어, 이상한 짓 하면 인질의 목숨은 없을 줄 알아" 하고 말했다.

"사토 씨네 가족은 모두 무사한가? 그것보다 그쪽에 누가 있는지 가르쳐 줘."

범인은 바로 대답하지 않았다.

나는 범인이 방을 둘러보며 자신이 묶어 둔 인질을 헤아리는 모습을 떠올렸다. 즉시 대답하지 않는 것은 범인이 신중하며 고지식하다는 증거가 아닐까 추측했다.

"이 집에 사는 가족은 세 명이야. 아버지와 어머니와 외동아들. 겁을 먹었지만 무사해. 아직까지는."

"그렇군." 나쓰노메 과장도 범인의 상을 그려 보는 중인지, 대답하면서 시선을 허공에 두었다.

"아직까지는, 이라고 했다. 그걸 똑똑히 기억해." 예민한 상태인지 남자의 목소리는 약간 날카로웠지만, 차분히 이쪽을 향한 과장의 눈은 이렇게 말했다.

이야기가 통할 것 같아, 다행이야.

나도 동감이었다.

전화를 받자마자 대뜸 "우주의 목소리에 따르고 있습니다"라거나 "나는 이미 끝났어"라고 나오면 우리 교섭반으로서는 어떻게 교섭해야 할지 난감할 따름이다.

"요구 사항은 뭐지? 도대체 왜 사토 씨네 집에 들어갔나?"

과장은 의도적으로 인질의 이름을 빈번하게 꺼냈다. 그럼으로써 범인이 물건이나 도구가 아니라 인간을 붙잡고 있음을 일깨워 준다. 이렇듯 자잘하게 심어 놓은 인상이 쌓이고 쌓여서 나중에 효력을 발휘한다.

"이 집 사람에게 원한은 없어. 다른 사람에게 볼일이 있었을 뿐이야."

"다른 사람? 그 다른 사람에게는 원한이 있다는 건가."

"그놈을 찾고 있다. 찾다 보니 여기까지 온 거야."

"그렇군."

"요구는 그거야."

"그거?"

"지금 말하는 사람을 데려와서 이야기를 시켜 줘."

"알았어." 나쓰노메 과장은 지체 없이 대답했다. 눈곱만큼의 망설임도 보이지 않는다. "누구지?"

범인이 댄 이름은, 당연하다면 당연하지만, 우리가 모르는 이름이었다.

성은 오리오, 이름은 모른다고 한다. 오리오오리오라고도 불린다며 범인은 말을 이었다. "나이는 40대인가 50대인가, 아무튼 그쯤 먹었어. 직업은 컨설턴트야."

"컨설턴트? 무슨?"

잠깐 침묵이 흘렀다. "뭐든지 간에."

"컨설턴트 오리오, 그 정보만으로 찾을 수 있다는 건가?"

"요 근처에 있어."

"요 근처?"

"그래. 분명히 있어. 만약 가능하다면 내 발로 찾아 돌아다니고 싶지만, 안타깝게도 나는 여기서 못 나가. 왜냐하면."

"우리 탓이라는 건 아니겠지." 나쓰노메 과장이 말했다.

"그쪽 탓이면서." 혀를 차는 소리가 들렸다.

"하나 묻고 싶은데, 경찰이 오기 전에 그 집에서 나가야겠다는 생각은 없었나?"

"물론 그런 생각도 있었지. 하지만 여기서 나가 본들 너희 경찰이 어슬렁거리는데 사람을 찾기는 힘들잖아. 그럴 바에야 차라리."

"차라리 우리를, 그러니까 경찰을 수색에 써먹어야겠다고 생각한 거로군."

"어때, 똑똑하지?"

"그래, 좋은 판단이야."

"어쨌든 빨리 그놈을 찾아내서 전화기 앞에 대령해. 우리 이야기는 그다음부터야."

"잠깐만 있어 봐."

"동틀 때까지 찾아내. 아침까지 오리오를 찾아내지 못하거나,"

찾아냈는데도 전화가 없으면 인질을 죽이고 자살하겠어."

"잠깐만 있어 보라니까."

"알았지?"

"아니, 잠깐만." 과장은 빈틈을 주지 않으려는 상대의 빈틈을 찾아 자꾸 끼어들었다. "아무 상관도 없는 인질들이 날벼락을 맞겠군. 왜 저승길 동무로 삼으려고 하지?"

"간단해. 그래야 너희가 내 이야기를 진지하게 들을 테니까."

"나는 진지해. 내일이면 모두 무사히 평소 생활로 돌아가길 바라. 오히려 인질을 풀어 줘야 좀 더 진지해질 가능성도 있어."

범인이 웃었다. "아무리 그래도 그건 아니지."

"모두 평화롭게 사는 게 제일이야. 사토 씨 가족뿐만이 아니라 가능하면 당신도. 아, 그런데 그쪽을 뭐라고 부르면 좋을까?"

범인은 한순간 입을 다물었다가 "어디서 허튼수작이야" 하고 대답했다.

상대가 본명을 댈 가능성은 낮지만, 선택한 호칭에 신원을 파악할 힌트가 담겨 있을 때도 있다. 본인이 직접 별명을 붙일 때는 흔히 자신과 관련된 단어를 고르는 경향이 있기 때문이다.

나쓰노메 과장은 그런 방향으로 질문을 끌고 가서 은근슬쩍 정보를 빼내는 데 도사였다.

그때 범인이 콜록콜록 기침을 하더니 내뱉듯이 "저기" 하고 말했다. "저기, 이 집 아버지 때문에 목 안을 다쳐서 아파. 성질 나 죽겠네."

"딱 들어 봐도 아픈 것 같은 목소리야."

"하여튼 너희는 열심히 오리오를 찾아."

"정보가 너무 적어. 그렇잖아. 오리오라는 성만 가지고 찾아 낼 수 있을 것 같아? 플래카드라도 걸고 있다면 또 모를까."

"플래카드라니, 무슨?"

"제가 바로 오리오입니다, 라든가."

"그럼 좋겠군. 뭐, 그건 그렇고." 범인은 잠깐 입을 다물었다 가 말했다. "오리온자리에 대단히 해박해."

오리오라는 성에서 생각해 낸 농담이 틀림없다. 나는 웃음이 나기보다 화가 났다. 나쓰노메 과장도 같은 기분이겠지만 여느 때와 다름없이 감정은 표출하지 않았다. "사람을 일일이 붙잡아 서 오리온자리에 대해 잘 아느냐고 물어볼 수는 없어. 불가능하 지는 않겠지만 시간이 걸린다고. 사진은 없나? 만약 있다면 이 쪽 주소로 메일을 보내 줘."

"메일?"

"메일은 편리해."

"무서운걸."

"무섭다니, 뭐가?"

"내가 그쪽 주소로 메일을 보내면 답장으로 이쪽에 이상한 메일을 보낸다거나. 바이러스 같은 걸 심는 거 아니야?"

말하는 것으로 보아 범인은 인터넷에 관해서는 그다지 환하 지 못하다는 사실을 알았다. 모르는 분야를 접하면 대담해지는 사람도 있지만, 대부분은 신중해진다. 범인은 후자이리라.

"아주 사소한 것까지 걱정하는군."

"뭐, 그렇지. 남을 속일 때는 대개 대수로운 일이 아니라는 식으로 접근하는 법이니까."

"무슨 뜻이지?"

"대놓고 비밀번호가 뭐냐고 물으면 아무도 안 가르쳐 주겠지. 맞잖아. 하지만 별자리 운세를 봐 주겠다면서 아무렇지도 않게 생일을 물어보면 가르쳐 줄 가능성이 있어. 비밀번호가 생일과 비슷하다면 생일을 단서로 알아낼 수도 있겠지. 위험한 이야기는 그쪽을 위해 협력하겠다는 자세로 다가와. 그렇지?"

그렇게 해서 정보를 얻어 내는 것이 우리 특기다. 지갑을 달라고 하는 대신 그쪽 짐을 이쪽에 놓아두겠다고 해야 승낙을 얻어 내기 쉽다. 적어도 거절하기는 힘들다.

"그럼 이쪽에서는 메일을 보내지 않을게. 그쪽에서만 보내. 그럼 되겠지. 우리는 당신의 뒤를 캘 생각이 없어. 그저 정보를 원할 뿐이야."

범인은 그리 오래 고민하지 않았다. "그래, 알았어. 사진을 보낼게."

나쓰노메 과장은 자신의 수사용 스마트폰의 메일 주소를 알려 주고 나서 "사토 씨 가족이 무사한지 확인하고 싶은데" 하고 말했다.

범인의 요구에 응한다고 쳐도 인질이 무사한지가 대전제다.

"당연히 무사하지."

"그 말을 믿어도 되겠지만, 그럼 당신이 찾는 오리오를 발견했을 때도 내 말만 듣고 믿어 줄 텐가? 인질의 목소리를 들려주지 않으면 나도 오리오의 목소리를 들려주지 않겠어."

범인이 다시 조용해졌다.

"현재 사토 씨 가족이 어떤 상태인지 알려 줘." 과장이 쐐기를 박듯이 말했다.

"잠깐만 기다려." 범인이 부스럭부스럭 움직이는 기척이 전해졌다. 야, 얌전히 굴어, 쓸데없는 소리는 하지 마, 장난치는 거 아니다, 그렇게 소곤대는 목소리가 들렸다. 사토 씨 가족을 협박하는 것이리라.

잠시 후에 "여보세요" 하고 다른 남자 목소리가 들렸다. "저."

젊은 남자다.

"사토 씨입니까? 저는 미야기 현경의 나쓰노메라고 합니다. 아버님이신가요?"

"아, 유스케예요. 사토 유스케. 큰아들이랄까, 외동이지만요."

"유스케 군, 부모님도 거기 계십니까?"

"예. 묶여 있어요. 어쩌다 일이 이렇게 됐는지 도통 모르겠네요."

묻고 싶은 것은 아주 많았다. 범인의 인상착의는 어떤지, 어디에 어떻게 묶여 있는지, 범인과 면식은 있는지, 아주 사소한 것이라도 좋으니 뭔가 알아차린 사실은 없는지, 이번 통화로 정보를 얻을 수 있다면 도움이 될 것이다. 하지만 물론 범인이 그냥 놔둘 리 없다.

"사토 씨, 잘 들으세요. 지금 가족들 모두 아주 불안하고 힘드실 겁니다. 하지만 저희는 이런 일이 전문입니다. 사토 씨 가족을 반드시 구해 드릴 테니 괴로우시겠지만 필요 이상으로 겁먹지 마십시오." 나쓰노메 과장은 이 말만큼은 꼭 해야겠다는 투로 말했다. "반드시 구해 드리겠습니다." 그 목소리는 나에게조차 힘 있게 와닿았다.

"예." 사토 유스케는 아까 전보다 기운찬 목소리로 말했다. 눈물을 글썽거리는 분위기마저 느껴졌다. 그 후로도 뭔가 이야기하고 싶은 듯했지만 부스럭부스럭 소리가 나더니 "이제 무사하다는 걸 알았겠지" 하고 범인의 목소리로 바뀌었다.

"고마워. 우리도 이제 그쪽 이야기에 진지하게 응할게."

"지금까지는 진지하게 응할 생각이 아니었어?"

"실은 그랬어."

범인은 화를 내는 대신 살짝 웃은 듯 훗 하고 부드러운 숨소리가 들렸다. "그럼 놈을 빨리 찾아와."

"사진을 보내 줘. 그 밖에 뭔가 요구할 게 있으면 연락하도록 해."

그리고, 하고 나쓰노메 과장이 말을 이었을 때 전화가 끊겼다.

아무래도 통화가 너무 길었다고 생각한 모양인지 황급히 끊은 것 같았다.

"시합 개시다." 과장이 말했다.

"우선은 메일을 기다릴까요?" 나는 과장이 내려놓은 스마트폰을 보았다.

"오리오라는 이름만 가지고는 손쓸 방도가 없어. 분명히 요 부근에 있다고 했는데."

"이 동네에 사는 사람일까요?"

"그럼 애당초 그 집에 직접 가면 됐을 테고, 방금도 그 집을 알려 줬을 거야."

"일 때문에 이 주택지의 어느 집에 와 있는 건 아닐까요?"

대원 하나가 말했다. 정확히 무슨 일을 하는 컨설턴트인지 아직 모르지만 가능성은 있다.

"그렇다면 그것도 돌아다니며 확인해야겠군요." 내가 말했다.

"일단 센다이시에 사는 오리오 성씨 남자라도 조사해 볼까."

"흔하지 않은 성이기는 합니다만." 센다이시 거주자가 맞는지 아닌지도 불확실하다. "사토 씨네에 관한 정보는 부동산 중개소와 세무서에 문의했습니다."

"아, 한 가지 찜찜한 정보가." 대원 하나가 깜빡했었는지 아차 싶은 표정으로 말했다.

"찜찜한 정보 모집 중이야."

"몇 시간 전에 이 동네 옆쪽, 현도에서 한 블록 들어간 곳에 있는 길에서 싸움이 났던 것 같습니다."

"싸움." 의미를 확인하듯이 나쓰노메 과장이 되뇌었다.

"남자 둘이서요. 말다툼이라도 했는지 모르겠지만, 한쪽이 다른 한쪽을 힘껏 떠미는 것을 차로 지나가던 주부가 목격한 모양입니다. 그 주부가 이 동네 사람이라 아까 이야기를 들었습니다만."

"싸움이라. 뭐, 관계없지 않을까요?" 내가 말했다.

"꼭 그렇게 단정할 수야 없지. 나중에 이야기를 들을 수 있겠나?"

"예, 일단 대피시켰지만 나중에 찾아보겠습니다."

"싸움이 마음에 걸리십니까?" 그런 실랑이는 예삿일이다.

"싸우고 나서 분을 삭이지 못해 남의 집에 침입했을 가능성도 있어."

"싸움을 벌인 사람 중 한 명이 범인이라는 말씀이십니까? 과연 그럴까요?"

"아니려나."

나쓰노메 과장은 어디까지가 진심인지 모르겠다.

나는 문을 열고 차에서 내렸다. 기지개를 켜며 고개를 젖히자 하늘에 동그란 달이 예쁘게 걸려 있었다.


흰토끼 사건, '노스타운'에서 발생한 인질 농성 사건은 경찰이 출동하여 다음 단계로 나아간다.

길에서 싸움이 났다는 이야기, 즉 대원 하나가 주부에게 들었다는 목격담은 두말할 필요도 없이 이번 사건과 깊은 관계가 있지만 그 사실은 좀 더 나중에야 밝혀진다. 경찰이 그 정보를 까맣게 잊어버리는 바람에 꽤 늦게야 주부에게 이야기를 듣는다.

여기서 다시 시간을 되돌려 경찰이 출동하기 전, 유스케네가 묶이기 전후의 장면으로 돌아가자. 편의상 이제부터는 유스케의 집에 침입한 남자의 시선에서 이야기를 진행하도록 하겠다.

🌙

꽁꽁 묶은 가족 세 명을 바라보자니 어쩌다 이 지경이 됐나 싶어 넌더리가 날 지경이었다.

오리오오리오를 센다이역에서 찾기는 찾았다.

드디어 찾았다고 한숨 돌리는데 양복 차림에 안경을 쓴 오리오오리오가 여느 때처럼 산뜻한 웃음을 지으며 "아이고, 오랜만입니다" 하고 여유 있게 인사를 하는 통에 나도 그만 방심하고 말았다. 정강이를 걷어차여 아파서 끙끙대는 사이에 오리오오리오는 달아났다. 눈앞이 깜깜해질 만한 실수였지만, 달아나기 전에 가방에다 GPS 발신기를 집어넣은 것은 스스로 생각하기에도 파인플레이였다.

위치 정보를 정기적으로 검색한 끝에 일반 가정집인 단독주택에 도착했을 때는 동요했지만, 아무튼 집 안에 있을 테니 억지로라도 끌고 나오기로 결심했다.

다행히 현관문이 열려 있어 쉽사리 안으로 들어갔다. 일을 키우지 않고 재빠르게 집을 수색할 방법이 없을까 고민하던 참에

이 집 어머니에게 들켜서 걱정했던 대로 일이 커지고 말았다.

위치 정보에 따르면 오리오오리오는 이 주택 부지 안에 있었다. GPS 정보는 상공에서 파악한 위치를 평면에 나타낼 뿐 고도까지 알려 주지는 않는다. 오차도 있다. 어디까지나 얼추 그 정도 위치에 있다는 뜻이다.

"이 집에 지하실은 없나?" 나는 세 가족에게 물었다.

그들의 입에는 테이프를 붙여 놓았으므로 말은 할 수 없다. 먼저 아버지가 고개를 저었고, 합세하듯이 어머니도 고개를 좌우로 흔들었다. 아들은 그런 부모님이 걱정된다는 듯 바라볼 뿐이었다.

"너희, 정말로 이놈 몰라?" 나는 스마트폰에 띄운 오리오오리오의 사진을 각각의 얼굴 앞에 차례대로 들이댔다.

양복 차림에 안경을 끼고 말발을 앞세워 그럴듯한 소리만 늘어놓는, 얼핏 보기에는 유능하게 느껴지는 남자다.

아버지는 사진을 가만히 들여다본 후에 고개를 움직여 부정의 뜻을 나타냈다.

시치미를 떼는 것 같지는 않았다.

다만 어머니와 아들의 반응은 명백히 이상했다.

사진을 보자 눈이 휘둥그레지며 당혹한 기색을 드러냈고, 허둥지둥 부정하는 모습에서도 뭔가 필사적인 낌새가 느껴졌다.

생각해 보면 이 사진을 처음 보여 주었을 때도 어머니는 약간 과하게 반응했다.

"아는구나?" 나는 단정하듯이 힘주어 말했다. "어디 있어?"

어머니가 뭐라고 말했지만 테이프로 입이 막혀 있어 웅얼거리는 소리로밖에 들리지 않았다.

혀를 차며 테이프를 떼는 도중에 어머니가 기회라는 듯이 콱 깨물려고 들어서 냉큼 손을 거두었다.

이게 어디서. 나는 그녀의 뺨을 갈길 뻔했다. 화가 났다기보다 겁내지 않고 맞서려는 그 태도가 무서웠기 때문이다.

이렇게 되면 총을 겨누고 "부탁이니까 얌전히 굴어. 다음에는 쏠 거야" 하고 위협하는 수밖에 없다. "쏘기는 뭘 쏘느냐고 얕볼지도 모르겠지만, 쏠 때는 쏴. 알아들었어? 목숨까지는 빼앗지 않더라도 허벅지나 종아리를 쏴서 고통을 주는 것쯤은 식은 죽 먹기야."

"총소리 때문에 경찰이 올걸요." 어머니는 기죽지 않고 대꾸했다.

"만약 경찰이 오면 난 여기에서 못 나가. 이 집에 죽치고 있는 수밖에. 그럼 너희도 귀찮아질 텐데." 나는 그렇게 말했다.

아들이 빤히 노려보는 것을 눈치챘다. 내 빈틈을 찾고 있는 듯한 눈빛이었다. 어떻게든 달아나서 경찰에 신고라도 할 속셈인가.

"어째서 우리가 사진 속 남자를 안다고 생각하죠?" 어머니가 말했다. "왜 우리 집에 있다고 생각한 건데요?"

"정말로 몰라?"

"몰라요." 굳게 선언하는 듯한 말투였지만, 진실을 숨기기 위해서 그런다고도 볼 수 있다.

한 번 더 잘 찾아볼까. 대충 다 둘러보았지만, 서가 안쪽과 침대 밑까지는 아직 확인하지 못했다.

아버지가 머리를 흔드는 모습이 눈에 들어왔다. 말을 하고 싶은 모양인지라 입에 손을 뻗었다. 물리지 않도록 경계하느라 엉거주춤한 자세로 테이프를 뗐다.

"어쩌면." 아버지가 말했다.

"어쩌면, 뭐?"

답답해서 짜증이 났다. 이 아버지는 가족을 걱정하는 건지 마는 건지 모르겠을 때가 있다. 현실을 도피하고 싶은지 가끔 멍하니 있는 것 같기도 했다.

"아까부터 스마트폰으로 그 남자가 어디 있는지 찾는 것 같던데."

"뭐야, 그 말본새는." 총을 든 사람을 깔보는 말투라 화가 났다. 가벼운 복장 탓에 별 볼 일 없는 남자로 보였지만, 회사에서는 나름대로 높은 자리에 있겠지. 사내에서는 틀림없이 거드름쟁이다. 그러니까 이런 상황에서도 거만한 말투가 나오는 것이다.

"찾는 것 같던데요." 허둥지둥 말끝에 요를 붙여 존댓말로 바꾸었다. "GPS 정보를 기반으로 쫓고 있는 것 아닙니까? 위치 정보를 자주 검색하는 것 같던데요."

"그래서 뭐 어쩌라고."

"그 남자의 짐에 위치 정보를 발신하는 물건을 숨겨 놓았다거나? 아까 사진을 보니 가방이 찍혀 있더군. 그러니까 그 가방에다."

"그게 뭐 어쨌는데."

"실은 아까 전에 그 가방을 주웠어. 바로 저기 도로에서. 그 사진 속 가방이랑 똑같이 생긴 거야. 어쩌면 그 가방 속에 위치 정보를 발신하는 뭔가가 들어 있어서 착각한 거 아닌가?"

내가 노려보자 아버지는 "아닙니까?" 하고 다시 말했다. 상대의 눈치를 보며 말하는 건 수십 년 만이라는 듯이 어색하다. 평소에 얼마나 거만할지 짐작이 갔다.

어머니와 아들이 둘 다 눈을 크게 뜨고, 과연 모자지간답게 상당히 닮은 얼굴로 아버지를 빤히 쳐다보았다.

세 명 다 손목과 발목을 묶어 놨고 내게는 총이 있다. 남에게 위협을 가하고 본때를 보여 주는 것도 처음은 아니다. 하지만 역시 혼자서 세 명을 통제하려니 나름대로 신경이 곤두섰다. 나는 권총을 들이대며 "얌전히 있어, 알겠나" 하고 주의를 주듯이 말했다.

"그 가방은 어디 있어?" 일단 물어보았지만 한편으로 찜찜한 예감도 들었다. 만약 이 아버지의 말이 사실이라 GPS 발신기만 남아 있고 오리오오리오는 여기 없으면 어쩌지. 그렇다면 속수무책이다. 오리오오리오를 찾을 방도가 사라진다.

"2층이야. 내가 있던 방 말고 다른 방. 찾기 어려운 곳에 두었으니 내가 같이 가지."

"그 가방, 길에 떨어져 있었다고 했는데 정확히 어디서 주웠어?"

"정말로 바로 저기 집 앞에서." 아버지는 턱으로 집 밖을 가리켰다. "집사람이나 아들이 잃어버렸거나 떨어뜨린 줄 알고 집에 가져왔는데."

"너희는 그 가방 봤어?"

어머니와 아들은 고개를 설레설레 흔들었다. 거짓말을 하는 것처럼도, 솔직히 대답하는 것처럼도 보였다.

"위치 정보를 쫓아서 우리 집에 왔겠지만, 분명 여기에 가방이 있어서 그런 거겠지. 우리 집에는 가방밖에 없어요. 이걸로 다 해결됐네. 당신이 쫓아온 건 가방이야. 하지만 당신이 찾는 남자도 아직 이 근처에 있을지 몰라. 그러니 빨리 찾으러 나가는 편이."

"시끄러워." 소리를 질렀지만 속으로는 안절부절못했다. 만약 이 집에 없다면 당장이라도 그 남자를 찾으러 나가야 한다. 여기서 노닥거릴 여유는 없었다.

"시간제한이라도 있나 봅니다?" 아버지가 또 소박한 의문이라도 던지듯이 말했다.

"그건 또 무슨 소리야."

"아까부터 자꾸 시계를 보기에. 몇 시까지 그 남자를 데리고 가야 한다는 약속이라도 있는가 싶어서."

"시끄러워. 입 다물어. 네가 뭔 상관인데."

시간제한은 있다. 내 소중한 와타코 짱의 목숨이 걸려 있다.


지금 와타코 짱은 어쩌고 있을까. 얼마나 불안할까. 얼마나 겁이 날까. 이런 고급 주택지에서 태평하게 있을 때가 아니라며 뛰쳐나가고 싶은 마음에 사로잡혔다.

잠깐만, 진정해. 나는 스스로를 달랬다.

남의 집에 들어와서 가족들을 묶고 총으로 위협하고 있으니 '태평하다'는 표현은 맞지 않다. 그리고 이 행동은 와타코 짱을 구하는 데 도움이 된다. 딱히 내가 게으름을 피우고 있는 것은 아니다. 도리어 여기서 그만두면 그야말로 말짱 끝장난다.

나는 영락없이 조직의 한 식구인 줄 알았다.

느닷없이 다른 구단으로 트레이드한다는 소식을 들은 야구 선수도 이런 기분일까.

팀과 나는 일심동체가 아니다.

언제 적으로 돌아설지 모른다. 그 사실을 지금 통감했다.

나는 의문의 여지 없이 유괴하는 입장이었으므로 설마 아내를 인질로 잡혀 협박받는 입장이 될 줄은 상상도 못 했다.

"네 아내를 유괴했다. 무사히 되찾고 싶거든 이쪽 지시에 따라라. 알겠나, 우사기타."

목소리를 들어 보니 내가 모르는 사람이었지만, 우리 조직의 교섭 담당자 중 한 명일 거라고 상상이 갔다. 매입 담당자인 나하고 안면이 없을 뿐이겠지. 돈 말고 다른 뭔가를 요구하는 것은 우리 조직 특유의 수법이다.

"너도 알겠지만 지금 네 아내가 있는 곳은 환경이 그렇게 열악하지는 않아. 그러니까 크게 걱정할 필요는 없어."

통화 상대는 그렇게 말했지만 물론 그렇다고 '그거 다행이네'라는 마음이 들 리 만무했다.

납치한 사람에게 내가 매번 들려주는 그 말, "이쪽은 절대 당신을 해치지 않는답니다. 이래 봬도 우리는 프로라서"라는 대사가 생각났지만 안심은 되지 않았다. 말로 풀어낼 수 없는 성난 고함 소리가 몸속에서 울려 퍼졌다.

"이봐, 몇 번이야? 1번? 2번?" 나는 대들 듯이 통화 상대에게 물었다. 좀 더 차분하게 정보를 살살 끌어내는 방법을 택해야 했을지도 모르지만, 그 정도의 여유는 없었다.

"네가 모르는 곳이야."

와타코 짱이 어디에 있는지 알면 지금 당장 쳐들어갈 작정이었다.

"어쨌든 무사하겠지? 잘 들어, 그녀의 털끝 하나라도 건드렸다가는."

"너도 잘 알잖아. 요구에 따르면 아무 탈도 없어. 가족을 돌려보내 줘. 다만 따르지 않으면 어떻게 되는지도 잘 알 테지."

그렇다. 상품 가치를 잃은 사람이 불량 재고나 다름없이 난폭하게 다루어지다 폐기된다는 것을 나는 안다.

"잠깐만. 이렇게 번거롭게 나올 것 없이 그냥 나한테 일을 시키면 되잖아. 굳이 아내를 유괴할 필요가 어디 있어? 그렇잖아. 나는 명령이 떨어지면 반드시 지켜."

"그렇겠지. 그러나 너 역시 잘 알겠지만 인질을 잡아 놔야."

"뭔데?"

"죽어라 열심히 하거든."

"나는 인질이 없어도 죽어라 열심히 해. 그러니까 지금 당장 와타코를 풀어 줘."

애원해 봤자 통하지 않는다는 것도 안다. 규칙을 엄수할 것. 예외를 만들지 말 것. 이건 소꿉놀이가 아니라 진짜 사업이다. 윗사람들은 항상 우리를 그렇게 교육했다.

"됐으니까 넌 사람이나 찾아내."

"누구를?"

"너도 들었겠지. 경리 담당자가 돈을."

요전에 이노다 마사루가 그 일을 화제로 삼았던 것이 생각났다. "어딘가로 빼돌렸지."

"돈이 어디에 있는지 아는 남자가 있어."

"오리오?"

"오리오리오."

"오가 모자라지 않나?"

"너도 얼굴은 알겠지만, 사진을 보내 줄 테니 찾아와."

선택지에 거절한다는 답은 없었다. 있었을지도 모르지만 내게는 보이지 않았다.

"왜 하필 나야? 왜 나를 골랐냐고?"

"자세히는 모르지만 널 높이 평가했겠지. 열심히 할 거라고."

거래 재료가 될 만한 약점, 즉 소중한 가족이 있기 때문인지도 모른다. 예를 들어 이노다에게는 인질로 잡을 가족은 물론 재산도 없으리라. 윗사람들은 부하들의 신상을 조사한 결과 나의 와타코 짱을 점찍은 것 아닐까.

전화를 끊자 머릿속이 텅 비었다.

그리고 즉시 그 빈 공간에 시커먼 공포가 흘러들었다.

감금된 와타코 짱을 상상하기만 해도 마음이 뒤숭숭하니 미칠 것 같았다. 하지만 여기서 정신을 바짝 차리지 않으면 그녀를 구할 수 없다고 생각하며 마음을 가다듬었다.

내가 과거에 저지른 짓과 납치한 사람들을 돌이켜 보고 남겨진 사람들의 심정을 상상하다가 그동안 얼마나 지독한 짓을 해왔는지 늦게나마 깨닫고서 엉엉 울었다. 자업자득이자 인과응보이기는 하지만 와타코 짱을 끌어들일 것까지는 없지 않느냐고 기도문처럼 읊조리며 보이지 않는 누군가를 욕했다.


"몇 날 몇 시까지 그 남자를 데려가야 한다는 약속이라도?"
아버지가 질리지도 않는지 또 물었다.

있어, 있다고. 나는 솔직히 말하고 싶었다.

시간제한은 있다. 오늘이다. 오늘 안에 오리오오리오를 데리고 가야 한다.

이제 몇 시간 안 있으면 오늘은 끝난다.

틀렸다. 아니, 아직이다. 나는 스스로를 타일렀다.

조직의 윗놈들이 오리오오리오를 찾는 이유는 두 가지다.

하나는 배신행위를 처벌하기 위해서다.

앞으로 조직을 통제하기 위해서라도 배신자에게는 따끔한 맛을 보여 주어야 한다.

또 하나는, 이쪽이야말로 중요한데, 돈이 어디에 있는지 알아내기 위해서다. 돈이 없으면 거래 상대에게 송금할 수 없다. 정해진 기일은 내일이다. 기를 쓰고 오리오오리오를 찾는 것으로 보건대 상대는 교섭이나 애원이 통하는 유형이 아니리라. 그러므로 나한테도 오늘 안으로 찾아내라고 기한을 못 박았지만, 엄밀히 말해 아침까지만 오리오를 찾아내면 아슬아슬하게 세이프가 될 가능성이 있다. 교섭의 여지는 있다.

"좋아, 같이 가자고." 나는 아버지에게 명령했다. "그 가방을 보여 줘."

아버지는 계속 같은 자세로 앉아 있던 탓인지 다리가 저린 것처럼 느릿느릿 일어섰다. 이대로는 못 걷는다기에 발목을 묶은 테이프를 벗겨 냈다.

"우리랑 아무 상관 없다는 게 밝혀지면 빨리 집에서 나가 줘."

잔말 말고 빨리 가라며 나는 아버지를 총으로 쿡 찔렀다. 그때 총을 바라본 아버지의 눈이 번뜩인 것처럼도 느껴졌지만, 그 이상은 신경 쓰지 않았다.

2층으로 올라가자 아버지는 안쪽 방으로 향했다. 오른발을 끄는 듯했다. 내 시선을 알아차린 듯 아버지가 고개를 돌리고 "젊을 적부터 다리가" 하고 말했다. "손을 풀어 주지 않겠나?" 하고 부탁했지만 무시했다.

아까 집을 한 차례 둘러보았을 때도 이 방에는 들어갔었다. 줄지은 서가에 책이 빽빽이 꽂혀 있었다. 머리가 좋다고 자랑하는 티가 팍팍 나서 나하고는 영 안 맞을 것 같은 방이다.

"이봐, 가방은 어디 있어?"

"거기 서가에."

아버지가 턱으로 가리킨 서가 앞에 섰지만 유리문 안쪽에는 난해해 보이는 책이 꽂혀 있을 뿐, 위에서부터 아래까지 샅샅이 훑어봐도 가방은 눈에 띄지 않았다. 없지 않느냐고 말하려다가 서가가 이중으로 되어 있다는 것을 알아차렸다. 비밀 장치라고 할 만큼 거창한 것은 아니고, 앞쪽과 뒤쪽으로 나뉘어져 있어 뒤쪽을 보려면 앞쪽 서가를 옆으로 밀어야 한다. 나는 깊은 생각 없이 눈앞의 서가를 왼쪽으로 밀었다가 뒤쪽 서가에 보관된 물건들을 보고 한순간 할 말을 잃었다.

기껏해야 책이나 DVD가 꽂혀 있지 않을까 했는데, 유리문 안쪽에는 어디서 어떻게 보아도 소총으로 보이는 물건과 어디서 어떻게 보아도 헬멧으로 보이는 물건, 즉 어디서 어떻게 보아도 무기로 보이는 물건이 죽 놓여 있었다.

일반인의 집에 왜 이런 무기가?

그때 몸이 흔들렸다. 그제야 아버지가 뒤에서 몸을 날렸다는 것을 알아차렸다. 양손이 뒤로 묶인 상태로 태클을 건 것이다.

당했다고 생각했을 때는 이미 늦었다.

나는 책상에 부딪쳤다. 허리에 통증이 느껴져 비틀거리다 쓰러졌다.

아버지가 내 가슴을 깔고 앉았다. 손이 뒤로 묶인 채 무릎으로 내 팔을 눌렀다. 관절을 교묘하게 짓눌러 옴짝달싹할 수도 없었다.

겉모습은 연약해 보이지만 얕보면 안 될 놈이다.

잠시 후 아버지가 자세를 바꾸고 다리를 움직여 무릎으로 내 목을 눌렀다. 체중이 실리자 목구멍이 아팠다.

보통 사람이 아니다. 방금 전에 본 다양한 무기가 떠올랐다. 상식적으로 그게 진짜라고 보기는 힘들다. 어쨌거나 아까 서가에는 수류탄 같은 것도 있었으니까.

밀리터리 용품을 수집하는 취미라도 있나? 양손이 자유롭지 못한 상태로 나를 이렇게 제압하는 것으로 보아 실전에서 응용이 가능한 군사훈련을 받은 적이 있는지도 모르겠다.

숨이 막혀 의식이 흐려지는 것을 알 수 있었다. 아니, 안다는 감각조차 흐려졌다.

글렀다. 머릿속에 약한 생각이 싹텄다. 이제 다 틀렸나.

그럼에도 몸에서 한계를 초월한 힘이 불끈 솟아오른 것은 역시 와타코 쨩이 떠올랐기 때문이다.

여기서 당하면 와타코 쨩을 못 구한다. 그리고 내가 없으면 와타코 쨩의 미래는 절망적이다.

이런 망할, 하고 생각한 순간 힘이 생겼다. 상대를 획 뒤집었다. 몸 어딘가를 무리해서 비틀었는지 관절에 통증이 느껴졌다. 그런 걸 걱정할 여유는 없다.

기침을 하면서 숨을 들이마셨다. 목 안이 아파서 시험 삼아 소리를 내 보자 목이 꽉 잠겼다.

쓰러진 아버지의 멱살을 잡고 번쩍 들어 올려서 서가에다 밀쳤다.

나는 즉시 총을 겨누었다. 방아쇠에 손가락을 걸었다. 사람을 쏜 적은 있다. 하지만 이렇게 가까이에서 쏜 경험은 없다. 상황이 더욱 악화되리라는 예감이 들어 냉정함을 되찾았다. 여기서 피를 보면 귀찮아질 뿐이다.

"꼼짝 마. 허튼수작 부리지 마. 야, 이건 뭐야?" 나는 서가로 눈을 돌렸다. "흉흉한 물건 천지잖아."

아버지는 골난 표정으로 아무 대답도 하지 않았다. 그저 부딪친 부분을 신경 쓰며 어깨를 들썩여 숨을 쉬었다.

목 상태를 확인하려고 몇 번 기침을 하자 피가 나오는 것이 아닐까 싶을 만큼 아팠다.

가방은 어디 있느냐고 말하려 했지만 목소리가 제대로 나오지 않았다.

그때 아래층에서 소리가 들렸다. 의자가 넘어졌나? 아무튼 밑에 남겨 두고 온 두 사람이 얌전히 있지 않은 것만은 확실하다.

1층에서 나를 떼어 놓는 것이 아버지의 목적이었나?

"이것들이 진짜." 나는 황급히 아버지를 잡아끌며 계단을 내려갔다. 거의 짐을 난폭하게 끌고 가는 수준이었지만 개의치 않고 거실로 뛰어들었다.

"이것들아, 꼼짝 마. 아버지를 쏠 거야" 하고 소리를 질렀다.

아들이 전화를 걸려는 중이었다. 손발이 자유롭지 못한 와중에도 스마트폰을 바닥에 내려놓고 엎드려서 조작하려 한 것 같았다. 어머니와 협력해서 떼어 냈는지 아들의 입에는 테이프가 없었다.

나는 무슨 말인지 모를 소리를 내지르면서, 사실 그건 내 마음속의 초조함과 분노와 공포가 전부 뒤섞여서 만들어진 감정의 덩어리였지만, 질질 끌고 온 이불을 내던지듯이 아버지를 내팽개치고 여봐란 듯이 권총을 강조하며 아들의 머리에 총구를 들이댔다.

"야, 내가 그렇게 만만해 보이냐? 진짜로 쏴 버린다." 이렇게 된 이상 쏠 수밖에 없나?

스마트폰을 주워서 귀에 댔지만 아무 소리도 나지 않았다.

경찰에 신고했나? 신고하기 전인가?

만약 신고했다면 경찰이 올 가능성이 있다.

등골이 오싹했다. 경찰이 온다면 선택지는 여기 눌러앉아 버티거나 도망치거나, 그 두 가지뿐이다.

장기전만은 피하고 싶었다.

겁을 내면 낼수록 머릿속에 최악의 사태가 떠올랐다. 경찰차에 둘러싸여 시간이 흘러가는 상황이 상상됐다. 와타코 짱을 인질로 잡은 놈들은 내가 어떤 상황에 처했는지도 모르고서 "자, 시간 종료. 안타깝습니다" 하고 판단한다. 와타코 짱에게는 '폐기'라는 스티커가 붙여진다.

경찰에 울고불고 매달리면 어떨까.

사정을 솔직하게 털어놓고 와타코 짱을 구해 달라고 하면 그들도 힘을 빌려줄지 모른다.

들통나면?

경찰 관계자 중에 우리 조직과 한패인 사람, 적어도 정보를 제공해 주는 사람이 있는 것은 사실이다.

옛날에 어떤 사람이 가족이 유괴됐다고 경찰에 신고한 적이 있었는데, 바로 들켰다.

어쩌면 좋지. 나는 마음속에 깃든 초조함이라는 괴물을 필사적으로 워워 달랬다. 그렇지만 몸속을 내달리는 짜증을 억누르지 못해 바닥에 눌러놓은 아버지를 걷어찼다. 그러고 나서 두 발목을 테이프로 꽁꽁 묶었는데, 제법 고생했다. 혹시라도 반격할까 봐 총으로 위협하며 묶어야 했기 때문이다.

내가 애먹는 모습을 보고 빈틈을 노리고자 했는지 아들이 부자연스럽게 몸을 움직였다. 뒤로 돌려서 묶어 놓은 손이 앞쪽에 있어서 앗 하고 놀랐을 때 목을 붙잡혔다. 테이프가 뜯어진 모양이다. 손가락이 목을 파고들자 고통이 몰려와서 나는 서둘러 팔을 뿌리쳤다. 부전자전이라 똑같은 생각을 한 건 아니겠지만, 아까 전에 아버지가 무릎으로 꽉꽉 누른 부분이었다.

이대로 당할 수는 없다는 생각에 간신히 발길질을 해서 밀어냈다.

허둥지둥 총을 겨누자 방패가 되겠다는 듯이 어머니가 아들 앞으로 몸을 내밀었다.

일치단결, 화목한 가족, 아주 멋지다만 그런 건 나 없을 때나 해.

잠시 기침을 했다. "이제 다시는 내 뒤통수 칠 생각 마, 알겠어?" 하고 으름장을 놓자 역시 목 안이 쓰라렸다.

화딱지가 나서 죽겠다.

"이봐, 위층의 그건 뭐야? 뒤쪽 서가에 숨겨 놓은 거."

아버지는 저항이 허사로 끝나서 낙담했는지 그저 멍하니 있을 뿐 대답할 낌새가 없었다.

내가 "야, 대답해" 하고 걷어차자 어머니가 몸을 움찔했다.

"서바이벌 게임 장비." 아들이 입을 열었다. "아버지는 서바이벌 게임을 좋아해요."

아버지는 자기 이야기를 하는데도 흥미가 없는 듯했고, 작전이 실패해서 기분이 상한 것처럼 보이기도 했다.

"서바이벌 게임이라. 그렇게 많이 수집하다니. 에어건인가?"

예, 하고 어머니가 고개를 끄덕이자 아버지도 뒤늦게 "그래"

하고 고개를 위아래로 흔들었다.

위험했다. 만약 아버지가 그걸 꺼내서 겨누었다면 나도 한순간 진짜라고 착각하고 몸이 굳어서 형세가 역전됐을지도 모른다.

혀를 차면서 나는 다시 세 사람의 손목과 발목을 테이프로 꽁꽁 묶고 입도 막았다.

"허를 찔리는 건 한 번뿐이야. 안됐네. 야, 너 경찰에 신고했어?"

테이프로 입이 막힌 아들은 대답하지 않았지만, 익숙지 않은 멜로디가 느닷없이 대답했다.

무슨 소리지?

진동하는 소리도 났다. 조금 전에 아들이 사용하려고 했던 스마트폰은 잠잠하다. 가족 세 명을 보자 어머니가 눈을 크게 뜨고 우우 소리를 냈다.

"네 전화야?" 하고 물어보자 고개를 끄덕였다.

테이블 위에서 휴대전화가 벨 소리를 내며 진동하고 있었다. 나는 구식 폴더형 휴대전화를 집어서 펼치고 액정 화면을 들여다보았다. 화면에 '아버지'라는 발신자명이 떠 있었다.

"아버지라니 누구야?" 나는 어머니에게 총을 겨눈 채 다가갔다. 의도했던 것보다 발소리가 크게 날 만큼 신경이 곤두섰다. 물릴까 봐 우려하던 것도 잊고 여자의 입에서 테이프를 쫙 뜯어냈다.

"야, 이거 누구냐고."

휴대전화를 어머니 얼굴 앞에 들이댔다.

어머니는 우선 옆에 있던 아버지를 보았다. 그리고 진동하며 멜로디를 내보내는 휴대전화를 바라보다가 내게 시선을 돌렸다. 명백히 동요하여 어쩌면 좋을까, 사실대로 말할까 말까 고민하고 있다. 즉, 거짓말을 할 생각도 있다는 뜻이다.

나는 즉시 총구를 아들의 머리로 돌렸다. "이 사람과 통화해. 쓸데없는 소리는 하지 말고. 그냥 지금 좀 바쁘니까 나중에 다시 걸겠다고 해. 쓸데없는 소리 하면 아들을 쏠 거야, 알겠어? 그 시점에서 볼 장 다 보는 거야. 너 죽고 나 죽는 거라고."

일단 아들을 쏘고 내 머리를 쏘겠다는 시늉을 했다. 과연 실제로 할 수 있을지는 의문이었지만, 이제 그래도 상관없다는 심정이기는 했다.

어머니는 잔뜩 굳은 얼굴로 고개를 한 번 끄덕였다.

통화 버튼을 누르고 어머니의 귀에 댔다.

통화를 시키면 상대가 누구인지 파악할 수 있을 것 같았다.

"당신이에요? 미안한데 나중에 다시 걸게요." 어머니가 그렇게 말하는 소리가 들렸다.

당신?

"가스카베, 매스컴 양반님네가 납셨어."

차량 밖에서 속속 집결한 대원들에게 지시를 내리고 정보를 취합하고 있자니 나쓰노메 과장이 갑자기 저 멀리를 보며 그렇게 말했다. 고개를 돌리자 도로 건너편에 조명을 밝히고 서 있는 사람들이 눈에 들어왔다.

　조금 전에 폴리스 라인을 담당한 대원에게서 매스컴이 진입하려 한다는 보고가 들어왔다.

　"진입하면 쏴 버린다고 해." 나쓰노메 과장의 농담을 나는 쓴웃음을 지으며 들었다.

　"아무래도 범인이 방송국에 연락한 모양입니다."

　"그게 무슨 소리야?"

　"범인이 중계방송을 하라고 했다는데요."

　무선으로 보고하는 대원의 뒤편에서 우리는 안에 들어갈 권리가 있다며 언성을 높여 와자지껄 떠드는 소리가 들려왔다.

　"확인할 테니 잠깐만 있어 봐." 무선을 끊은 과장은 즉시 스마트폰으로 범인에게 연락했다.

　범인은 그다지 지체하지 않고 전화를 받았다. 이쪽이 어떻게 나오나 보려는 건지 아무 말도 없었다.

　"미야기 현경의 나쓰노메야."

　"찾았어?"

　"오리오는 최선을 다해 찾는 중이야. 그런데 미안하지만 한 가지만 확인하고 싶어서. 지금 방송국에서 찾아왔어. 당신이 현장을 중계방송하라고 연락했다던데."

"맞아."

"아, 진짜?" 무심코 그랬다는 듯이 과장이 허물없는 목소리로 말했다.

"이 집의 현재 상황을 텔레비전으로 방송해. 너희가 진 치고 있는 그 언저리에서 촬영하면 되겠지. 아, 헬기는 띄우지 마. 시끄러우면 너희가 묘한 행동에 나섰을 때 안 들릴 테니까. 그나저나 이 집 가족이 신신당부하더군."

"뭘?"

"개인 정보는 내보내지 말아 달래. 요즘은 정보가 영구히 보존되는 세상이잖아. 자동 완성 기능 때문에 이름을 검색하면 '인질'이라는 단어가 딸려 나올걸."

"당신한테는 '범인'이라는 단어가 딸려 나오겠군."

"하여튼 매스컴이 시시콜콜 보도하지 말았으면 하는 모양이야."

"나도 그러고야 싶지만 하지 말라고 해도 조사하는 게 그들의 일인걸. 부른 게 실수였는지도 모르겠어."

"나는 이 녀석들의 개인 정보가 나가도 딱히 상관없어. 어쨌거나 텔레비전으로 정보를 얻고 싶을 뿐이야."

거기서 전화가 끊겼다.

"방송국에 연락한 건 범인에게 득책일까요?" 과거에 벌어진 사건에서는 "방송하지 마. 그냥 내버려 둬" 하고 요구한 범인도 있었다.

"정보를 얻기 위해 이용할 수 있는 건 사실이지. 텔레비전이 우리가 숨기고 싶은 정보를 선심 쓰듯 세상 사람들에게 제공하는 건 흔한 일이잖아."

"방송국이 범인과 한통속은 아니겠죠?" 물론 농담으로 한 말이다. 방송국을 비롯한 매스컴 관계자는 때때로 귀찮게 굴기도 하지만 소중한 정보를 물고 오기도 한다. 서로 간에 자주 이해가 상충된다고는 하나 이 세상을 살기 좋은 곳으로 만들고 싶다는 최종적인 목표는 같으리라. 아니, 같으리라고 믿는다. 시청률을 위해서 사건을 일으킬 리는 없다.

"가스카베, 내가 신호하면 매스컴 앞에서 그렇게 말해."

"예?"

"한통속은 아니겠죠, 하고 톡 쏴 줘." "화낼 텐데요." "그러니까 자네가 말하라는 거지."

폴리스 라인에 바싹 다가붙은 매스컴 관계자들에게 가서 "인질의 안전이 최우선이므로 협력 부탁드립니다" 하고 설명했지만, 그들은 방송 기기를 설치하느라 바쁜지 듣는 둥 마는 둥 했다. 너무 흘려듣는 것 같아서 "사람 목숨이 달린 일입니다" 하고 단단히 못을 박듯이 압력을 가해 보았지만 반응은 달라지지 않았다. 나를 콘서트가 시작되기에 앞서 귀찮게 주의 사항을 알리는 이벤트 관계자 비슷하게 여기는 걸까.

"범인은 권총을 소지하고 있습니다. 섣부른 짓은 절대 금지입니다." 나쓰노메 과장이 큰 소리로 역시 으름장을 놓듯이 말하자 권총이라는 말이 경계심을 자극했는지 모두 움찔했다.

그러고 나서 과장은 범인에 대해 수사 중이지만 인원수와 신원은 아직 파악하지 못했다고 설명했다. 덧붙여 인질 농성 사건의 피해자가 2차 피해를 입을 가능성이 있으니 피해자의 성명 등도 밝히지 말고 집도 가능한 어딘지 알 수 없도록 보도해 달라고 부탁했다.

"그건 그런다 하더라도 뭔가 정보를." 매스컴 관계자들이 닦달했다.

이렇게 나올 때는 대응하기가 참 어렵다. 정보를 너무 감추면 반발을 사서 그들이 독자적으로 취재에 나선다. 서로 상부상조하는 관계이므로 팀플레이에 힘써서 함께 영광을 차지하자는 마음을 불러일으켜야 한다.

과장도 그러한 속사정은 당연히 나보다 더 잘 알고 있으므로 경찰에 접수된 신고 내용을 설명했다.

"인질이 몰래 전화를 걸었다는 겁니까?"

"빈틈을 노려서요." 과장은 감탄했다는 듯이 고개를 살짝 끄덕였다. "안간힘을 다했겠죠." 마치 그 당시 상황을 보고 온 것처럼 말했다. "다만 아쉽게도 바로 범인에게 들키고 말았습니다."

설명을 마치고 원래 있던 곳으로 돌아올 때 과장은 나와 나란히 걸으며 "가지고 있는 정보가 거의 없으니 솔직히 말할 수 있어서 편하군" 하고 나지막이 말했다. "숨길 정보 자체가 없어."

"범인이 자세한 정보를 공개하지 말라고 요구하기도 했으니까요. 덕분에 매스컴에 부탁하기가 수월합니다."

범인이 하지 말라고 했으니 부탁한다, 인질한테 무슨 일이라도 생기면 어떻게 하느냐고 압력을 주면 매스컴도 취재를 자중한다. 약속을 완벽하게 지킬지는 알 수 없지만, 그래도 제동은 걸린다. 예상치 못한 일이 발생했을 때 책임 문제가 되기 때문이다.

사회에서 사람의 행동을 자중시키는 것은 법이나 도덕이 아니라 손익 계산이다.

오시마가 어디선가 나타나서 다가왔다. 현장에 도착한 후 근처 주민을 대피시키고 정보를 수집하느라 바쁘게 돌아다닌 듯 숨을 헐떡였다.

"저 집에 대해 뭐 좀 알아냈어? 사토 씨네 가족에 대해서 말이야. 부동산 중개소는?"

"연락이 닿았습니다. 아무래도 신축으로 분양받은 사람은 따로 있는 모양입니다. 해외로 전근을 간다나 뭐라나 하면서 집을 내놨다는군요."

"그걸 사토 씨 가족이 구입했다는 건가?"

"대피시키면서 근처 주민들에게도 물어봤는데요, 이웃과 왕래가 거의 없는지 정보라고 할 만한 건 얻지 못했습니다." 오시마가 대답했다.

"전혀?"

"아들이 대낮부터 주변을 어슬렁거리는 모습을 봤다는 이야기는 있었습니다. 그 여자분 말로는 아르바이트도 안 하는 것 같다더군요. 뭐, 부모님의 등골을 빼먹는 망나니인 모양입니다."

"부모에게는 소중한 아들, 귀중한 망나니겠지." 나쓰노메 과장은 꾸밈없이 단순하게 분개하는 오시마를 타이르듯 말했지만, 나는 그 목소리의 이면에 어둡고 쓸쓸한 음색이 묻어 있는 것을 느꼈다. 뒤이어 살아 있기만 하면 충분하다고 혼잣말처럼 작게 중얼거린 것 같기도 했다.

부인과 딸이 생각난 건지 역시 표정만 봐서는 알 수 없다. 겉으로 보기에는 의사를 지닌 보통 인간으로 보이지만, 속으로 파고들어 가 보면 텅 비었다. 그것이 지금의 나쓰노메 과장이다.

"뭐, 그 망나니 아들이 이번에는 파인플레이를 펼쳐서 신고를 해 줬지만요."

"다만 파인플레이는 상대 팀의 화를 돋우지. 범인의 심기를 건드려서 사태가 더 악화될 수도 있었어. 이번에는 운이 좋았다고 봐야지."

"확실히 그렇기는 하죠." 용감한 행동이 치명적인 사태를 일으킬 가능성은 얼마든지 있다.

"이웃과 왕래가 없는 집이라." 나쓰노메 과장이 의미심장한 목소리로 어렴풋이 말했다.

"왜 그러십니까?"

"아니, 사토 씨네 집에 무슨 일이 있는지도 모르겠다 싶었을 뿐이야."

"무슨 일? 이미 생겼는데요? 인질범이 있으니까요." 오시마가 진지한 얼굴로 말했다.

"바깥과 교류가 없는 집은 가끔 자가중독을 일으키는 법이거든. 부모나 자식 중 어느 한쪽의 힘이 극단적으로 강한 탓에 말이야. 어쩌면 이번 사건도 부모 자식 간의 싸움이나 부부 싸움이 덧난 결과일 수도 있어."

아아, 하고 나도 고개를 끄덕였다.

사건이 터졌다기에 달려갔더니 부모 자식이나 형제, 가정 내부의 불화가 곪아 터진 결과였던 적이 과거에도 몇 번 있었다.

"가족끼리 싸움을 벌였다고 '인질범에게 잡혀 있다'는 거짓말까지 할 필요가 있을까요? 일이 커졌다가는 감당이 안 될 텐데요. 하기야 벌써 커졌습니다만." 오시마는 매스컴 관계자들이 늘어선 곳에 시선을 주었다. "직접 방송국에 연락했을 정도니, 자작극이라면 자기 목을 너무 꽉 조르는 꼴인데요."

"뭐, 그건 그렇지. 하지만 예를 들어 아버지가 폭력을 휘두르다 예상치 못한 심각한 일이 발생했고, 그걸 외부인의 범행으로 위장하려다 이야기가 복잡해졌을 수도 있지 않을까?" 나쓰노메 과장은 말을 마치자마자 스스로 부정했다. "음, 너무 지나친 생각인가."

　예상치 못한 심각한 일이라고 두루뭉술하게 표현한 것은 과
장에게 별다른 생각이 없어서가 아니라 '누군가의 죽음'이라는
뒤숭숭한 말을 입에 담기가 꺼려졌기 때문이리라.

　가정에서 우발적인 사고가 일어났다는 걸 감추기 위해 사건
을 날조한다. 흔하다고 할 수는 없겠지만 있을 법한 일이다.

　"미안, 그냥 잊어버려. 조금 마음에 걸렸을 뿐이야. 계속해서
사토 씨 가족에 대한 정보를 수집해 줘." 나쓰노메 과장이 그렇
게 말했을 때 다른 대원의 보고가 들어왔다. "오리오를 확보했
습니다. 사진 속 남자입니다. 지금 데리고 가겠습니다."

　과장과 눈이 마주쳤다. 의외로 빨랐다 싶어 나는 안도했다.

　안도한 가스카베 과장 대리에게는 미안하지만, 여기서 일단
장면을 매듭짓겠다. 대원이 차를 타고 현장까지 오는 데는 시간
이 좀 걸린다.

　이미 눈치챘겠지만 '이 사건은 가족 간의 불화에서 비롯된 것
이 아닐까'라는 나쓰노메 과장의 상상은 빗나갔다. 서바이벌 게
임을 좋아하고 미스터 남성호르몬이라고 불러야 마땅할 아버지
는 평소 가정을 지배했지만 이번에는 사건을 일으키지 않았으
며, 외부의 침입자 우사기타도 실제로 존재한다.

하지만 나쓰노메의 감도 제법 쓸 만하다. '사토 씨네 집에 무슨 일이 있다'는 상상은 꼭 틀리지만도 않았기 때문이다. 그 가족에게는 뭔가 있다. 비밀이 있으며, 그 비밀이 흰토끼 사건을 복잡하게 만들었다.

텔레비전에서 방송이 시작됐다.

방송을 시청하는 입장에서는 어떻게 보이는지도 짚고 넘어가자. 낯선 시청자가 등장하는 것보다는 사건과 조금은 관계가 있는 인물이 텔레비전을 보는 편이 나을 테니, 방에서 텔레비전을 보는 사람은 이 두 명이다.


"사건이 엄청 커졌네요." 이마무라는 텔레비전 앞에서 자세를 바로 했다.

"왜 무릎을 꿇고 앉아서 봐야 하는 건데." 귀찮다는 듯이 말하면서도 이마무라 옆에 나란히 무릎을 꿇은 사람은 나카무라다.

화면에는 생중계라는 글씨가 떠 있었다. 센다이 시내에서 인질 농성 사건 발생, 이라는 자막도 나왔다.

"이런 식으로 센다이가 유명해지다니 썩 기쁘지는 않네."

"뭐, 그러게요."

"이 옆에 있는 게 경찰인가?" 나카무라는 팔을 뻗어 화면 정면에 선 리포터의 왼쪽을 가리켰다. 사람들이 복작복작 모여 있는 것처럼도 보인다.

"모두 이마를 맞대고 작전이라도 짜는 거겠죠."

"고생일세."

"도둑으로 활동하는 나카무라 두목이 그런 말씀을 하셔도 되나요?" 이마무라는 살짝 웃었다.

"하지만 잘 생각해 봐. 이 사건 자체는 녀석들과 직접 관계가 없잖아. 자기 집이 피해를 입은 것도 아니고, 여기서 사건이 해결되지 않은들 곤란할 것도 없어. 그런데 소중한 자기 인생의 시간을 쪼개 가며 애쓰고 있잖아. 동정심이 생길 만도 하지."

"아, 그거 이해가 가네요. 지진이 나면 신칸센 정비 담당자들이 모조리 달라붙어 선로를 점검하잖아요. 늦은 밤이든 비가 내리든 가리지 않고요. 자기들이 잘못한 것도 아닌데. 참 굉장해요."

"아무렴. 요컨대 그게 바로." 나카무라는 얼마 전 구로사와에게 '요컨대'라는 말로 정리하지 말라고 부탁했다는 것을 까맣게 잊어버렸다. 아니면 구로사와의 말버릇이 옮았든지.

"직장인이라는 거겠죠."

"직장인은 위대해. 역시 우리처럼 어떻게든 편하게 살자는 마음으로 제대로 된 직업을 구하지 않는 건 좋지 않을지도 모르겠어."

"장 씨도 그렇게 말했죠."

"『레 미제라블』? 너 그거 정말로 읽었구나. 대단한걸."

"5년 걸렸지만요. 아무튼 장 씨가 도둑질을 하려고 한 사람에게 설교를 해요."

장 발장은 말했다. 노동은 힘들다며 도둑질을 하는 사람을 기다리고 있는 것은 형벌로서의 노동이라고. 편하게 살려다가 끝내는 고생하니까 도둑질은 그만두라고 충고한다. "그리고 전에 텔레비전에서 무사개미에 관한 다큐멘터리를 방영했는데, 무사개미는 다른 개미의 집을 습격해서 알과 유충을 약탈해 자기 노예로 삼는대요. 너무하잖아요. 막 화가 났는데 생각해 보니 남의 집에서 물건을 훔치는 우리랑."

"똑같지 않아." 나카무라가 선을 긋듯 단정하는 투로 말했다.

"예?"

"이마무라, 노예를 부리는 개미와 우리를 똑같이 취급하지 마, 알겠어?"

"하지만 개미도 딱히."

"악의는 없겠지. 외려 그놈들은 그런 생물이니까 어쩔 수 없어. 다만 우리도 노예제도에는 반대하는 입장이잖아."

이마무라는 그야 그렇죠, 하고 힘주어 고개를 끄덕였다.

그때 텔레비전 화면에서 리포터가 뒤쪽의 분위기를 살피며 "뭔가 움직임이 있었는지도 모르겠습니다" 하고 말했다.

"왜, 뭔데. 무슨 일이야." 나카무라가 목을 길게 빼고 텔레비전 화면을 들여다보았다. "드디어 움직였나."

리포터는 "범인이 경찰에게 식사를 가져오라고 요구했던 모양입니다. 지금 전하러 가려는 모양입니다" 하고 어쩐지 기운찬 목소리로 말했다.

"이 사람 흥분한 것처럼 보이네요."

"뭐, 이것도 일, 저것도 일, 전부 다 일이니까." 나카무라는 무릎을 꿇고 있기 피곤한지 으쌰 하고 일어섰다.

"나중에 구로사와 씨한테 분명 혼날 거예요." 이마무라가 울적한 듯 어깨를 축 늘어뜨렸다.

"하지만 네가 그 집에 가라고 한 것도 아니잖아."

"뭐, 그건 그렇지만. 애당초 제가 집을 착각한 게 원인이니까요. 그 탓에 구로사와 씨가 그 집에."

"실수는 누구든지 해." 나카무라가 그렇게 말한 것은 결코 관대함이나 온정을 보여 주고 싶었기 때문이 아니다. 자신이 저질러 온 수많은 실수를 용서받고 싶었기 때문이다.

정말이지 어쩌다 이런 꼴이 되었을까, 구로사와는 양 손목과 발목이 묶인 상태로 생각했다. 미래도 과거도 아니라 늘 현재만 바라보며 살아왔다고 자부한다. 즉, 장래 계획과도 후회나 반성과도 거리를 둔 셈이지만 이렇게나 골치 아픈 상황에 처하자 아무래도 후회스러운 기분이 커졌다.

종이 한두 장쯤 그냥 내버려 둘 걸 그랬다.

이마무라가 옆집에서 종이를, 일을 마친 후에 놓아두는 종이를 잃어버렸다고 당당하게 말했으므로 구로사와는 그걸 되찾으러 왔다. 아마 떨어뜨렸다면 2층일 것이라는 말을 믿고 구로 사와는 집 뒤편의 펜스와 에어컨 실외기, 배수 홈통을 고정하는 금속 부품을 디딤대 삼아 2층 베란다까지 올라갔다. 그 작업 자체는 구로사와의 본업에 가까우므로 그리 어렵지 않았고, 집 안으로도 간단히 들어갔다.

종이도 금방 찾았다. 호주머니에 종이를 넣고 돌아가기 위해 베란다로 나가려고 했을 때 1층에서 쿵쿵 사람이 올라오는 소리가 들렸다. 집에 사람이 있는 줄 알고 있었으므로 누군가 올라온다고 놀라지는 않았지만, 설마 총을 들이댈 줄은 몰랐다.

"역시 숨어 있었군." 상대는 눈을 번뜩이며 총을 겨누었다. 진지한 얼굴에 여유가 없어 보였기 때문에 거스르지 않는 편이 좋겠다고 바로 판단했다.

저항하는 것은 득책이 아니므로 예스맨이 되기로 했다. 손을 들라기에 손을 들었고, 엎드리라고 하기에 엎드렸고, "네가 이 집 아버지지?" 하고 묻기에 "그래" 하고 대답했다.

상대가 그렇게 묻는 이상 아버지가 여기에 있어도 이상하지 않은 상황일 테니 섣불리 솔직하게 말하기보다는 아버지인 척하는 편이 문제가 적을 것이라고 판단했다.

그리고 일어서라고 명령하기에 엎드렸다 일어났다 참 경황없다고 속으로 혀를 차면서도 명령에 따랐다.

지금은 후회한다. 이렇게 될 줄 알았다면 그때 총을 겨누든 말든 얌전하게 굴지 말고 저항해서 달아났어야 했다.

남자가 좀처럼 떠나려 하지 않는 데다 초조한 기색이 역력했으므로 구로사와는 골치 아프게 됐다, 그리고 더 골치 아파질 것 같다는 꺼림칙한 예감에 휩싸였다. 그래서 한시라도 빨리 사태를 타개하고자 "가방을 주웠어. 2층에 있어"라는 말로 방금 전에 남자를 2층으로 데려갔다.

베란다를 통해 들어왔을 때 서재 같은 방은 이미 살펴보았다. 그 방에서 종이를 발견한 후 직업상 슬라이드식 서가에 호기심이 생겨 앞쪽 서가를 옆으로 밀자, 뒤쪽 서가에 에어건과 위장무늬로 도색한 헬멧, 고글과 무전기, 그것도 모자라 수류탄 같은 물건이 죽 놓여 있었다. 유리문이 잠겨 있어서 꺼낼 수는 없었지만 자세히 보니 진짜가 아니라 취미 용품임을 알 수 있었다.

남자도 그 서가를 보면 깜짝 놀랄 테니 그때 빈틈을 노리면 제압할 수 있지 않을까 하고 구로사와는 계산했다. 양손을 묶였지만 상대의 관절을 공격하는 기술 정도는 빈집털이 전문이라고는 하나 구로사와도 익혀 두었다.

도중까지는 계획대로 진행됐다. 남자를 2층으로 데려가서 서가를 옆으로 밀어 놀라게 하는 데까지는 성공했다. 다만 목을 눌러서 기절시키려고 했을 때 상대가 뜻밖에 큰 힘을 발휘했다.

더욱이 뜻밖이게도 1층에 있던 이 집 아들이 경찰에 신고를 하려고 했다.

결과적으로 총구가 또 어머니와 아들을 향했다. 비록 진짜 아버지가 아니라고는 하나 그들이 총에 맞으면 사태가 일파만파

커질 테니 저항하지 못하고 결국 묶여서 말짱 도루묵이 됐다.

정말이지 이게 무슨 꼴이람.

왼쪽 옆을 보자 아들이 방금 전보다 더욱 열띤 시선을 구로사와에게 던졌다.

빈틈을 만들어 주신 거죠? 당신은 저희 편이죠? 실패했지만 경찰에게 신고하려고 했던 제 판단은 틀리지 않았죠?

그렇게 말하는 것 같았다.

한숨도 안 나온다. 나는 그저 내 작업용 종이를 찾으러 왔을 뿐이다.

아들도 어머니도 구로사와를 "모르는 사람!"이라고 규탄하려 들지 않았다. 처음에 그들과 눈이 마주쳤을 때 시치미를 떼라고 눈짓했는데, 그게 통했는지 그들은 말을 맞추어 주었다.

하나 언제까지고 계속 속일 수는 없다.

전화가 왔다. 테이블에 놓여 있던 휴대전화가 울리자 남자는 액정 화면에 뜬 발신자명을 보고 "아버지라니 누구야?" 하고 물었다.

아버지는 아버지다.

구로사와는 동어반복 같은 말을 떠올렸다.

혹시 이 집 가장? 야단났다고 생각했을 때 어머니가 휴대전화에서 흘러나온 목소리를 듣고 "당신이에요? 미안한데 나중에 다시 걸게요" 하고 대답했다.

당신?

구로사와의 머릿속에 물음표가 떠올랐다. 표정으로 남자도 같은 생각을 했음을 알 수 있었다.

당신이란 도대체 누구일까.

분명 자기 남편을 대하는 말투로 들렸으니 남자가 의아한 듯 고개를 갸웃거리며 구로사와를 볼 만도 하다. 왜냐하면 그는 구로사와를 '남편'으로 인식하고 있었기 때문이다. 거기에다 어머니가 흠칫 놀란 표정으로 구로사와를 쳐다본 것도 부자연스러웠다.

전화를 끊은 후 그녀의 얼굴에는 아차, 라고 쓰여 있었다. 쓸데없는 말을 해 버렸네요, 하고 말하듯이 구로사와를 보았다.

남자가 다가와서 구로사와의 입에 붙인 테이프를 난폭하게 떼어 냈다.

"너." 남자가 잠긴 목소리로 말했다.

"야, 도대체 그놈은 누구야!" 구로사와는 대뜸 큰 소리를 냈다. 옆에 있는 이 집 어머니에게 화를 내기로 한 것이다. "방금 그거 누구 전화야? 당신이라니 그게 누군데?" 추궁당하기 전에 선제공격을 퍼붓듯이 어머니를 몰아세웠다. 생판 처음 보는 사이인 데다 멋대로 남의 집에 들어와 놓고 이렇게 그녀를 들볶다니 적반하장도 유분수지만 구로사와는 개의치 않았다. 이 난국을 타개하는 것이 중요하다.

"너야말로 누구야?" 남자가 총구로 구로사와를 쿡 찔렀다. 그리고 어머니에게도 물었다. "야, 방금 그거 누구 전화야?"

어머니는 어물어물 말을 흐렸다.

그래서 구로사와도 미간에 주름을 잡으며 더 큰 소리로 힐난했다. "누구야? 당신이라니, 도대체 누구냐고?" 겁먹은 척에다 화난 척에다 익숙하지 않은 감정을 마구 표현하는 날이로구나, 하고 속으로는 냉정하게 생각했다. 아내한테 남자의 전화가 왔다고 남편이 이렇게 펄펄 뛰는 게 맞는지 틀린지도 모르겠다. "안 들려? 누구야, 대답해." 자기가 말해 놓고도 콩트처럼 느껴졌다. 좀 지나친 게 아닌가 반성도 했다.

"야, 너 이 집 아버지 맞아?" 총구가 구로사와를 겨누었다.

"그럼, 내가 아버지야." 거짓말이라고는 하나 딱 잘라 말했다. 자식은 없지만 '실패는 성공의 어머니'라는 말처럼 '도둑은 방범 장치의 아버지'라는 말이 있을지도 모르니까 순 거짓말은 아니라고 스스로를 설득했다. 모두가 뭔가의 아버지 아니겠는가.

"그럼 방금 전화 건 사람은 누군데?" 이번에는 어머니 쪽으로 총구가 이동했다.

"내가 아버지야. 뭐야, 이건. 뭐가 어떻게 된 거냐고."

어머니는 아무 말도 없이 입술만 떨었다. 꿀 먹은 벙어리가 된 것이 아니라, 사실을 말하면 안 된다, 하지만 말하지 않으면 총에 맞는다, 아들이 총에 맞는다는 절체절명의 상황에 빠져 어떻게 대답해야 할지 혼란스러운 것이리라. 이러다 거품을 물고 졸도할 가능성도 있다.

더 이상 견디지 못하겠는지 그녀는 이윽고 "남" 하고 말을 꺼냈다. "남편이에요."

"그 말인즉슨 이 집 아버지라는 뜻이겠지?" 남자가 정확히 하겠다는 듯이 어머니에게 확인하며 구로사와를 흘끔거렸다.

남자가 구로사와의 머리를 총으로 꾹꾹 눌렀다. 공포를 확실하게 심어 주기 위해서라기보다는 혼란을 해소하기 위해 혼란의 원흉을 짓이겨 버리고 싶다는 마음이 표출된 것 같았다. "그럼 넌 누구야?"

어머니가 걱정스러운 듯이 구로사와에게 시선을 주었다.

"야, 이놈은 아버지가 아니지?" 남자가 어머니에게 물었다.

"아니, 내가 아버지야."

분명 뭔가의 아버지다.

남자가 이 집 아들을 발로 가볍게 툭 쳤다. "야, 말해. 이놈은 누구야?"

테이프로 입이 막혀 있어서 그는 우우 하는 소리밖에 못 낸다.

자, 이제 어쩌나. 앞으로 도대체 어떻게 될까. 구로사와가 생각하기에 아주 골치 아파졌다는 것만은 확실했다.

"왔군." 사토 씨네 집 앞, 도로를 사이에 두고 이쪽에 있는 가스카베 과장 대리가 뒤에서 다가온 SIT 대원의 모습을 보고 중얼거렸다.

"저게 오리오 짱인가." 나쓰노메 과장이 말했다. 익살스러운 말투지만 본인은 딱히 재미있다는 생각이 없다.

아까 전에 가스카베 과장 대리가 술회했듯이 처자식을 잃은 후로 나쓰노메는 감정을 상실하고 그저 옛날의 자신을 연기하게끔 되었다.

하지만 물론 나쓰노메 과장도 내면이 완전히 사라진 것은 아니므로 좀 더 지나면 그가 격앙하여 감정을 드러내는 장면도 볼 수 있을 것이다.

이제부터는 다시 가스카베의 시점에서 상황을 설명하겠다.

내 뒤쪽에서 대원들이 오리오를 둘러싸고 다가왔다.

"제가 확보했습니다." 대원이 자랑스러운 듯이 가슴을 펴고 한 발 앞으로 나섰다.

공로를 강조하는 모습에 나는 쓴웃음을 지었지만, 나쓰노메 과장은 표정 변화 하나 없이 "빨리도 찾아냈네" 하고 말했다.

"수색하고 있을 때 지나가던 시민이 가르쳐 줬습니다. 근처 맨션 입구에 낯선 남자가 있다고요. 폴리스 라인 바로 근처였습니다. 숨을 곳을 찾아 서성거리는 것 같기에 다가갔더니 달아나더군요."

"오리오 씨입니까?" 나는 물었다. 이렇게 쉽사리 찾다니 운이 좋아도 너무 좋아서 어쩌면 대원이 착각하고 다른 사람을 데려온 게 아닐까 의심스러웠지만, 양복 차림에 안경을 낀 남자는

"아, 예. 맞습니다. 그나저나 도대체 무슨 일입니까?" 하고 대답했다.

경찰과 대면했을 때, 특히 자신이 어떤 입장에 처했는지 확실치 않을 때, 화내는 사람, 입을 다무는 사람, 겁먹는 사람 그리고 말수가 많아지는 사람이 있다.

떠드는 쪽인가.

"아, 저는 오리오, 오리오 유타카라고 합니다." 그는 묻지도 않았는데 자기소개를 하더니 이어서 말했다. "마침 명함이 똑 떨어졌네요."

그 말이 어쩐지 수상쩍어 컨설턴트라지만 정식은 아닐지도 모르겠다고 추측했다. "컨설턴트 일을 하신다면서요?"

오리오는 바로 대답하지 않았다. "아, 예, 뭐" 하고 애매하게 얼버무렸다.

"아닙니까?" 내가 강하게 묻자 "어, 아니요, 뭐" 하고 역시 애매하게 대답하더니 "저, 무슨 일입니까? 느닷없이 끌려와서 무슨 상황인지 모르겠습니다만" 하고 질문으로 형세를 바꾸려고 했다.

이 남자는 인질범과 무슨 관계일까.

사건에 휘말린 불쌍한 일반인일까, 아니면 범인의 동료 혹은 관계자일까. 요컨대 건실한 사람인가 아닌가, 우리 경찰을 가까이하고 싶을까 멀리하고 싶을까, 그런 속내를 알고 싶었지만 남자의 반응만 봐서는 아직 알아낼 수가 없다.

"왜 맨션 입구에 계셨죠? 뭔가를 피해 숨어 계셨습니까?" 일단 물어보았다.

"숨어 있었냐고요? 아아, 뭐, 그렇죠. 좀 위험한 것 같아서 가능하면 안전한 곳에 있고 싶었다고 할까요."

"위험한 것 같았다니, 어떻게요?"

"그건 한마디로 설명하기가 좀."

"한마디가 아니라도 괜찮습니다."

그러자 그는 "이야, 그렇게 말씀하셔도 당장 설명하기는 어렵네요" 하고 알맹이 없는 대답을 하며 미꾸라지처럼 빠져나갔다.

나불나불 잘 떠드는 사람은 보통 겁쟁이라 우리가 험악한 얼굴로 밀어붙이면 의외로 쉽게 기가 꺾이는데 오리오는 예상보다 훨씬 침착했다. 흉흉한 세계에 익숙한가?

"일단 같이 가시죠. 범인이 당신을 찾습니다." 나쓰노메 과장은 정중한 투로 말하며 저자세를 유지했다. 자세를 낮춰야 태클을 걸기 쉽다고 자주 말하는 사람답다.

나와 오시마가 오리오 양옆에 섰다.

이 사건과 직접 관계가 없더라도 법에 어긋나는 직업에 종사할 가능성은 있다. 경찰 가까이에 있기 싫다며 달아나기라도 한다면 난처한 건 이쪽이다.

"어디로요? 이야, 무섭네요. 좀 더 자세히 설명해 주시면 감사하겠습니다만."

오리오를 차 안으로 들여놓고 매스컴 관계자들을 비롯한 주변의 눈길에서 벗어나자 나는 한숨 돌렸다. 다른 대원들도 같은 심정이리라.

"오리오 씨, 미안하지만 바로 범인에게 전화를 걸겠습니다. 범인이 당신을 찾아내서 이야기를 시켜 달라고 했거든요." 나쓰노메 과장이 설명했다.

"전화? 저, 범인이 누군데요?"

"짐작이 안 가십니까?"

"예. 남자입니까, 여자입니까?"

"남자인데요."

"왜 제가 전화를 받아야 합니까? 절 끌어들이지 마세요. 저, 아무 관계 없는 일반인을 끌어들이다니 이래도 되는 겁니까?"

"아무 관계도 없다는 보장은 없죠."

"어, 그게 무슨 뜻입니까?"

그러는 동안에도 나쓰노메 과장은 담담하게 스마트폰을 조작하더니 범인과 통화를 시작했다. "아아, 나쓰노메야. 많이 기다렸지. 오리오 씨를 찾아냈어." 오리오는 눈을 동그랗게 뜨고 당황한 표정을 지었다. 잠깐만 기다리라면서 한 발짝 물러나려고 하기에 내가 붙들었다.

나쓰노메 과장은 아랑곳하지 않고 계속 설명했다. "당신 말대로 이 부근에 있더라고. 맨션 입구에 숨어 있었어."

스피커에서 범인의 목소리가 들렸다. "바꿔."

나쓰노메 과장이 오리오에게 스마트폰을 건넸다. 무심한 동작이었지만 거절을 용납하지 않겠다는 압력을 느꼈는지 오리오도 거부하지 않았다.

"야, 오리오냐?" 범인이 말했다.

오리오가 나쓰노메 과장을 보았다. 뭐라고 대답하면 될까요? 불안해서 어머니에게 매달리는 소년처럼 입만 벙긋거리며 물었다. 수척해진 얼굴로 안경을 만지작거린다. 나쓰노메 과장은 눈을 마주치지 않았다. 오리오가 어떻게 반응할지 궁금한 것이리라.

"저기, 뉘신지요?" 오리오는 예의 바르게 물었다.

목소리도 숨소리도 나지 않았지만 전화 저편에서 남자가 웃었음을 알 수 있었다. "정말로 본인이야? 증명해 봐."

오리오가 혀를 차는 소리가 들렸다. "증명하라고요? 잠깐만요. 그쪽이 불러 놓고 본인인지 아닌지 증명하라니 너무 일방적이잖습니까. 말이 안 통하네요. 제대로 설명 좀 해 주시겠습니까? 그쪽은 어떤."

"다 알면서 딴청 부리지 마."

"그것참 무슨 말씀이신지 통."

"됐으니까 대답해. 이름이 뭐야?"

"오리오입니다. 오리오 유타카."

"오리온자리를 좋아하는 오리오 짱. 본인이라면 오리온자리에 대해 뭔가 지식을 한번 뽐내 봐."

오리오는 당황하면서도 화를 냈다. "정말 무례하군요. 절 무시하는 겁니까."

"잔말 말고 하라면 해. 오리오 본인이라면 오리온자리에 대해서는 빠삭할 거야."

느닷없이 '오리온자리'라는 단어가 튀어나와서 곤혹스러웠지만 끼어들 수는 없다. 나쓰노메 과장은 무표정을 유지했고 오시마는 의아하다는 듯이 눈썹을 찡그렸다.

"오리온자리에는 일등성이 두 개 있습니다. 베텔기우스와 리겔이죠." 오리오는 어쩔 수 없다는 듯이 입을 열었다.

"좋아." 범인의 목소리가 조금 높아졌다. 그 정도만으로도 본인이라 받아들인 모양이다. "일단 본인인 듯하다고 할 수 있을 것 같군."

"뭡니까, 그 말투는."

"컨설턴트다운 말투지."

"절 무시하는 겁니까."

"네가 왜 쫓기는지는 잘 알지? 너도 참 대담하다. 잘도 그런 짓을. 아무튼 난 너를 데려가야 해."

잘도 그런 짓을? 데려간다? 어디로? 오리오의 표정에 생기는 변화를 놓치지 않도록 유심히 관찰했다.

"어이, 나쓰노메랬나? 과장님, 듣고 있어? 지금 당장 오리오와 인질을 교환하고 싶은데."

나쓰노메 과장은 오리오 손에서 스마트폰을 받아 들었다. "인질 교환? 오리오 씨와 그쪽."

"가족을. 안 되겠어?"

"안 되기는." 나쓰노메 과장은 즉시 대답했다. 범인의 제안과 요구에 부정적인 답변은 금물이다. 교섭반의 기본이다. '그러나', '하지만', '다만' 같은 접속부사 하나 때문에 인질범이 불같이 화를 낸 경우는 적지 않다. 상대의 말을 받아들이는 것이 제일 중요하다.

오리오의 표정을 살폈다. 안경다리를 만지작거리며 놀라움을 고스란히 드러냈다. 상의 한마디 없이 인질과 교환한다는 이야기가 나왔으니 당연하겠지. 문득 학창 시절에 읽었던 『달려라 메로스』가 생각났다. 초반부에서 간교하고 포학한 왕에게 죽을 위기에 처하자 메로스는 제안한다. "여동생의 결혼식을 치러주고 싶으니 사흘만 풀어 주십시오. 대신에 친구 세리눈티우스를 두고 갈 테니 만약 제가 약속을 어기면 그를 사형에 처하십시오"라고. 세리눈티우스는 거기 있지도 않은데 제멋대로 말이다. 인질이 될 세리눈티우스 본인이 "내가 대신 잡혀 있을 테니 메로스를 보내 줘!" 하고 말한다면 또 모를까, 메로스가 무단으로 교섭하다니 너무하다 싶어 "화 한 번 안 내다니 참 대단하구나, 세리눈티우스!" 하고 감탄할 정도였는데, 지금 오리오가 처한 상황도 그것과 비슷하다. 그의 의사와는 상관없이 인질 교환 이야기가 오가는 중이다.

"어떻게 교환할까?" 나쓰노메 과장은 그렇게 말하며 오리오를 보고 손바닥을 아래로 향하는 시늉을 했다. 진정해라, 괜찮다, 라는 신호다. 나도 가까이에 있던 종이에 '일종의 교섭입니다' 하고 휘갈겨 썼다. 우리는 메로스만큼 막 나가지는 않습니다, 하고 덧붙이고 싶었다.

"오리오한테 식사를 운반시켜. 혼자 보내. 오리오가 집에 들어오면 가족을 풀어 주지." 범인이 말했다.

"알았어. 식사는 뭐가 좋을까?" 나쓰노메 과장은 바로 물었다. "어떤 걸 준비하면 될까?"

"뭘 준비할 수 있는데?"

"뭐든지, 라고 답하고 싶지만 시간도 시간이니만큼 제일 간단한 건 편의점 도시락이나 삼각김밥이겠지." "삼각김밥으로 할게." "몇 개나?"

범인은 잠시 입을 다물더니 "열 개에서 스무 개. 아니, 더 있어야겠다. 삼각김밥만 있으면 돼. 다른 건 필요 없어" 하고 말했다.

나쓰노메 과장은 삼각김밥을 어디에 담으면 되겠느냐, 비닐봉지로 할까 납작한 상자로 할까, 삼각김밥 내용물은 뭐가 좋겠느냐, 명란젓으로 할까 연어로 할까 등등을 확인했다. 물론 시간을 벌려는 의도였다.

"조금이라도 수상한 짓을 하면 인질의 목숨은 없을 줄 알아." 범인은 마지막에 그렇게 정리했다. "30분 안에 준비해. 준비 다 되면 전화 줘."

범인과 통화를 마치자 오리오가 나쓰노메 과장에게 "잠깐만요. 저보고 인질이 되라는 겁니까?" 하고 항의하듯 목소리를 높였다. "아무 설명도 없이 다짜고짜 왜 이러시는 건데요?"

"들으셨다시피 범인이 지명했으니까요." 나쓰노메 과장이 농담이라는 듯이 말했다. "저희야말로 설명을 듣고 싶습니다만."

"무슨 설명을요."

"범인과의 관계 말입니다. 저쪽은 오리오 씨를 꽤 잘 아는 것 같던데요."

"그야 저쪽이 그렇게 말하는 것뿐이잖습니까." 오리오의 반응은 어색했지만 딱 잡아떼려다 보니 그런 건지, 단순히 겁을 먹고 혼란스러워서 그런 건지는 판단하기가 불가능했다.

"오리온자리에 대한 이야기도 나왔는걸요."

"제가 별자리에, 특히 오리온자리에 해박하다는 걸 알 만한 사람은 다 아니까 어디서 주워들었을 수도 있죠."

"하필 오리온자리라는 게 또."

그러자 오리오의 얼굴이 굳어졌다. 만난 후로 제일 표정이 딱딱해졌다고 해도 될 정도다. "오리온자리를 만만하게 보시면 안 됩니다. 제일 유명한 별자리라고 해도 과언이 아닐 텐데요."

"국자 모양이었던가." 오시마가 말했다.

"그건 북두칠성이고요." 오리오가 즉시 부정하는 걸 보고 나는 "별로 유명하지 않은가 보네" 하고 꼬집어 줬다.

"허 참, 이건 꼭 들어 주셨으면 하는데요." 우리 반응이 오리오의 강의 욕구 스위치를 눌렀는지 그는 입술을 혀로 날름 핥은 후에 완성된 원고를 낭독하듯이 "오리온자리의 모양에 대입하면 많은 것을 알 수 있습니다" 하고 말을 꺼냈다. "예를 들면요"

하고 말하는가 싶더니 재빨리 호주머니에서 종이를 꺼냈는데, 그게 센다이시 지도임을 알아보기까지 시간이 좀 걸렸다. 그러더니 이번에는 "센다이역을 기점으로 하면" 하고 역시 어느 틈엔가 꺼낸 가느다란 사인펜으로 지도에 점을 찍으려고 했다.

"그만 됐습니다." 나쓰노메 과장이 냉정하게 제지하지 않았다면 지도 위에 별자리를 그렸으리라. "오리오 씨, 지금은 한시가 급한 상황입니다. 인질이 위험에 처해 있어요. 알고 있는 걸 전부 말씀해 주셨으면 합니다만."

오리오는 오리온자리에 관한 이야기 말고는 할 생각이 없는지, 눈에 확 띄게 시들시들해졌다. "그런 이야기를 할 필요는 없지 않을까 싶은데요."

"이봐. 적당히 좀 해." 오시마가 언성을 높여 쏘아붙였다. "상황을 보고도 모르겠나. 말하기 싫다고 버티면 다인 줄 알아! 지금 인질의 목숨이."

"저는 아무 관계도 없습니다."

"그렇다고 볼 수는 없겠는데요." 나도 끼어들지 않을 수 없었다. 이 상황에서 아무 관계도 없다고 생각하는 쪽이 이상하다. "범인은 분명히 당신을 지명했습니다."

"그렇지만 저는 무슨 상황인지 전혀 모르겠는걸요. 어떻게 해야 좋을지 도무지."

"관계가 없기는 개뿔이." 오시마가 다시 화를 내자 나쓰노메 과장이 "워워" 하고 말을 달래는 듯한 소리를 냈다.

"오리오 씨, 잘 들으세요. 이러고 있는 지금도 인질은 공포에 떨고 있습니다. 협력해 주실 수 없겠습니까?"

"그러니까 저더러 대신 인질이 돼서 공포에 떨라는 겁니까? 아니, 물론 무슨 말씀인지는 압니다. 여러분의 노고와 입장도 이해하고요. 그렇지만 일반인인 제가 위험을 감수할 필요가 있을까요?"

오리오의 주장도 물론 일리가 있다. 내 본심을 말하자면 이렇다. '오리오는 분명 범인과 연관이 있다. 즉, 일반인이라기보다는 범죄자의 영역에 살고 있는 사람이 아닐까. 덧붙여 말하자면 이번 인질 농성 사건과도 적지 않은 관계가 있지 않을까. 그렇다면 아무 관계도 없는 일반인보다 그가 인질이 되어야 마땅하지 않을까?' 물론 본심을 공공연히 드러낼 수는 없다. 가령 오리오가 범인의 관계자라고 해도 본심을 입에 담으면 안 된다. 사람의 목숨은 모두 똑같이 소중하다는 것이 우리 사회의 가치관이니까.

"오리오 씨를 인질로 보내지는 않습니다. 당연하죠. 하지만 식사를 가져가지 않으면 범인이 화낼 가능성이 있어요. 화를 내면 인질이 위험에 처하겠죠."

"잘 생각해 보세요." 오리오는 목소리에 힘을 주었다. "그 집에도 뭐든 먹을 게 있지 않겠습니까? 일반 가정이니까요."

듣고 보니 그렇다고 나도 공감했다.

"즉, 저를 끌어들이기 위한 핑계입니다."

정말 그럴지도 모른다.

잠시 후에 대원이 슬라이드 도어를 열고 밖에서 얼굴을 들이밀었다.

"범인이 방송국에 건 전화의 위치를 확인했는데, 그 집에서 건 게 확실하답니다."

오리오가 고개를 휙 들고 의외라는 투로 말했다 "역탐지를 했습니까? 인질 농성 사건의 범인이 건 전화를 굳이?"

그가 의문스러워하는 것도 이해는 간다. 점거했으니 당연히 거기 있지 않겠느냐는 생각이겠지. 하지만 다른 곳에서 전화를 걸었을 가능성도 염두에 두어야 한다. 가능성은 낮지만 아예 없는 것은 아니다.

흔히들 오해하는데, 옛날 형사 드라마에서처럼 "최대한 오래 통화해. 시간을 끌어!" 하고 조마조마해하며 통화 상대를 역탐지하지 않아도 된다. 아날로그 시대와는 달리 디지털이 보편화된 요즘은 전화가 통신 회사를 경유하는 시점에서 모든 통화 이력이 남는다. 어디서 걸었는지, 휴대전화라면 어느 기지국에 접속했는지 역탐지할 필요도 없이 바로 기록된다. 즉 귀찮은 것은 '개인 정보라는 벽'과 '통신 회사와 주고받을 서류 작성'뿐이라고 할 수 있으나 긴급사태 때는 그러한 절차도 뒤로 미뤄진다. 이번에도 이미 각 통신 회사에 연락을 넣었으므로 즉시 대응이 가능하도록 권한을 가진 담당자가 사내에서 대기하고 있을 것이다.

"범인이 틀림없이 그 집에서 전화를 걸었다는 말씀이십니까?"

"약간의 오차는 있을 수 있지만, 확실하다고 봐도 되겠죠."

"경찰의 힘은 대단하네요."

오리오 유타카가 감탄하는 모습을 보자 어이가 없었다. 이 남자는 침착한 건지 덜렁거리는 건지 알쏭달쏭했다.

🌙

가스카베 과장 대리가 어이없어한 것과 거의 같은 시각, 센다이항 근처 사용되지 않는 창고들 중 하나에서 이나바가 여자를 걷어차고 있었다.

사람과 동물을 함부로 차면 안 된다. 그것도 모자라 아무런 양심의 가책도 없이 무덤덤하게 걷어차고 있으므로 이나바는 질이 나쁘다.

그렇다면 질이 나쁜 이나바는 누구인가.

처음으로 등장한 이름을 보고 당황한 사람도 있으리라. 자꾸 사람이 늘어나면 이야기가 혼란스러워지지만 걱정하지 않아도 된다. 전혀 새로운 인물은 아니다. 앞서 유괴를 사업화한 조직이 있다고 소개했는데, 바로 그 조직의 창업자다.

나이는 30대 후반, 이목구비가 뚜렷하고 청결감이 느껴지며, 벤처기업의 젊은 경영자 같은 관록을 갖추고 있다. 아니, 실제로 벤처기업의 젊은 경영자라고 불러도 지장 없으리라. 불법이냐 합법이냐 그 차이뿐이다. 문학성을 중시하는 사람들은 무대 배경막처럼 평면적인 인물 설명을 경멸하겠지만, 문학관은 사람마다 다르다고 보고 간단하게 이나바의 내력을 서술하겠다.

도쿄도 세타가야구에서 자란 이나바는 유복한 가정환경이 제공하는 이점을 한껏 활용하고 공부, 운동, 교우 관계 등 모든 면에서 효율을 중시하여 최대한 간단하게 최대한 많은 것을 손에 넣으며 성장했다. 원래부터 머리도 좋았는지 수험 때문에 골머리를 앓지도 않고 일사천리로 커트라인이 높은 대학에 진학했다.

그는 『대낮의 사각』이었나 『청의 시대』였나, 아무튼 사회의 법률을 무시하고 무지한 사람과 약자의 돈을 가로채는 이야기에 흥미를 품었고, 그 결과 '땀 흘려 일하는 놈은 바보다'라고 확신했다.

이나바는 우선 시대를 풍미하는 중이던 보이스피싱에 손을 대기로 했다.

남을 속여서 돈을 빼앗기에 아주 적합한 일이라고 판단한 것이다.

이 판단은 잘 들어맞았다.

아무리 조심하라고 주의를 받아도 갑자기 "경찰입니다만" 하고 전화가 걸려 오면 누구라도 당혹스러워한다. 당혹감을 파고들어 잘 유도하면 사람은 돈을 지불한다.

자금은 늘었지만 그는 불만이었다. 성에 차지 않았기 때문이다. 너무 간단하다. 쉽게 돈을 벌 수 있으면 그게 행복 아니겠느냐고 말하는 사람도 있다. 그는 달랐다. 남에게 좀 더 고통을 안겨 주고 싶다는 마음도 있었다.

그래서 시작한 것이 유괴 사업이다.

유괴는 무거운 죄다. 그러므로 유괴 사업을 성공시키면 자신의 유능함을 입증할 수 있지 않을까 싶었다.

그는 실제로 유능했고 자신의 수족이 될 사람을 찾아 조직을 만드는 데 탁월했다. 일을 매뉴얼에 따라 분담했으며 실패한 사람에게는 엄벌을 주어 긴장감을 유지했다. 타고난 지능과 가학적인 성격이 큰 힘을 발휘하여, 그 유능함을 세상을 위해서 쓴다면 얼마나 좋을까 탄식이 나올 만큼 좋은 결과를 얻어 조직은 순조롭게 커졌다.

더 많은 수익을 거두기 위해 해외 조직과도 거래를 시작했다. 사업 내용만 불법이 아니라면 이나바는 성공한 사람의 일상을 밀착 취재하는 다큐멘터리 방송에도 나올 수 있었을 것이다.

그런 이나바가 지금 창고 안에서 스마트폰을 귀에 대고 "걱정 마"하고 말했다. 늦지 않을 테니 걱정 말라고 덧붙였다.

통화 상대는 이나바 조직에서 오래 일한 조직원으로 그의 오른팔, 이나바는 오른손 손가락 정도로 여길지도 모르지만, 어쨌거나 나름대로 신뢰받는 남자이며 해외 거래 담당이다. "내일 아침까지 송금 못 하면 야단납니다." 조직원이 말했다. "이쪽에서도 텔레비전을 보고 있습니다만, 아무래도 늦지 않겠습니까?

완전히 포위됐던데요. 이나바 씨, 텔레비전 보고 계세요?"

"응, 지금 관전 중." 이나바는 그렇게 말하며 가까이에 있는 작업대를 보았다. 노트북 화면에 인질 농성 사건의 생중계 방송이 나오고 있다.

"경찰이 저렇게 둘러싸고 있으니 우사기타도 나올 재주는 없지 않겠습니까? 그놈은 정말 멍청합니다."

"멍청하니까 이런 일에 써먹을 수 있는 거지. 하지만 어떻게든 경찰의 주의를 돌리고 탈출할 테니 끝까지 기다려 달라고 했어."

"기다려 달라니, 소중한 아내를 건드리지 말라는 건가요?"

이나바는 자신이 흠씬 두들겨 팬 우사기타 와타코를 힐끔 보며 "애처가 나셨네" 하고 말했다. "눈물이 앞을 가린다."

전화를 귀에 댄 채 이동하여 벽 앞에 묶여 있는 여자, 바로 우사기타 다카노리의 아내 우사기타 와타코를 냅다 걷어찼다. 그녀가 그다지 큰 반응을 보이지 않은 것은 비명을 지르기조차 힘들 만큼 심신이 피폐해졌기 때문이다.

뒤로 돌린 양손에 채운 쇠고랑은 쇠사슬로 벽에 연결되어 있다. 눈에는 멍이 시퍼렇게 들었고, 귀여운 다람쥐 같은 얼굴은 몇 배로 팅팅 부풀어 올랐다.

끔찍한 광경이다.

힘이 약한 사람이 강한 사람에게 고통을 당하는 장면만큼 마음 아픈 것은 없다. 그 마음 아픈 상황을 상세하게 설명하려니 영 내키지 않지만, 이 사건이 어떻게 우사기타 부부를 핍박하고 있는지 전하기 위해서는 잠시 상황을 쫓아가는 수밖에 없다. 『레 미제라블』에서 소녀 코제트의 어머니 팡틴이 딸을 위해 머리카락, 이, 몸을 팔게 되는 과정을 묘사할 필요가 있었던 것과 비슷할지도 모르겠다. 거북한 사람은 부디 눈을 가늘게 뜨고 봐 주기 바란다.

"이나바 씨, 그러니까 지금은 기다리는 수밖에 없다는 말씀이십니까? 우사기타가 오리오를 찾기는 찾았을까요?"

이나바는 작업대에 놓아둔 노트북으로 시선을 돌렸다. 텔레비전 영상이 나오는 창 말고 다른 창에 지도를 띄워 놓았다. 센다이시 '노스타운'의 한 구역을 표시하는 그 지도에서 "여기입니다"라는 듯이 하얀 점 두 개가 빛났다. 하나는 우사기타가 가지고 있는 스마트폰에서 나오는 신호이고, 다른 하나는 우사기타가 오리오의 가방에 넣은 발신기에서 나오는 신호다.

목표물의 위치를 알리는 점 두 개가 집으로 추정되는 곳에 거의 겹쳐져 있었다.

"그거 언제 검색한 거야?" 함께 있는 부하에게 물었다.

"방금 전에 검색한 겁니다."

스마트폰을 비롯한 위치 정보 발신기는 대개 이쪽에서 검색을 해야 현재 장소를 알 수 있다. 손 놓고 지도만 바라본다고 화면상의 점이 실시간으로 움직이지는 않는다. 내버려 두면 예전 위치를 가리킬 뿐이다. 상대가 현재 어디 있는지 알고 싶으면 검색할 필요가 있으므로 이나바는 아까 전부터 빈번하게 검색을 했다. 그때마다 저 집에서 떨어진 곳이 표시되지 않을까 기대했지만, 오차 범위 내에서 약간 이동하는 데 그칠 뿐 지도에는 거의 변화가 없었다. 방송을 보니 인질 농성 사건은 교착 상태이므로 당연하다면 당연하지만, 초조한 마음으로 지도를 주시하지 않을 수 없었다.

이나바는 수화기에 입을 댔다. "우사기타가 위치 정보를 검색해서 저 집에 가 보니 발신기만 남아 있더래. 오리오오리오는 없었어."

"집 안 어딘가에 숨어 있는 건 아닐까요?"

"글쎄. 구석구석 샅샅이 뒤지라고 하기는 했는데."

"우사기타는 어떻게 오리오오리오를 찾아낼 생각일까요? 그 집에서 나오지 않고서는 손쓸 방도가 없을 텐데요."

"그게, 자기가 어떻게든 하겠대."

"궁지에 몰려서 꾀를 부리는 소리로 들리는데요."

"내가 듣기에도 그래." 어차피 시간에 맞추지 못해 아내를 구할 수 없을 바에야 이나바에게 골탕이라도 먹이기 위해 제한 시간이 끝날 때까지 시간을 끌 가능성도 있다. 너 죽고 나 죽자는 마음을 먹었어도 이상할 것 없다. "다만 빠져나올 방책이 있다고 했어."

"그 상황에서요? 경찰이 둘러싸고 있는걸요."

"무슨 생각이 있나 봐."

"인질을 이용하려는 걸까요?"

"거래를 하려는지도 모르지. 그 자식, 인질에게 목을 짓눌렸다고 했어. 말할 때마다 피가 나올 것 같대. 목소리가 완전히 갔더라고. 화가 치밀어서 쏠 뻔했는데 간신히 참았다는군."

"그게 도대체 무슨 말씀이신지."

"그 정도의 냉정함은 남아 있는 모양이야."

"반대로 그 정도의 냉정함밖에 안 남았는지도 모르죠. 이제 우사기타는 버리는 편이 낫지 않겠습니까?"

"버리는 건 간단해." 인질범이 되어 전 국민의 주목을 받고 있으니 손을 끊는 편이 득책이다. 귀찮게 우사기타의 아내를 살려 둘 필요도 없다. 하나 '다만'이라는 마음도 들었다. "다만 놈이 오리오오리오를 찾을 전망이 밝다고 했단 말이지."

"그 말을 믿으십니까?"

"저기서 나가면 금방 찾아낼 수 있다고 주장했어. 그러니까 조금만 더 기다려 달래."

"시간을 벌려는 수작입니다."

"아까 경찰이 오기 전에 말해 줬어. 너는 오리오를 찾지 못할지도 모른다고. 왜냐하면 오리온자리 밑에 있는 토끼자리가 움직이면 오리온자리도 움직이거든. 따라잡을 수가 없지."

"우사기타가 토끼자리라는 말씀이십니까?"✤

✤ 일본어로 우사기兎는 토끼를 뜻한다.

"토끼는 오리온의 사냥감이었어. 뭐, 이것도 오리오오리오에게 들은 이야기지만."

"그 남자는 사람 가리지 않고 별 이야기를 떠들어 대니까요."

"센다이시에서 오리온자리에 대한 강연이라도 하면 금방 찾을 수 있을 텐데. 어쨌든 그 밖에 오리오를 찾아낼 방법이 없는 것도 사실이야. 우사기타에게 좀 더 맡겨 놓자고."

"만약 놈이 경찰에게 체포되면 저희 사업에 대해서도 불지 않겠습니까?"

"그래서 우리는." 우사기타의 아내를 붙잡아 놓은 것이다. 경찰에게 섣부른 소리를 했다가는 아내의 목숨이 위험하다는 것쯤 우사기타도 쉽게 상상할 수 있을 것이다. "아무튼 다시 연락할게."

"아, 이나바 씨." 덤덤하게 불렀지만 목소리에 두려움이 배어 있었다.

"왜?"

"전화번호를 가르쳐 주시면 안 될까요? 늘 기다리고만 있으니 효율이 떨어져서요."

"효율에 큰 차이는 없어. 전화는 내가 건다."

이나바는 남의 전화를 받는 것이 딱 질색이었다.

전화는 상대의 예정과 의사를 무시하고 끼어든다. 사정이 여의치 않을 때는 무시하면 그만이지만, 요즘 전화에는 통화 이력이 남는다. "전화했었으니까 나중에 연락해" 하고 무언의 압력을 가하는 셈이나 마찬가지이므로 남에게 통제당하기 싫어하는 이나바로서는 참기 힘들다. 또한 그는 상대가 어떤 입장에 있는지 일깨워 주기 위해서도 자기가 원할 때 전화를 거는 것에 집착했다. 내 전화가 언제 갈지 모르니 애타게 기다리고 있어라, 그런 뜻이다. 사람은 언제든지 이야기할 수 있는 상대보다 어쩌다가 한 번밖에 이야기할 수 없는 상대를 더 소중히 여긴다.

"하지만 지금은 여유를 부릴 때가 아니니까 정 급하면 메일을 보내. 그럼 내가 바로 전화를 걸게."

왜 메일은 되고 전화는 안 되는지 상대가 이해하지 못하는 것 같았기에 이나바는 선수를 쳐서 "메일은 내가 원할 때 읽을 수 있어. 경우에 따라서는 읽지 않을 수도 있고" 하고 말했다. 아무리 분초를 다투는 상황이라고는 하나, 일단 전화번호를 가르쳐 주고 나면 앞으로도 상대가 전화를 걸 가능성이 있다. 메일 주소가 그나마 쓰고 버리기 용이하다.

이나바는 전화를 끊고 손목시계를 들여다보았다. 천만 엔 가까이 주고 산 시계는 시간을 확인할 때마다 그의 자존심을 만족시키지만 제한 시간이 다가오는 지금은 볼 때마다 짜증이 날 뿐이었다.

노트북 화면에 텔레비전 방송이 나오고 있다. 인질 농성 사건만 내보낼 수도 없는지 이미 다른 버라이어티 방송으로 바뀌었다. 제기랄, 하고 채널을 바꾸자 사건 현장이 나왔다.

"요즘은 프로야구 시합도 어지간해서는 지상파로 방송하지 않는데." 창고에 있는 부하 두 명 중 말라깽이가 입을 열었다.

창고는 불이 켜져서 밝지만 콘크리트 바닥에는 냉기가 돈다. 나직한 목소리가 콘크리트 바닥을 타고 울려 퍼졌다. 누군가 했더니 우사기타 와타코가 피 맺힌 입술을 떨며 뭐라고 말하고 있었다.

"뭐라고 했어?" 이나바가 물었다.

"다카노리 군은 한번 한 약속은 지켜요." 그녀는 그렇게 말했다.

"응? 뭐라고?" 이나바는 짐짓 되물었다. "잘 안 들려. 좀 똑똑히 말해 봐."

"다카노리 군은 날 구하러 올 거예요."

이나바는 어깨를 으쓱했다. "아아, 다카노리 군이 누군가 했더니 우사기타 말이로군. 제발 그랬으면 좋겠어. 나도 놈이 오기를 기다리고 있거든." 오리오오리오를 데려오기를 진심으로 바란다.

거짓말이 아니었다.

우사기타에게 원한은 없다. 최근에 조금 해이해져서 일에 실수가 많아지기는 했지만, 미움을 품을 정도는 아니다. 오리오오리오를 필사적으로 찾아다닐 사람이 필요했고, 그러려면 아내를 볼모로 잡아 우사기타를 협박하는 것이 제일 빠르고 효과적이라고 판단했을 뿐이다.

"어차피 날 무사히 돌려보낼 생각은 없잖아요."

"누굴 거짓말쟁이로 아나. 널 센다이까지 데려온 것도 우사기타에게 돌려줄 생각이 있기 때문이야. 안 그래?"

우사기타 와타코는 대꾸하지 않았지만 과연 그렇구나, 하고 납득하는 기색도 있었다. 분명 돌려줄 생각이 없다면 도쿄에 감금해 놓으면 된다.

"조금이라도 빨리 우사기타에게 널 돌려주고 싶어서 그래. 부부가 서로 얼싸안는 감동적인 장면을 나도 보고 싶어."

두말할 것도 없이 부부의 감동적인 재회 운운은 새빨간 거짓말이다. 이나바의 형편상 데려올 수밖에 없었다.

며칠 전 오리오오리오가 센다이에 있다는 정보를 입수했다. 전국 각지에 체인점을 둔 인터넷 카페의 서버 관리자 중에도 협력자가 있는데, 그가 센다이점 이용객 정보에서 찾아냈다. 왜 센다이에 있나 싶어 조사했더니 오리오오리오가 중학생 때 한동안 센다이에 살았다는 사실이 드러났다. 연고가 있을 것 같지는 않지만 그나마 지리에 밝은 곳에 숨어 있어야겠다고 생각했는지도 모른다.

즉시 우사기타에게 센다이로 가라고 명령했다. 오리오오리오를 찾아낼 때까지 도쿄에 돌아오지 말라고 했다.

다만 우사기타가 센다이에서 오리오오리오를 붙잡았다고 해도 아내를 돌려줄 때까지는 오리오를 넘겨줄 수 없다고 벋댈 가능성이 있었다. 그때 이러쿵저러쿵 잘 구슬려서 우사기타를 설득할 시간적인 여유는 없다. 즉, 바로 아내를 돌려주고 오리오오리오를 건네받기 위해서는 센다이에 인질인 와타코 짱을 데려가는 수밖에 없다. 덧붙여 시간제한이 있는 만큼 실수는 용납되지 않는다. 결국 이나바가 직접 움직이게 됐다.

"다카노리 군이 빨리 오면 좋겠네." 이나바는 차가운 눈빛을 던졌다. 우사기타 와타코의 눈에 생기가 되살아난 것이 마음에 들지 않아서 또 구두 앞코를 내질렀다.

인간의 육체를 후벼 파는 쾌감이 이나바의 몸에 전해졌고, 우사기타 와타코는 고통으로 얼굴을 찡그렸다.

참으로 불쾌하고 정말로 마음 아픈 장면이다.

그 고통스러운 표정을 보자 이나바는 다시 즐거워졌다. 몸을 구부려 뺨을 갈겼다. 퉁퉁 부은 얼굴은 더 맞으면 터져 버릴 것만 같았다.

이나바는 문득 생각했다.

안간힘을 다해 오리오를 데려온 우사기타는 아내의 이런 꼴을 보고 어떤 표정을 지을까.

손대지 말라고 했잖아! 분명 그렇게 화를 낼 것이다.

하지만 화내 본들 뭐 어쩌겠는가.

인터넷 경매 사이트에서 배달된 상품이 아무리 개판으로 포장되어 있어도, 반품이나 교환이 불가능한 소중한 물건이라면 울며 겨자 먹기로 수령하는 수밖에 없다. 손에 넣은 것만으로도 다행이라고 여겨야 할 때가 있는 법이다.

이쪽에서는 싫으면 처분하겠다고 나가도 된다.

분노와 무력감이 뒤섞인 우사기타의 얼굴을 상상하자 이나바는 유쾌해졌다.

이처럼 센다이항 근처에 위치한 창고의 상황은 참담하고 막막하다. 그러고 보니 우사기타 부부에게 감정이입을 하고 말았는데, 냉정하게 생각해 보면 우사기타 다카노리는 평소 사람을 납치하여 감금 장소로 옮기는 비인도적인 작업을 덤덤하게 수행했던 남자다. 청렴결백하고 무고한 시민이 아니라 외려 악당의 부류에 속한다. '불쌍하다'는 마음을 약간 제하고 보는 편이 낫겠다고 한마디 참견하고 싶다. 덧붙여 와타코 쨩은 우사기타가 무슨 일을 하는지 전혀 모르므로 이쪽은 진심을 담아 '불쌍하다'고 여겨야 할 것이다.

자, 한편 현장에서 열심히 일하고 있는 그 사람, 가스카베 과장 대리는 어쩌고 있을까.

나는 오리오라는 이 남자가 너무 수상쩍게 느껴졌다. 만난 지 얼마 되지도 않아 불신감을 팍팍 풍기는데, 잘도 컨설턴트 일을 했다 싶어 감탄했다. 아무리 봐도 절대로 일반인은 아니다. 인질 농성 사건에 휘말려 곤혹스러운 듯했지만 "이렇게 마구잡이로 일을 진행하는 법이 어디 있습니까? 왜 제가 인질이 되어야 하는데요? 이렇게 어처구니없는 이야기는 처음 들어 봅니다. 법적 근거는 없죠?" 하고 떠들어 대는 모습은 유들유들해 보이기까지 했다. 성가신 말썽에 익숙한 것이 아닐까 하는 예감이 더욱 강해졌다.

차 안에는 대원들이 편의점에서 쓸어 온 삼각김밥이 준비되어 있다. 범인의 지시대로 비닐봉지에 넣었다.

"이걸 들고 가시면 됩니다." 나쓰노메 과장이 봉지를 가리켰다.

"저, 이거 문제가 되지 않겠습니까?" 오리오가 무표정으로 물었다. "일반 시민에게 이렇게 위험한 일을 시켰다면서요."

그 말마따나 문제가 된다. 아무리 범인이 요구했다고는 하나 일반인과 범인을 접촉시키는 건 더할 나위 없이 위험하다.

"인질로 잡힌 사람들이 저보다 더 가치 있다, 그런 말씀이십니까?"

넌 분명 일반인이 아닐 테니까, 하고 말하고 싶었지만 꾹 참았다.

나쓰노메 과장은 "인질은 세 명이고 오리오 씨는 한 명. 교환 조건으로는 나쁘지 않죠" 하고 말하고 나서 바로 "그야 농담입니다만" 하고 변명했다. "저희에게 일반 시민은 모두 똑같이 지켜야 할 대상입니다. 영화를 보면 붙잡힌 동료를 구하기 위해 적지에 침투하여 결과적으로 몇 배의 동료가 목숨을 잃는 내용도 가끔 나오는데요, 그건 본말 전도입니다. 다만 저희 입장에서는 범인의 요구를 무작정 거절할 수도 없어서요. 요구를 수용하면서도 최대한 당신의 안전을 확보하는 방법을 택하고 싶습니다.

"어떻게요?" 오리오가 몸을 조금 내밀었다. 무리 아니냐고 말하고 싶은 건지도 모르겠다. 나도 '어떻게?'라는 생각이 들기는 했다.

"백문이 불여일견." 나쓰노메 과장은 말을 마치자마자 스마트폰을 들어 전화를 걸었다. "직접 부딪쳐 봐야 하는 일도 있답니다."

누구한테 전화를? 그렇게 생각했을 때 나쓰노메 과장이 입을 열었다. "그쪽 말대로 식사를 준비했어. 어떻게 전달하면 될까?"

잠깐 침묵이 흘렀다.

물자를 주고받는 순간은 이쪽의 기회이기도 하다.

축구나 농구에서는 상대가 자기 진영에서 신경을 집중해 수비를 굳히고 있으면 빈틈을 찾아 공격의 실마리를 잡기가 불가능하다. 마찬가지로 인질범이 집 안에 틀어박혀 있을 때는 돌파구가 없다. 있다고 하면 변칙적인 움직임이 생길 때뿐인데, 그중 하나가 현관 등의 출입구를 여닫는 순간이다.

범인이 물자를 얻기 위해 어떻게 나올 것인가. 선택지는 그리 많지 않다.

문밖에 물건을 놓아두게 하고 직접 가지러 나오거나, 안쪽까지 운반시키거나.

설령 한 발짝이라도 상대를 자신의 성 안에 들여놓으면 수비를 억지로 돌파해 진압에 나서려 할 가능성이 높으므로 대개는 자기가 가지러 나온다. 인질에게 가져오라고 시키는 범인도 있다.

"오리오에게 삼각김밥을 들려서 보내. 집으로 가져가라고 지시해." 범인 목소리가 들렸다.

나쓰노메 과장과 눈이 마주쳤다.

물자도 물자지만 그걸 옮기는 오리오가 범인의 더 큰 목적이다. 이번 사건의 범인은 그 사실을 스스로 밝혔으며, 오리오와 인질을 교환하면 그걸로 만족한다는 낌새도 보였다.

오리오에게 삼각김밥을 운반시킨다 하더라도 집 안까지 들여보내는 것은 너무 위험하다. 오리오는 필시 돌아오지 못할 것이다.

"아무래도 그건 힘들겠는데." 나쓰노메 과장이 대답했다. 얼마나 상대의 신경을 자극할지 예상이 되지 않으므로 범인의 요구를 거절할 때는 역시 긴장된다.

범인은 그다지 예민하게 나오지 않았다. "잘 들어, 오리오란 놈은 우리랑 똑같아. 돼먹지 못한 인간이라고. 건실한 일을 하지 않지. 그에 비해 지금 여기에 인질로 잡혀 있는 사람들은 이런 사건에 말려들 이유가 없는 무고한 가족이야."

"그 무고한 가족을 동정해 주기를 바라는 건 무리일까." 나쓰노메 과장이 말했다.

"이 사람들은 운이 나빴어. 피차일반이지."

"피차일반이라고?"

"인질들과 오리오를 교환하는 건 뭘 어떻게 봐도 나쁜 거래가 아니야. 해밖에 끼치지 않는 생쥐를 받는 대신 귀여운 고양이 가족을 돌려주는 셈이지."

"제리를 주고 톰을 받는다. 흠, 성가신 건 오히려 제리 아닌가?"

"아무튼 오리오를 이쪽으로 보내. 현관문을 두드리면 자물쇠를 풀어 줄게."

"나야 물론 그 제안을 받아들이고 싶지만." 나쓰노메 과장은 온화하게 말했다. "그런 짓을 했다가는 난리가 날 거야."

범인의 요구에 응해 일반인을 위험한 집에 보내면 뭐 하는 짓이냐, 경찰력으로 어떻게든 하라고 세상 사람들과 매스컴이 들고일어날 가능성이 있다.

세상 사람들과 매스컴!

나는 고래고래 외치고 싶었다. 세상 사람들과 매스컴에게 무슨 폐가 된다는 말인가. 뇌물 수수 등으로 공직자 기강을 어지럽혔다면 또 모를까, 이쪽도 피해를 최소한으로 줄이기 위해 애쓴 결과인데 그걸 가지고 이러쿵저러쿵 공격해서 누가 득을 본다고. 정말이지 몸속에서 화가 부글부글 끓어오르는 것만 같아서 꾹 눌러 참았다.

그 마음이 전해졌는지 범인은 "뭐, 너희도 고생이로군" 하고 말했다. "세상을 위해 애쓰고 있는데 세상 사람들과 매스컴은 제삼자 주제에 불평만 늘어놔."

"공감해 줘서 고마워. 지금 여기서 다들 함께 눈물을 닦는 중이야."

나쓰노메 과장의 농담이 상대의 화를 돋우지나 않을지 걱정됐지만, 아마 과장 본인도 반쯤 도박 같은 기분이 아니었을까 싶다. 다행히 범인도 살짝 웃었다.

"덧붙여 어디까지나 가정인데." 나쓰노메 과장이 말했다. "오리오 씨와 인질을 교환했다 치고, 그 후에는 어쩔 생각이지? 집에서 버티는 데도 한계가 있어. 우리는 결국 돌입할 거야."

"세상 사람들 눈에는 오리오도 일반인으로 보이겠지. 일반인이 인질로 잡혀 있는데 경찰이 돌입하면 역시 문제가 되지 않겠어?" 그러고 나서 기침 소리가 났다. "목 아파 죽겠네" 하고 말하는 목소리에 짜증이 묻어 있었다.

"그야 그렇지만 우리도 영원히 기다리고 있을 수만은 없어."

"뭐, 앞일은 접어 두자고. 나는 오리오만 오면 그만이야."

"오리오 씨가 거기서 빠져나가는 마법이라도 쓸 줄 아는가 보지?" 나쓰노메 과장은 그렇게 말한 후에 오리오에게 눈짓했다. 놀림감으로 삼아서 미안하다고 사과할 생각이었겠지만, 정작 오리오는 상황을 이해한 건지 못 한 건지 멍한 표정으로 허공을 바라볼 뿐이었다.

"잘 짚었네. 오리오가 우리를 구해 줄 거야. 본인에게는 그럴 마음이 없겠지만, 우리에게는 구세주거든."

도대체 오리오가 뭘 가지고 있기에.

"내가 함께 따라가는 건 어때?" 나쓰노메 과장이 말했다. "오리오 씨가 식사를 들고 나랑 함께 그 집에 가는 거야. 만약 위험한 상황이 벌어질 것 같으면."

"위험한 상황이고 나발이고, 오리오를 집 안으로 끌고 갈 거야."

"그건 곤란해."

"교섭은 끝났어. 이렇게 말이 통하니까 실은 내가 착한 사람이라고 착각하나 보지? 나도 절박한 상황이라고. 오리오를 데려오지 않으면 집 위에서 인질을 한 명씩 떨어뜨리겠어. 그 장면이 텔레비전에 나오면 참 볼만하겠군."

"방송국을 부른 건."

"그 때문이기도 해. 목격자가 있어야 할 것 아니야."

"아아, 그렇지, 그거 말인데." 나쓰노메 과장은 연기가 아니라 진짜로 지금 생각난 것 같았다. "요청한 대로 중계방송을 내보내고 있어. 다만 그쪽에도 사정이 있어서 말이야."

인질 농성 사건 생중계는 나름대로 흥미를 자극하는 방송이리라. 시청자의 시선을 붙잡아 놓는다는 의미에서는 방송국도 고마울 것이다. 하지만 결정적인 순간이라면 모를까, 인질 농성 사건이라도 교착 상태는 지루하다는 사실을 시청자 역시 슬슬 깨닫고 있다. 시간이 흐를수록 각 방송국이 수업에 지루함을 느낀 초등학생처럼 안달복달하는 낌새가 전해져 왔다.

방송을 마뜩지 않게 여기는 우리에게 처음에는 "범인의 지시니까요"하며 여봐란 듯이 대의명분을 내세우더니만, 이제는 대놓고 "언제까지 방송해야 합니까?" 하며 불만스러운 티를 낸다. 제멋대로라고 하면 제멋대로지만 사정도 이해는 간다.

"방송에 고마워해야 하는 건 내가 아니라 너희야. 생중계가 나가지 않으면 인질이 어떻게 될까."

"방송이 중단되면 인질의 목숨을 뺏을 건가? 아무리 그래도 그건."

"목숨은 빼앗지 않아. 생중계를 하지 않으면, 죽이지는 않겠지만 고통을 줄 거야. 고통에 찬 인질들의 목소리를 들려주겠어. 그럼 방송국도 자기들 책임이 아니라고 발뺌은 못 하겠지."

"알았어. 그런 짓은 하지 마." 나쓰노메 과장은 즉시 답했다. "그런 사태는 바라지 않아. 하지만 방송국이 무슨 생각인지는 우리도 몰라. 일개인은 좋은 사람일지라도 뭉쳐서 집단이나 사회를 이루면 윤리나 도덕 말고 다른 걸 우선시하지. 어쩌면 생중계를 그만두고 연속 드라마를 내보내는 방송국이 있을지도 몰라."

"매주 녹화하는 시청자에게 미안할 테니까."

"그래서 말인데, 인터넷으로 중계 영상을 내보내는 건 어떨까? 전국 네트워크 방송 말고 인터넷 방송으로도 주변 상황은 확인할 수 있어. 현장 상황을 파악하는 게 목적이라면, 영상만 볼 수 있으면 아무 문제 없잖아."

범인은 한순간 입을 다물었다. 그러더니 잠시 후에 "그렇군"

하고 대답했다.

나쁘지 않은 아이디어다. 인터넷상에서 영상을 송출한다면 이쪽에서 독자적으로 가능하다. 방송국은 통제가 불가능하지만 인터넷 방송은 융통성을 발휘할 수 있다.

"다만 인터넷 방송은 뭘 어떻게 봐야 하는지 잘 모르니까 가능하면 방송국더러 중계방송을 계속하라고 해. 인터넷은 마지막 방법으로 허락해 줄게."

"알겠어." 나쓰노메 과장은 바로 대답했다. "그런데 무슨 이야기였더라. 아아, 그래, 오리오 씨가 식사를 운반하는 이야기였지."

"빨리 보내."

"그렇게 간단히 받아들일 수는 없어."

"다람쥐 쳇바퀴 돌리는 꼴이로군. 오리오오리오는 일반인이 아니니까 걱정할 것 없다고 했잖아."

"그런 게 아니야. 우리는 당신과 오리오 씨가 한패일 가능성도 염두에 두고 있어." 나쓰노메 과장은 다른 각도에서 설득할 생각인지 그렇게 말했다.

오리오 본인은 변함없이 동요하는 기색도, 화내는 기색도 보이지 않았다.

"한패? 그게 무슨 소리야?"

"오리오 씨를 집 안에 들이는 것 자체가 당신이 원래 세운 작전일지도 모르지."

"그 말대로 나는 오리오오리오를 붙잡고 싶어. 그게 원래 목적이라고."

"아니, 그런 뜻이 아니라 예를 들면 오리오 씨가 당신에게 뭔가 넘겨준다든가."

"넘긴다고? 뭘?"

"모르겠어. 다만 당신과 오리오 씨가 접촉하는 바람에 인질이 더 위험해지거나 인질 농성 사건이 더 심각해질 가능성을 부정할 수는 없지."

"지나친 생각이군."

"어쩌면 오리오 씨가 당신이 거기서 탈출할 수 있도록 도구를 가지고 갈지도 모르지."

"도구? 예를 들면 어떤?"

"모르겠어. 어쩌면 그 집에서 버티는 데 도움이 될 만한 물건을 가지고 갈지도 모르고."

"여기서 버티는 데 도움이 되는 물건? 예를 들면 어떤?"

"그것도 모르겠어." 나쓰노메 과장이 말했다. 모른다는 말로 일관한다. "다만 가능성은 염두에 두어야겠지."

"오리오오리오가 여기 오면 인질들에게도 나쁠 게 없어. 여기서 나갈 수 있고, 내게도 도움이 되지."

"도움이 된다고? 도움이 필요한 상황인가?"

범인은 처음으로 말문이 딱 막힌 것처럼 입을 다물었다.

사정을 밝힐지 말지 고민하는지도 모른다. 그에게도 나름대로 어쩔 수 없는 사정이 있는 것 아닐까. 물론 인질 농성 사건을 일으키는 데 정당한 이유는 없겠지만, 우리가 들어 주었으면 하는 이야기가 있다면 들어 주면서 마음을 살살 달래어 합의점을 찾을 수 없을까 싶었다.

"하여튼 오리오오리오를 보내지 않으면 상황은 악화될 뿐이야. 나는 계속 여기서 버틸 테고 인질은 지치겠지. 안 그래?"

"하지만."

"그렇다면." 범인은 조금 짜증을 냈다. "보내기 전에 오리오오리오를 꼼꼼히 몸수색하면 될 것 아니야. 쓸데없는 물건이 있는지, 내게 유용한 물건을 숨겼는지 확인해 보라고."

이번에는 나쓰노메 과장의 말문이 막혔다. 입을 다물고 생각하듯이 시선을 여기저기 돌렸다. 의견을 바라는 표정은 아니었지만 나는 펜을 들어 근처에 있는 종이에 '인질과 이야기를 해 볼까요?' 하고 적었다.

나쓰노메 과장은 고개를 끄덕였다. "그런데 인질은 무사한가? 괜찮다면 목소리를 좀 듣고 싶은데."

"아까 들려줬잖아."

"그렇지만 이쪽에서는 어떤 상태인지 모르니까 걱정이 돼서 말이야. 얼마 안 지났는데도 마음이 조마조마하다고. 물론 믿기는 믿지만 그 정도만으로는 납득하지 못하는 사람도 많아. 우리는 그러려니 해도 상부가. 그러니까 사토 씨 가족 중 한 명을 바꿔 주지 않겠나?"

고민하고 있는지 범인이 내뿜는 콧숨 소리가 크게 들렸다.

나쓰노메 과장과 눈이 마주쳤다. 과거 경찰이 교섭을 진행하는 도중에 인질이 사망하는 최악의 사태가 발생한 적이 있었다. 드문 일이라고는 할 수 없다. 그것만은 절대로 피하고 싶었다.

"어, 저기." 목소리가 들렸다. "사토입니다. 사토 유스케예요."

"유스케 군, 아아 다행이다. 그 후로 상황에 변화는 없습니까?"

"아, 예."

목소리는 작았지만 쇠약해진 느낌은 없어서 나는 안심했다.

"식사와 화장실 같은 건 불편하지 않습니까?"

"불편하냐고 물으신다면 그야 불편하지만, 그럭저럭 견딜 만해요."

"최대한 빨리 먹을 걸 보내겠습니다. 안심하세요."

"예. 믿을게요."

그 말이 내 가슴을 쿡 찔렀다. 궁지에 처한 사람이 도와줄 것이라 믿고 있다면 그 기대를 저버려서는 안 된다.

저기. 그때 사토 유스케의 목소리가 조금 달라졌다. 좀 더 목소리를 죽여 속삭이듯이 "분명 또 있어요" 하고 말했다.

"또 있다고요? 뭐가, 누가 있다는 말씀입니까?"

"이 사람한테 명령하는 사람."

"명령? 또 다른 범인이?"

"아마도요. 그쪽 눈치를 보더라고요."

범인이 곁에서 떨어진 틈을 노렸는지, 그는 우리에게 정보를 전달하려고 기를 쓰는 것 같았다.

"우리 말고 위험한 상황에 처한 사람이 또 있는지도 몰라요."

"또 있다고요? 그게 무슨 뜻입니까?"

"그러니까." 사토 유스케가 그렇게 말한 직후에 "야, 이제 그만. 쓸데없는 소리를 지껄인 건 아니겠지" 하고 범인의 목소리가 겹쳤다. "이제 만족했어? 어쨌거나 더 이상 시간 끌지 말고 빨리 식사를 들려서 보내."

"조금만 더." 나쓰노메 과장은 전화 통화지만 이쪽 마음이 전해지기를 바란다는 듯이 애원하는 표정을 지었다. "조금만 더 기다려 줘. 우리도 상의하고 준비할 시간이 필요해."

"내가 일부러 경찰한테 상의하고 준비할 시간을 줄 것 같아?"

"야구에서는 상대 팀이 수비 위치에 자리를 잡을 때까지 공격을 시작하지 않아."

"축구에서 상대 팀이 수비 태세를 갖추기를 기다리던가?"

"프리킥이라면."

그러자 전화가 끊겼다.

스마트폰을 바라보던 나쓰노메 과장은 "스포츠에 비유한 게 별로였나" 하고 농담을 섞어 중얼거렸다.

"그렇게 화난 것 같지는 않던데요."

범인은 이대로 이야기가 길게 이어질까 봐 불안감을 느꼈으리라. 이쪽 의도에 휘둘릴까 봐 두려워서 억지로 전화를 끊어 이야기를 중단한 것 아닐까.

"이제 어떻게 할까요?"

"어떻게 하면 좋을까." 나쓰노메 과장은 길게 숨을 내쉰 후에 목을 빙글 돌렸다. "어떻게 하면 좋을까요, 오리오 씨."

"저한테 물어보신다 한들 뾰족한 수가 있겠습니까."

"아까 인질로 잡힌 청년이 말하기를 범인이 또 있다고 했습니다." 나쓰노메 과장이 말을 이었다.

"그랬죠." 내가 맞장구를 쳤지만, 나쓰노메 과장은 오리오가 호응해 주기를 바랐는지도 모르겠다. 한 번 더 "그렇게 말했습니다" 하고 못을 박듯이 말했다.

"뭔가 짚이는 점은 없으십니까?"

"아니, 그러니까 아무것도 모른다니까요." 오리오는 손을 크게 내저었다. 갖다 붙인 것처럼 웃음이 어색했다.

"오리오 씨, 아십니까? 이건 심각한 사건입니다. 사람 목숨이 달려 있어요."

여기서 승부를 가리기로 결심했는지 평소 부드러운 나쓰노메 과장의 말투에 날카로운 긴장감이 더해졌다.

나쓰노메 과장은 주변을 둘러보다 내게 눈짓한 후 "만약 오리오 씨가" 하고 말했다. "오리오 씨가 불법적인 일에 가담했다고 해도 불문에 부치겠습니다."

오리오가 고개를 들었다. 낚싯바늘에 반응이 왔다. 역시 그게 마음에 걸렸나. 그는 이쪽의 진의를 확인하려는 듯했다. 이쪽이 어디까지 양보할 생각인지 탐색하고 있는지도 모른다.

　나쓰노메 과장도 오리오의 변화를 눈치챘는지 이 기회를 놓치지 않겠다는 듯 "어떻습니까?" 하고 힘주어 말했다. "우리는 인질을 구하고 싶어요. 당신이 정보를 주면 가능할지도 모릅니다. 그렇다면 어느 정도의 일은 눈감아 드리겠습니다."

　만약 오리오가 실제로 무슨 죄를 저질렀다면 눈감아 줄 수 있을까. 그럴 자신은 없다. 사법 거래가 본격적으로 도입되려면 아직 멀었다. 다만 나쓰노메 과장의 이번 제안은 위험성이 낮다. 오리오가 범죄자가 아니라면 애당초 아무 문제가 없고, 설령 정말 범죄자라 하더라도 범죄자와의 약속을 지킬 필요는 없으리라. 어느 쪽으로 넘어지든 지지 않는 씨름이라고 해도 되겠다.

　시간은 없었지만 지금은 오리오의 말을 기다릴 때다. 침묵은 때로 백 마디 재촉보다 낫다.

　오리오는 잠시 후 "알겠습니다" 하고 대답했다. 그리고 또 딱딱한 웃음을 지었다. "이 범인이 어떤 사람인지는 잘 모르겠습니다만, 분명 이번 일에는 어떤 범죄 조직이 얽혀 있을 겁니다."

　묵직한 문이 열리는 소리가 들렸다. 나쓰노메 과장도 같은 심정인지 무표정을 유지했다. 가까이에 있는 오시마가 쓸데없는 말을 꺼내지 않을까 걱정됐지만, 그 정도 기본은 유념하고 있는지 입을 꾹 다물었다.

　"범죄 조직? 이 인질범과는 다른?"

"다르다고 할까, 관계가 없지는 않겠죠."

"그렇군요."

"여러분도 알아차리셨을지 모르겠지만, 아까 통화 도중에 범인이 '우리'라는 표현을 썼습니다."

오시마가 나를 보았다. 물론 나는 알아차렸다. 인질범은 '우리'라고 말했다. 우리에게는 구세주라고.

"그건 인질을 포함해서 우리라는 뜻이 아닐까 싶습니다만."
나쓰노메 과장이 속내를 떠보듯 천천히 말했다.

"아니요, 그는 아마도 조직에 소속되어 있겠죠. 위험한."

"법률에 저촉되는." 나는 중얼거렸다.

"예."

"음, 오리오 씨, 혹시 그 조직에서 컨설턴트로 일한 거 아니야?" 실례를 무릅쓰고 단칼에 핵심을 파고드는 것이 오시마의 장점이다. 안타가 될지 파울이 될지는 상황에 따라 다르지만 이번에는 안타로 보였다.

오리오는 한순간 움직임을 멈추었다가 씩 웃었다. 이렇게 부자연스러운 웃음은 처음 본다 싶을 만큼 부자연스러웠다.

"아니요, 저는 그런 조직과는 관계가 없습니다."

너무 설득력 없는 말이었다.

그는 우리가 무슨 생각을 하는지를 모르는 건지, 아니면 알기 때문에 얼렁뚱땅 넘기려는 건지, 가지고 있던 지도를 다시 펼쳤다. "하지만 그 동료가 있는 곳을 알아낼 수는 있을지도 모르겠군요."

"알고 있으면 빨리 말해." 오시마가 다그쳤다.

"모릅니다. 하지만 오리온자리 모양에 대입하면."

나는 헛소리 좀 집어치워, 하고 고함을 지른 오시마를 제지했지만 속으로는 물론 헛소리 좀 하지 말라고 소리쳤다.

오리오는 주변 사람들의 그러한 반응에는 익숙한지 동요하는 기색 하나 없이 "인질 농성 사건이 발생한 여기를 베텔기우스라고 칩시다" 하고 말하더니 "베텔기우스는 이미 폭발했을지도 모른답니다. 아직 지구에서 보이지 않을 뿐이지" 하고 이야기를 이어 나갔다. 강의할 때 같은 교재의 같은 부분에서 늘 같은 말장난을 하던 경찰학교 교관이 떠올랐다. 외워 둔 대본에서 해당하는 부분이 나오기만 기다리고 있었다는 듯 말을 꺼낸 느낌이었기 때문이다.

설마 정말로 별점을 치려는 것은 아니겠지 싶어 나는 불안해졌다.

🌙

불안해진 가스카베 과장 대리를 일단 내버려 두고 집 안으로 되돌아가 이야기를 진행하겠다. 어디까지 서술했더라. 우사기타가 유스케 어머니에게 "이 남자는 누구야? 아버지가 아니야?" 하고 추궁하는 장면부터인가.

이쪽 장면은 아직 경찰이 오기 전이다. SIT의 나쓰노메 과장과 가스카베 과장 대리가 있는 시점에는 도달하지 못했다. 빨리 현재 시점을 따라잡기 위해 부랴부랴 설명할 필요가 있겠다.

"알았어, 솔직하게 말할게." 구로사와는 거짓말로 밀고 나가는 것도 슬슬 한계에 달했음을 깨닫고 그렇게 말했다.

우사기타가 눈에 쌍심지를 켰다. "그럼 지금까지는 솔직하지 않았다는 뜻이로군."

"그런 셈이지."

"이게 날 가지고 놀아!" 우사기타가 입에서 불을 뿜을 듯이 화를 냈지만 구로사와는 눈썹 하나 까딱하지 않았다. "가지고 노는 것도, 얕잡아 보는 것도 아니야. 화낸다고 일이 풀리는 건 아니잖아. 지금은 진정하고 해결책을 찾아야 하지 않겠어?"

우사기타는 구로사와가 보기에도 명백히 흥분했다. 방금 전에 대화를 나누어 본 바 시간제한이 있는 사정 때문에 안절부절 못하고 있다는 것은 짐작이 갔다.

"그 사진 속의 남자를 찾으면 되지?" 이제 침입자를 겁내는 일반인 흉내를 낼 필요도 없으므로 구로사와는 평소 말투로 되돌아왔다. 대등하게 거래를 하려는 듯한 그 태도에 우사기타도 동요한 것 같았다. "넌" 하고 입을 열고는 좀처럼 말을 잇지 못했다.

"이쯤에서 서로에게 바람직한 타협점을 찾아보자고. 이대로 여기에다 우리를 묶어 놓은들 아무 진전도 없어. 알잖아. 이 집에 네가 찾는 남자는 없어. 분명 이 집에는 발신기만 남아 있을 거야." 구로사와는 타이르는 투로 말했다. "아아" 하고 무심코 목소리가 흘러나왔다. "아아, 그렇구나, 과연."

"뭐가 과연이야?"

구로사와는 옆에 있는 모자, 유스케와 어머니에게 눈길을 주었다. 둘 다 사태가 어떻게 전개될지 걱정되는지 벼룩 한 마리도 놓치지 않겠다는 듯한 눈빛으로 바라보고 있었고, 뺨에는 '불안'이라고 큼지막하게 적혀 있었다.

우사기타는 냉정함을 되찾기는커녕 외려 울화가 북받쳤는지 권총을 자제가 불가능해진 자신의 성기처럼 휘두르기 시작했다. 눈에 핏발이 선 것을 보고 한다하는 구로사와도 이거 야단났다고 느꼈다.

골치 아프게 됐다. 구로사와는 그렇게 생각했다. 인생을 살면서 초조함이나 공포, 기쁨 같은 감정과는 별로 마주치지 않지만 '골치 아프다'와는 자주 마주친다.

골치 아픈 전개다. 이 범인이 앞뒤 가리지 않고 발포할 가능성은 적지 않으며, 그러면 그만큼 귀찮은 일은 또 없다.

"알았어, 일단 내 이야기를 할게. 그러니까 총 좀 내려."

우사기타가 움직임을 멈추었다. 수상하다는 듯이 미간에 주름을 잡았다.

"나는 이 집 사람이 아니야. 그건 정말이야. 이 두 사람은 나를 몰라. 그것도 정말이고." 구로사와는 말을 계속했다. "나는 이 집에 들어온 빈집털이야."

자기 직업을 입에 담으려니 조금 멋쩍었다. 안 그래도 빈집털이라는 명칭은 케케묵은 데다 깊이가 부족하다. 실내가 갑자기 고요해졌다.

"빈집털이라면 도둑?"

"얼굴에 진흙을 칠하지도 않았고 몽둥이도 가지고 있지 않지만."

구로사와는 그렇게 말했다. '진흙泥'과 '몽둥이棒'를 '도둑泥棒'의 어원으로 알고 있기 때문이지만, 그것이 속설에 지나지 않는다는 사실은 모르는 것이리라. 뭐든지 다 알고 옳은 소리밖에 하지 않는 것처럼 보이는 구로사와도 결코 완벽하지는 않다는 뜻이다.

"그럼 뭐야, 우연히 이 집에 들어온 건가? 언제? 언제 들어왔어?" 우사기타는 구로사와를 경계하는지 아까보다 거리를 두고 바라보았다.

"너랑 거의 비슷한 시간에 들어왔을걸. 집 뒤편 에어컨 실외기와 펜스를 발판 삼아 2층으로 올라갔지."

유스케가 우우 하고 소리를 내자 구로사와는 "분명 자물쇠가 잠겨 있었지만 그걸 푸는 게 내 업무의 일환이거든" 하고 대답했다.

"내가 2층에 들어왔을 때 위에는 아무도 없었어. 아래가 소란스럽다는 건 알았지만."

"왜 바로 달아나지 않았지?"

어디까지 이야기해야 할지 구로사와도 고민했겠지만, 그다지 뜸 들이지 않고 "실은" 하고 입을 열었다. 숨기기도 귀찮다고 판단했으리라. 지금 구로사와의 머릿속은 '빨리 이 번거로운 상황에서 벗어나고 싶다'는 생각으로 가득했다.

"실은 이 집에 들어올 예정은 없었어. 2층에 종이를 가지러 왔을 뿐이야."

"종이?"

"내 동료가." 이마무라를 동료라고 부르려니 거부감이 들었지만, 지금은 이해를 돕는 데 치중해야 한다. "실수로 여기에 들어왔어. 그때 2층에서 종이를 잃어버렸지. 그걸 내가 되찾으러 온 거야."

"종이라니, 그게 뭔데?"

"내 뒷주머니에 들어 있어." 실물을 보여 주는 편이 빠르겠다 싶어 구로사와는 말했다.

우사기타는 총을 겨눈 채 경계하며 구로사와의 등 뒤로 손을 뻗었다. 그리고 뒷주머니에 접힌 종이가 들어 있는 것을 확인하고 두 손가락으로 끄집어냈다.

"뭐야 이건."

"설명서, 영수증 같은 거야. 너무 자세히 보지는 마."

"뭐야 이거." 우사기타는 인상을 찌푸렸다.

"일을 마치면 그걸 놔두고 가. 이 집에서는 일을 안 했어. 그냥 실수였지."

"이걸 가지러 왔다고? 거짓말. 너 좀 모자라지?"

"나만의 기준을 지키고 싶었을 뿐인데."

"모자란 거 맞네."

뭐라고 평하든 구로사와는 개의치 않았다. "아무튼 그걸 되찾으러 2층에 들어갔어. 그런데 네가 와서 총을 들이댔지."

"왜 아버지 행세를 한 거야?"

"네가 그렇게 말했으니까. 저항하지 않는 편이 낫겠다 싶었어. 그럼 아버지 행세를 하는 것도 괜찮을 것 같았지." 총을 든 상대를 거스르면서까지 자신의 정체를 밝힐 필요성은 느끼지 않았다. "자잘한 일에 연연하지는 않거든."

"이딴 종잇조각에는 연연하면서 말이지. 이 두 사람이 아니라고 부정하면 어쩔 생각이었어?"

"도박이었어. 이야기를 맞춰 준다는 쪽에 걸었지." 도박이라고는 했지만 구로사와에게는 어느 정도 승산이 있었다. 그리고 오산도 있었다. "설마 진짜 아버지에게서 전화가 올 줄은 몰랐지만."

유스케와 어머니에게 눈길을 주자 두 사람은 몇 번이고 천장을 흘끔거렸다. 구로사와가 2층으로 침입했다는 사실에 충격을 받았는지도 모르겠다.

구로사와는 자, 이제 어떻게 할까 고민하다 시험 삼아 "그러니까 나는 이 집과 아무 관계도 없어. 이만 풀어 주지 않겠어?"

하고 말해 보았다. 어머니와 아들이 동시에 흠칫 놀라는 것을 기적으로 알았다. 우리를 버리려는 건가요? 그렇게 묻고 싶은 것이리라. 버리고 자시고 나는 생판 남이다. 게다가 빈집털이다. 굳이 따지자면 한편이 아니라 적 아닌가. 생전 처음 보는 빈집털이가 뭔가 도움을 주리라고 여기는 건가 싶어 구로사와는 어이가 없었지만, 상황이 상황이니만큼 냉정함을 잃고 남에게 기대고 싶은 마음이 들 법도 하다고 생각했다.

"안 돼. 너 진짜로 좀 모자라냐?" 우사기타가 툭 내뱉듯이 말했다.

"그런가 보군." 이번에는 인정했다.

"꽤 침착하잖아. 정말로 내가 안 쏠 거라고 믿는 거야?" 크게 부릅뜬 우사기타의 눈은 당장이라도 손톱을 세워 구로사와의 숨통을 조일 것 같은 기운으로 가득했다.

"아니, 네가 초조하다는 건 알겠어. 여기에 온 뒤로 내내 필사적이었지. 그 진심이 전해져서 나도 저항을 못 한 거야. 여차하면 총을 쏠 거라고도 생각해. 정말로 무섭다고."

"하나도 안 무서운 것처럼 보이는데."

"그래서 자주 손해를 보지." 구로사와는 어깨를 으쓱했다.

농담이라 여겼는지 우사기타는 어디서 시건방지게 구느냐고 소리치며 손이 뒤로 묶인 구로사와를 오른발로 찼다. 구로사와는 벽에 부딪쳤다.

거의 같은 시각, 센다이항 근처 창고에 있는 와타코 짱도 이나바의 가학적이고 변덕스런 성격 때문에 끝이 뾰족한 구두로 걷어차였다. 단순한 우연인지, 이 세상의 섭리인지는 명확히 말할 수 없겠지만, 여기서 우사기타가 행사하는 폭력은 몽땅 저기서 와타코 쨩에게 행사되는 폭력으로 치환되는지도 모른다. 와타코 쨩에게 고통을 주지 않으려면 여기서 우사기타가 예의 바르게 행동하는 편이 낫겠지만, 우사기타가 그 사실을 알 방도는 없다.

"요컨대 넌 사람을 찾고 있어. 그렇지?" 구로사와는 말했다. "시간제한도 있지. 그럼 우리를 지지고 삶기보다 빨리 밖에 나가서 그 남자를 찾는 게 좋을 텐데."

"어디에 있는지 알면 벌써 나갔겠지." 우사기타는 자기 스마트폰을 들여다보며 조작했다. 한 번 더 위치를 검색한 것이리라. "정말로 이 집에는 없나. 가방이 있다는 것도 거짓말이야? 아니, 위치 정보가 나오니까 어딘가 있기는 있을 텐데."

"저기." 그때 어머니가 머뭇머뭇 끼어들었다. "부엌 쓰레기통에."

"부엌 쓰레기통에 뭐?"

"가방을 버렸어요. 집, 집 밖에 떨어져 있어서." 어머니가 침착하지 못한 목소리로 설명하는 이야기를 구로사와는 묵묵히 들었다. 분명히 뭔가 숨기고 어물어물 넘어가려는 말투였지만, 우사기타는 수상하게 여기는 기색 없이 혀를 차더니 냉큼 부엌으로 갔다. 그리고 잠시 후에 돌아와서 "아, 씨, 뭐야" 하고 고함을 지르며 쓰레기통에서 꺼낸 것으로 추정되는 가방을 바닥에 내팽개쳤다. 안에서 발신기가 굴러 나왔다.

우사기타는 망할, 망할, 하고 욕하며 제자리에서 발을 쿵쿵 굴렀다. 발 구름의 본보기라 할 만한 모습이었다. 오리오오리오를 찾아내기 위한 방책이 사라져서 분통이 터진 것이다.

"저기, 죄송해요, 하지만." 유스케 어머니가 동요하여 달래듯이 말을 걸었지만 우사기타는 "시끄러워, 닥쳐" 하고 다시 그녀의 입을 테이프로 막았다.

"미안하지만." 그 후에 구로사와가 말했다. "종이를 돌려주지 않겠어? 내 종이야. 가지고 가지 않으면 또 찾으러 와야 해."

우사기타는 까불지 말라는 표정으로 콧김을 거칠게 내뿜었다. "지금 네 편의나 봐줄 상황이 아니야."

"그야 그렇겠지만. 돌려줘."

말투는 강하지 않았지만 구로사와의 목소리에서 거부할 수 없는 힘을 느꼈는지 우사기타는 욕설을 내뱉으며 종이를 다시 두 번 접어 구로사와의 뒷주머니에 넣었다.

그때 우사기타가 호주머니에 넣어 둔 스마트폰에 전화가 왔다. 깜짝 놀란 우사기타가 그쪽에 정신을 파는 바람에 '구로사와의 종이'는 호주머니 깊숙이 들어가지 않았다. 당장이라도 떨어질 것 같은 상태다. 미리 말하자면 나중에 다른 장면에서 실제로 쏙 빠져서 떨어지지만, 우사기타는 당연히 그럴 줄은 모르고 스마트폰 통화 버튼을 눌렀다.

우사기타의 얼굴에 분노와 공포의 표정이 번지는 것을 관찰하며 구로사와는 통화 상대가 누구일지 상상했다.

기를 못 펼 상대, 그것도 본의 아니게 기를 못 펼 상대인가?

과연 구로사와라고 해야 할까, 잘 짚었다.

우사기타는 세 사람에게 목소리가 들리지 않도록 소곤소곤 말하다가 거실에서 나가 복도로 이동했다.

"저, 저기" 하고 속삭이는 목소리가 들려서 옆을 보자 유스케의 얼굴이 있었다. 입을 막은 테이프가 떨어졌다. 자력으로 어찌어찌 떼어 낸 걸까, 아니면 어쩌다 보니 떨어진 걸까. 그는 신중한 눈치로 속삭였다. "저기, 정말로 빈집털이세요?"

"게다가 아버지 행세까지 해서 미안하군." "어, 아니요, 하지만."

"거짓말로 끝까지 우길 수 있을 줄 알았는데 설마 진짜 아버지한테 전화가 오다니."

"죄송해요."

사과할 일은 아니다. "내 수읽기가 얕았을 뿐이야."

"저." "왜?" "그게, 마음에 걸리는 일은 없었나요?"

"마음에 걸리는 일?" "예" 하고 대답한 유스케가 한순간 위를 쳐다보았다.

구로사와는 감이 딱 왔지만, 여기서 그 이야기를 하면 길어질 것 같은 예감도 들었다. "마음에 걸리는 일 천지야."

"그, 앞으로 어떻게 하면 좋을까요?" 유스케는 책장을 넘기는 소리만큼 작게 말했다.

빈집털이라고 정체를 밝힌 남자에게 앞으로 어떻게 할지 상의하다니. 구로사와는 비꼬아 주고 싶었지만 느긋하게 굴 시간이 없는 것도 사실이다. 우사기타가 언제 복도에서 돌아올지 모른다.

"계속 이 상태로 있어야 할지도 모르지."

"곤란한데요."

"그럼 나도 곤란해. 다만 이대로 가면 장기전으로 돌입할 수도 있어."

"정말인가요?"

"어떻게 될지는 나도 몰라. 뭐, 녀석이 나가지 않는 한 상황이 호전되지는 않겠지. 그러고 보니 집에 먹을 건 있어?"

"예?"

"먹을 게 없으면 배가 고파서 녀석이 나가지 않을까 싶어서." 구로사와는 반쯤 농담으로 말했다. "아무래도 그건 무리인가."

"아, 채소나 고기는 있지만 요리를 해야 해요." 유스케가 말했다. 어머니도 고개를 끄덕였다.

엄격한 아버지는 즉석식품이나 밑반찬을 만들어 두는 것도 용납하지 않는 걸까, 구로사와는 곰곰이 생각해 보고 싶어졌다.

그때 복도에서 우사기타의 목소리가 들렸다.

잠깐만, 와타코 짱한테 손대지 마. 알아, 나도 할 수 있는 일은 하고 있다고.

"녀석은 녀석대로 힘든 모양이군." 구로사와는 복도에 눈길을 주며 조용히 말했다.

"뭐가 어떻게 된 걸까요?"

"아마도 누군가가 그 사진 속 남자를 찾아내라고 명령한 것 아닐까. 약점을 잡혔는지, 인질이라도 잡혔는지는 모르겠지만 녀석은 녀석대로 여유가 없어."

"그런가요."

"동정할 필요는 없겠지만. 오히려 필사적이기 때문에 녀석이 강공책으로 나올 가능성도 있어."

"그, 그 총, 진짜일까요?" 유스케는 동요가 가시지 않는지 구로사와에게 의지하는 투로 말했다.

"빈집털이라고 이 나라에서 총을 흔히 보는 건 아니지만."

"그런가요."

"아마도 저건 진짜일 거야."

역시 그렇군요, 하고 유스케가 아쉽다는 듯이 한숨을 내쉬었다. 구로사와가 가짜라고 말했다면 믿었을까.

"네 아버지가 수집한 건 진짜가 아니겠지?" 구로사와는 2층에 눈길을 주었다. 뒤쪽 서가에 진열되어 있던 밀리터리 용품 말이다.

유스케는 "아, 예" 하고 대답했지만 얼굴에 웃음기는 없었다. "서바이벌 게임이나 뭐 그런 걸 좋아해서요."

"취미치고는 상당히 본격적이로군."

"저희 아버지는 도가 좀 지나쳐요."

"공격성이 강한가?"

"어떻게 아셨어요?"

"이야기의 흐름상 그렇게 짐작했을 뿐이야. 집에서도 서바이벌 게임을 하는 건 아니겠지?"

유스케는 바로 대답하지 않았다. 자기 집의 치부를 드러내는 꼴이 될까 봐 주저했기 때문이지만 결국은 "에어건으로 늘 엄마를 쏴요" 하고 굳은 얼굴로 말했다.

집 안에서 아버지가 에어건을 쏘는 광경은 옆에서 보면 희극처럼 느껴지기도 하겠지만, 매일같이 총에 맞는 당사자, 지배당하는 가족에게는 악몽 그 자체이리라.

"밖에서 짜증 나는 일이 생기면 집에서 스트레스를 풀죠."

"과연." 말은 그렇게 했지만 구로사와는 딱히 관심을 품지 않았다.

"심할 때는 스모크 그레네이드를 던진 적도 있어요."

"뭐지 그건?" 거기에는 관심을 보였다.

"연기가 나오는 수류탄 같은 거예요. 진짜로 연기가 나오도록 개조한 모조품을 파는 사람이 있나 보더라고요."

"그걸 사는 사람도 있다 그거로군."

그런데 여기서 왜 유스케 어머니가 좋아, 지금이야, 라고 결단을 내렸는지는 확실치 않다. 분명 본인도 이유는 모를 것이다. 어쩌면 남편 이야기를 듣다 보니 지금껏 꾹꾹 눌러 온 울분이 폭발할 것 같았는지도 모른다. 아니면 지금밖에 없다고 판단을 내렸든지.

느닷없이 납작 엎드리더니 자벌레처럼 몸을 구부렸다 펴며 이동하기 시작했다. 우사기타는 어머니의 휴대전화를 바닥에 놓아두었다. 멍청하다면 이만큼 멍청한 일은 또 없다. 어머니는 바닥에 놓인 휴대전화를 보고 경찰에 신고하기로 결심한 것이다.

헛수고라고 생각하지 말기 바란다. 좀 전에 유스케가 그르쳤다고는 하나 또 시도하면 안 된다는 법은 없다. 잘될 가능성은 충분했다.

고개를 돌린 유스케도 어머니를 보고 눈이 휘둥그레졌지만, 무슨 의도인지 바로 이해한 듯 배를 깔고 엎드렸다. 입을 막힌 어머니는 말을 할 수 없으므로 자기가 말해야 한다고 판단한 것이 틀림없다.

손이 뒤로 묶인 상태라 돌아앉은 자세로 조작하는 수밖에 없지만, 어머니는 고개를 꼬아 가며 안간힘을 다해 버튼을 눌렀다.

"혹시 녀석이 돌아올 것 같으면 알려 주세요."

유스케가 속삭이는 목소리로 말했지만, 구로사와는 자신에게 던진 말이라는 느낌을 받지 못했다. 마치 한 팀에게 부탁하듯 협력이 당연하다는 분위기가 묻어났기 때문이다. 언제부터 동료가 된 거지. 하지만 "부탁합니다" 하고 유스케가 덧붙인 말에 "알았어" 하고 대답했다. 이러니저러니 해도 구로사와라는 남자는 역시 사람이 좋다. 그리고 거의 같은 타이밍에 "알았어. 알

왔다고!" 하고 복도에서 우사기타의 목소리가 날아들었다.

유스케 어머니가 흠칫 놀라 손을 잘못 놀리는 바람에 휴대전화 위치가 바뀌었다.

그 모습을 바라보면서도 구로사와는 어머니와 아들의 협력 플레이에는 별 흥미를 두지 않고, 아버지가 수집한 밀리터리 용품을 이용해서 이 사태를 타개할 방법이 없을까 고심했다. 언제든지 무슨 대책을 세운다. 그게 구로사와다.

우사기타의 목소리는 여전히 복도에서 들려왔다. "그러니까 손대지 말라고. 맡겨 둬. 찾아내면 되잖아. 무슨 짓을 해서든지 찾아낼게. 뭔가 정보 좀 줘. 아니면 오리오오리오를 찾으려 해도." 감정을 억누르기 힘든지 목소리가 더 커졌다.

오리오오리오? 구로사와는 처음 듣는 이름을 기억의 호주머니에 넣었다.

그 후에 우사기타가 즉시 "정보를 주십시오" 하고 공손한 말씨로 바꾼 것은 전화 저편에서 이나바가 "아까부터 말투가 영 거슬리는걸. 내 앞에는 네 소중한 아내가 있다고" 하고 차갑게 대꾸했기 때문이다.

그리고 "정보가 없으면 못 찾습니다. 부탁드립니다. 어, 뭐라고요, 그런 말씀 마세요" 하고 우사기타가 쓴웃음을 지으며 비장감마저 풍기는 목소리로 말한 건 이나바가 다음과 같이 말했기 때문이다.

"어쩌면 넌 오리오오리오를 찾지 못할지도 몰라. 오리온자리 밑에는 토끼자리가 있어. 토끼자리가 움직이면 오리온자리도 움직이지. 넌 토끼잖아. 그러니 따라잡을 수가 없거든.”

전화 저편에서 이나바는 말을 마치고 나서야 그 별자리 이야기를 오리오오리오한테 들었다는 것이 생각나서 인상을 썼지만, 이쪽에 있는 우사기타 및 세 사람은 그 사실을 전혀 모른다.

그리고 그 장면에서 시간이 흘러, 지금 가스카베 과장 대리가 별자리 이야기를 들으며 역시 인상을 쓰고 있다.

“오리오 씨, 거기에 무슨 의미가 있습니까?” 내가 입을 여는 것과 거의 동시에 오시마가 “이봐, 지금 장난치는 거야?” 하고 말했다.

차 안에서 마주 앉은 남자, 오리오가 펼친 지도를 핥듯이 들여다보기 시작했다. 얼핏 보기에는 똑똑한 학자 같기도 하지만, 여간내기가 아닌 듯 수상한 분위기도 느껴진다.

“범인이 어디 있는지 찾아낼 수 있지 않을까 싶어서요.” 여러분을 위해서 이러는 건데 왜 핀잔을 들어야 하느냐고 억울해하는 것 같기까지 했다.

“지도 위에 연필을 굴려서 찾아내겠다는 거야?” 오시마가 놀렸다.

“잘 들으십시오, 여기가 베텔기우스에 해당합니다.” 오리오는 지도 위의 한 점을 가리켰다. 확인하자 우리가 지금 있는 장소, 센다이시 북쪽 교외에 자리한 '노스타운'이었다.

"그러니까 그게 도대체."

"센다이역을 리겔이라고 할까요. 리겔은 오리온자리의 오른쪽 아래에 있는 별입니다."

오리오가 손가락으로 지도를 짚는 것을 보자 나도 짜증이 났다. '백번 양보해서 지금 우리가 있는 곳을 대입시키는 건 그렇다 쳐도 센다이역은 아무 관계도 없다. 눈에 띄는 곳을 되는대로 골랐을 뿐이다'라고 생각했고 실제로 그렇게 꼬집어 주었다.

점술은 그나마 좀 더 근거가 있는 척이라도 한다. 심각한 사건을 앞에 두고 무슨 장난질이냐 싶기도 했지만, 내가 제일 걱정한 것은 나쓰노메 과장이었다.

과장의 가족이 사고로 세상을 등졌다는 사실이 머릿속을 스쳤다.

사고의 원인은 고령자의 무모한 운전이었지만 고령자가 왜 운전하다 실수를 했는지 따져 보면 평소 돈을 마련하느라 정신적으로 스트레스를 받았기 때문이며, 그 원인은 수상쩍은 점쟁이에게 놀아나서 돈을 뜯긴 탓이다.

그러니 점술과 점쟁이에게 좋은 인상을 품을 리 만무하다. 점쟁이 흉내를 내어 점술 같지도 않은 허튼소리를 늘어놓는 오리오를 보고 있자니 나조차 혐오감이 들었다.

하지만 정작 나쓰노메 과장은 감정 없는 표정을 유지한 채 오리오를 가만히 바라볼 뿐이었다.

"되는대로라, 확실히 그렇군요. 지적해 주셔서 감사합니다."
오리오는 전혀 기죽지 않았다. 내 '비판'을 '지적'으로 바꾸어서
받아들이다니 얼굴 가죽이 참 두껍다.

그리고 이번에는 가방에서 작은 수첩을 부스럭부스럭 꺼냈다.

"그건 뭐야." 오시마가 노려보았다.

오리오는 질문해 주셔서 감사하다는 대답 대신이라는 듯이
여유로운 표정으로 "이 목록이 관계있을지도 모르겠군요" 하며
손 글씨가 적힌 페이지를 펼쳤다.

"목록?"

들여다보니 전화번호로 추정되는 숫자와 주소 일람표가 실려
있었다. "뭐야 이건."

"어, 그러니까." 오리오는 머리를 긁적이다 또 안경다리를 만
지작거렸다. "이건 말이죠."

"뭔데."

"어, 그러니까." 우리를 애태우려고 같은 말을 되풀이한 건 아
니리라. 솔직히 말할까 말까 망설이는 중이다.

"지금 말하는 게 좋을 겁니다. 결국은 말하게 될 테니까요." 나
는 등을 떠밀어 줄 생각으로, 손이 아니라 중장비를 사용해서 달
아날 구멍이 없는 곳으로 쑥쑥 밀어 넣는 기분이었지만, 말했다.

"범인 조직의 피해자입니다."

"무슨 조직인데요?"

"어, 음." 오리오는 잠깐 망설인 후에 "저는 자세하게 모릅니다" 하고 대답했다. "그저 피해자, 그들에게는 사냥감일지도 모르겠지만, 아무튼 그 목록의 일부를 입수했어요."

역시 비밀이 있다. 둘러댄다고 통할까 보냐. 틀림없이 아직 전부 다 털어놓지 않았다.

"어디서요?"

"조직 내부에 있던 여성에게요. 아, 방금 전에도 말씀드렸지만 저는 그들과 직접적인 관계가 없습니다. 솔직히 말하자면 일을 같이 하자는 제안을 받았지만 거절했어요. 예, 거절했고말고요."

"물론 그러시겠죠. 믿겠습니다." 나쓰노메 과장은 망설이는 기색 없이 바로 대답했다.

"그 조직의 경리로 있던 여자가 저를 믿었는지 수상쩍은 목록을 보여 주더군요. 그걸 제가 급히 베껴 쓴 것이 이겁니다." 오리오는 자랑스러운 듯이 수첩을 손끝으로 톡톡 두드렸다. "그들에게 당한 피해자 목록이에요."

"이거 확인할 수 있겠어?" 나는 바로 오시마에게 이 목록에 실린 인물의 정보를 조사시킬 생각이었다. 피해자라면 고소장을 제출했을 것이다.

오리오는 "아마 경찰에 신고하지 않았을 가능성이 높을 겁니다" 하고 즉시 말했다. "피해를 입었다는 사실을 모르든지, 경찰에 신고하지 말라는 협박을 받았든지 둘 중 하나겠죠."

"그렇군요." 나쓰노메 과장은 크게 감탄한 것처럼, 물론 실제로는 감탄하지 않았겠지만, 고개를 끄덕였다. "그래서요?"

아무튼 지금은 이 남자가 떠들도록 해야 한다고 판단한 것이리라.

"이 주소의 위치를 써먹을 수 있을 겁니다."

"써먹을 수 있다고요?"

"이 주소들의 위치를 확인하면 틀림없이 부각될 거예요."

"부각된다고요? 틀림없이?"

"범인이 있는 장소 말입니다." 당연하다는 듯한 말투다.

"범인은 저기 있는데." 오시마가 차창 너머 사토 씨네 집을 가리켰다. "도대체 무슨 소리야. 사건은 이미 발생했다고. 범인은 저 집에 있잖아."

"아까 전에도 말씀드렸지만, 저기 있는 범인은 어디까지나 일부입니다. 본대는 따로 있어요."

사토 유스케가 "범인이 또 있다"라고 말한 것을 고려하면 이 점만은 오리오의 말이 맞을지도 모른다.

"그 본대가 어디에 있는지 부각된다는 거야?"

"상당히 높은 확률로요. 오리온자리 모양으로 나타날 겁니다."

그때 나쓰노메 과장이 큰 소리를 냈다.

테이블을 걷어찬 것이다.

오리오도 테이블에 밀려 뒤로 날아가, 날아갔다는 건 아무래도 과장이 지나쳤지만, 눈을 동그랗게 떴다. 지도가 떨어지고 펜도 데굴데굴 굴렀다. 차체가 흔들흔들했다.

나는 나쓰노메 과장이 감정을 폭발시켰다는 사실 자체에 놀랐다. 텅텅 빈 내면은 어떠한 자극에도 발화하지 않을 줄 알았다. 바싹 말라 버린 게 아니었다니 충격이었다.

과장의 얼굴에는 별반 분노가 서려 있지 않았지만, 콧숨을 거칠게 내쉬고 어깨를 들먹거리며 부글부글 끓어오른 마음을 식히려고 애썼다. 오리오에게 던질 말을 찾고 있는지도 모른다. 잠시 후 "헛소리 집어치워" 하고 말하고는 차에서 내렸다.

"헛소리가 아니라."

이 마당에 이르러서도 입을 다물지 않는 오리오를 보고 무심코 칭찬을 할 뻔했지만 나는 "이봐, 그쯤 해 둬" 하고 못을 박았다. 말투가 일반 시민이 아니라 범인을 대하듯이 변했다.

차량에서 내리자 왼쪽 구역에서 카메라를 든 매스컴 관계자들이 눈에 들어왔다. 우리가 무슨 움직임을 보이기를 애타게 기다리고 있으리라.


"그만 울컥해서 성질을 부렸군. 미안해." 나쓰노메 과장에게 다가가자 그렇게 말했다. "인질을 생각하니 화가 나서 오리오의 헛소리를 도저히 못 들어 주겠더라고."

실은 가족 때문에 화나신 거겠죠. 그렇게 말하고 싶었지만 참았다. 나쓰노메 과장은 이미 차분함을 되찾아 자신이 적은 대본을 몇 초 늦게 연기하는 평상시의 과장으로 되돌아왔다.

"앞지르셨네요. 과장님이 화내지 않으셨다면 제가 폭발했을 겁니다. 그 작자, 장난이 너무 지나칩니다. 입만 살아 가지고."

"어디까지가 진심인지 원."

"노심초사하는 심정은 전해집니다만."

"그래?" 나쓰노메 과장이 싸늘하게 대꾸했다.

"예?"

"저래서야 정말로 노심초사하는지 어떤지도 모르겠어. 그저 우리를 놀리는 것 같기도 해."

잠시 후 오시마도 차에서 내려 다가왔다. "저 자식, 완전히 정신 나갔습니다. 오리온자리 그림만 그려요. 목록의 주소가 별의 위치와 겹쳐진다니 그게 말이 됩니까." 그렇게 말하면서도 하늘을 올려다보고 "어디 보자, 오리온자리, 오리온자리" 하며 별이 어디 있는지 확인하기 시작했다. "찾았다. 저거로군요."

"별자리 중에서 저건 찾기가 쉽지." 나쓰노메 과장도 그것만은 인정하지 않을 수 없다는 듯 말했다. "역시 한가운데 있는 별 세 개가 눈에 띄니까."

"아, 저게 베텔기우스인가요?" 오시마가 손가락을 위로 들었다. 바로 눈에 들어오지는 않았지만 나도 얼마 지나지 않아 한층 밝은 별을 찾아냈다.

"일등성 같네요. 이미 폭발했을지도 모른답니다."

"오시마, 잘 아는데."

"아까 놈한테 배웠습니다. 오리오한테."

나와 나쓰노메 과장은 눈을 마주쳤다. 완전히 정신 나갔다고 험담을 한 상대에게 배운 별자리 지식을 즐겁게 이야기하다니 단순하기 짝이 없다.

"만약 폭발하면 지구는 몇 달이나 밝아진답니다. 보름달보다 100배나 밝대요."

"그거 아주 밝군." 나는 소박하게 감탄했다.

"백야 현상은 아니지만, 세상에 꽤 변화가 생기겠죠."

"피해는 없을까?"

"예?" 오시마가 진지한 표정으로 고개를 돌렸다. "피해가 있습니까?"

"초신성이 폭발할 때 분명 뭔가 방출되지 않나? 감마선이었던가. 몇억 년 전에도 그것 때문에 생물이 대멸종했다고 무슨 책에서 읽었어." 나쓰노메 과장이 눈을 크게 뜨고 입을 삐죽거렸지만, 분명 이것도 부하를 놀리는 상사인 척하는 것에 지나지 않는다. "괜찮을까?"

"이거 야단났네. 폭발했으면 아웃이네요."

"아웃일지 세이프일지는."

"그게, 폭발했는지는 폭발했을 때 발생한 빛이 지구에 도달하기 하루 전쯤에야 겨우 알 수 있답니다. 무서워라. 좀 물어보고 오겠습니다." 오시마가 차로 돌아가려고 하기에 나는 웃으면서 말렸다.

"그것보다 이왕 갈 거면 방금 전 목록 좀 조사해 봐."

"방금 전 목록?" 별이 폭발하는 것보다 목록이 중요하다니 이해가 잘 안 된다는 듯한 표정이었다.

"오리오가 가지고 있던 피해자 목록 말이야. 피해를 입었다는 자각은 없을지도 모르지만, 목록 제일 위에 있는 사람한테는 전화를 걸어서 상황을 들어 보는 것도 나쁘지 않겠지." 말은 그렇게 했지만 과연 그렇게까지 할 필요가 있을지 판단이 서지 않았다. 오리오의 오리온자리 이야기에 장단을 맞추어 주다니, 좀 과장해서 말하자면 굴욕적이기까지 했다. 다만 혹시라도 그 목록이 정말로 범죄 조직의 물건이라면, 그야 오리오 혼자 우길 뿐이니까 범죄 조직의 존재 자체가 불확실하지만, 그 말이 사실이고 피해자가 나왔다면 수사할 필요가 있다.

"알겠습니다. 조사해 보겠습니다." 오시마가 차로 돌아갔다.

몸을 돌리자 나쓰노메 과장은 여전히 하늘을 올려다보고 있었다.

"오리온자리를 보십니까?" 내가 말을 걸자 나쓰노메 과장이 얼굴을 이쪽으로 향했다.

"가스카베, 오리온자리 밑에 있는 게 전갈자리였던가?"

"뭐가 전갈자리인지 아무리 봐도 저는 모르겠던데요."

"별자리는 별 사이에 멋대로 선을 그어서 만든 거니까. 코에 걸면 코걸이고 귀에 걸면 귀걸이지."

"예, 그렇죠. 동감입니다."

"하지만." 나쓰노메 과장은 다시 하늘을 쳐다본 후 내게 시선을 돌리고 "나쁘지 않아" 하고 표정을 누그러뜨렸다.

"예?"

"별에는 역시 꿈이 있어. 옛날에는 밤에 딱히 할 일도 없었을 테고, 보이는 건 별 정도였겠지. 심야방송도 스마트폰도 없으니 시간은 얼마든지 있었어. 그래서 하늘을 보며 상상의 나래를 펼쳤을 거야."

그 순간 나는 주변의 주택이 싹 사라지고 온통 풀로 뒤덮인 구릉지에 엉덩이를 대고 앉아 밤하늘을 올려다보는 듯한 감각에 빠져들었다. 하늘이 너무나 넓고 검어서 거대한 눈동자가 이쪽을 들여다보는 것 같기도 하다. 시간의 흐름이 느려지고 작은 별을 손가락으로 이어 나가는 데 푹 빠져 잠을 이루지 못하는 누군가를 바라보는 느낌이 들었다. 저 별들을 연결해서 사냥꾼 오리온이라고 하자. 그럼 이게 오리온의 목숨을 빼앗은 전갈이다. 그런 말을 주고받은 순간, 새카만 하늘에 선으로만 그린 그림이 입체감을 지닌 실체가 되어 떠오른다.

"지금은 좀처럼 할 수 없는 장대한 놀이야." 나쓰노메 과장의 말에 나는 정신을 차렸다. 척하는 게 아니라 진심에서 흘러나온 말인 듯했기에 신선했다. 아주 잠깐이나마 옛날의 과장으로 되돌아간 것 같았다.

　가스카베 과장 대리의 감은 예리하다! 나쓰노메는 그때 별자리를 바라보다 딸의 기억이 불쑥 되살아나서 바싹 메마른 땅에 비가 내린 것처럼 내면이 촉촉하게 젖은 상태였다.

　나쓰노메의 딸, 나쓰노메 아이카는 "텔레비전에서 봤는데" 하며 아버지에게 오리온자리 이야기, 베텔기우스가 폭발했을지도 모른다는 이야기를 한 적이 있다.

　"아빠, 재미있지 않아? 먼 옛날에 폭발했어도 우리는 확인을 못 해. 640광년이나 떨어져 있으니까. 폭발하고 640년이 지나서야 겨우 알 수 있지. 그 별이 폭발해서 내일부터 갑자기 밤이 밝아질지도 모른대."

　남쪽 하늘을 가리킨 것만 보아도 이것이 겨울밤의 한 장면임을 알 수 있다.

　대학교 1학년인 나쓰노메 아이카는 그날 밤 동아리 친구 몇 명과 밥을 먹고 노래방에 갔다가 집에 돌아오는 길이었다. 나쓰노메가 우연히 부근을 지나가다, 물론 이건 거짓말이고 실은 귀가가 늦는 딸이 걱정되어 한겨울에 땀을 흘리며 번화가 주변을 서성거린 결과이지만, 아무튼 딸과 마주쳐 함께 밤길을 걸었다.

　원래는 택시를 타고 가야 할 거리였지만, "택시 탔다고 치고 요금을 용돈으로 줘" 하고 딸이 반쯤 농담으로 말하기에 걸어서 집에 돌아가기로 했다. 나쓰노메에게 딸과 함께 걷는 시간은 둘도 없이 소중한, 인생 최고의 행복이므로 걸을수록 집이 멀어지기를 바랄 정도였다.

"아빠, 아까 정말로 우연히 거길 지나갔던 거야?"

실은 네가 걱정돼서 그랬다고 자백해도 상관없었지만, 나쓰노메는 패배를 인정하기가 분해서 "당연하지. 우연이야" 하고 말했다.

"우연이구나." 아버지의 뻔뻔한 거짓말에 아이카는 반쯤은 어이없고, 반쯤은 유쾌하다는 듯 웃었다. "뭐, 알았어."

"알기는 뭘 알아."

"빤히 다 들여다보이는 거짓말을 해야 할 만큼 어쩔 수 없는 사정이 있었다고 칠게."

어쩔 수 없는 사정은 무슨, 하고 나쓰노메는 쓴웃음을 지었지만 실제로 딸을 걱정하는 아버지의 마음은 어쩔 도리가 없는 법이라는 생각도 들었다.

그 후에 나쓰노메 아이카가 오리온자리 이야기를 꺼냈다.

"별도 언젠가 죽는다니 무섭지만 굉장해."

"별도 죽나?" 나쓰노메는 어째 감이 딱 오지 않았다.

"태양도 앞으로 50억 년 후에는 작별을 고해."

"그때 인간은 있을까?"

"어떨 것 같아?" 나쓰노메 아이카는 갑자기 진지한 표정을 지었다. "몇십억 년을 기준으로 따지면 인류의 문명은 한순간이야."

"우주의 역사에 비하면 우리는 먼지나 다름없다 그거니?"

"그것도 괜찮은 표현이네. 요란한 소리를 내며 엄청난 속도로 흘러가는 시간 속, 찰나의 순간에 우리는 태어나고, 일희일비하고, 놀고, 공부하고, 일하고, 연애를 하잖아. 응축되어 있다고 할까, 충실하다고 할까. 아빠, 『레 미제라블』 읽어 봤어?"

"그건 뭔데?"

"소설이야."

"영화로는 본 것 같기도 하고."

"영화는 엄청 압축한 거야. 원작 소설에는 중심이 되는 스토리 말고 다른 부분도 많이 나와. 예를 들면 장 발장이 하수도 속으로 달아나는데, 그 전에 한 장章을 들여서 파리의 하수도 사정을 설명해."

"하수도 사정? 원줄기 말고 그런 곁가지가 필요해?"

모르는 소리 하지 마, 하고 아이카는 웃었다. "그런 곁가지가 이야기를 풍성하게 만드는 거야."

그건 그렇고 여기서 또 『레 미제라블』이 등장하다니. 이마무라와 구로사와가 이 소설을 읽은 것은 백번 양보해서 그렇다 치더라도 다른 사람이 또 언급하다니 우연에도 정도가 있다, 너무 편의적인 것 아니냐고 기막혀하는 분도 있으리라. 분량이 상당한 『레 미제라블』을 다 읽은 사람이 여러 차례 등장하는 일이 흔하지는 않을지도 모르지만, 그렇다고 이러한 우연이 아예 일어나지 않는 것은 아니다. 그리고 이 장면에서 이 소설을 언급하는 것은 흰토끼 사건을 풀어내는 이번 이야기에서 중요한 요소가 아니다. 너무 편의적이고 뭐고, 그렇게 편해지지는 않는다. 어디까지나 이야기를 부풀리기 위한 일종의 드라이이스트, 베이킹파우더 같은 요소에 불과하다. 그래도 마음에 걸린다면 이 장면에서 나쓰노메 아이카가 꺼낸 말을 본인이 좋아하는 소설이나 영화로 바꾸어 받아들여도 상관없으리라.

"거기 이런 구절이 나와." 나쓰노메 아이카는 그렇게 말하고 조금 쑥스러운 듯 피식했다.

"뭔데?"

"바다보다도 장대한 광경이 있다. 그것은 하늘이다. 하늘보다도 장대한 광경이 있다. 그것은."

"우주?"

"그것은 사람에 깃든 혼의 내부." 그녀는 웃었다. "사람의 마음은 바다나 하늘보다도 장대해. 그 장대한 머릿속이 경험하는 일생은 엄청나게 클 것 같지 않아?"

"그런가?" 나쓰노메는 찬성할 마음은 들지 않았지만, 만족스레 이야기하는 딸을 보고 있으니 역시 행복했다. "자, 태어났습니다. 자, 죽었습니다. 그런 것 아니야?"

"아니야. 자, 태어났습니다. 자, 이런저런 일이 있었습니다. 자, 죽었습니다."

"뭐, 그렇겠지."

탄생과 죽음 사이에는 이런저런 일이 있다. 그 말마따나 나쓰노메는 날마다 크고 작은 다양한 사건과 크고 작은 다양한 잡일에 힘쓰며, 지금은 이렇게 딸과 함께 걷고 있다. 우주를 기준으로 보면 찰나에 불과할 시간을 슬로모션처럼 늘려서 자신들의 인생을 영위하고 있다고 생각하자 그건 그것대로 득을 보는 기분이었다.

하지만 정작 나쓰노메 아이카는 얼마 안 되나마 주어진 '찰나'의 시간조차 제대로 다 사용하지 못하고 죽었다.

나쓰노메가 상상을 초월한 충격을 받았음을 상상할 수 있겠는가.

깊은 바다보다도 어두운 광경이 있다. 그것은 우주다. 우주보다도 어두운 광경이 있다. 그것은 소중한 사람을 잃은 자에 깃든 혼의 내부다.

신호를 무시해 아내와 딸의 목숨을 앗아 간 차, 그 차를 운전한 고령의 운전자, 그 고령의 운전자를 정신적으로 몰아붙인 점쟁이, 거듭 말하지만 마지막에 언급한 점쟁이에게는 법적 책임이 없다.

나쓰노메는 그렇다고 운전자를 책망할 기분은 들지 않았다. 그 할머니도 '우주를 기준으로 보면 찰나에 불과할' 인생을 살다 교통사고를 일으켜 사람의 목숨을 빼앗게 될 줄은 몰랐을 것이다.

그럼 나쓰노메는 어떻게 했을까.

여기서 잠시만 흰토끼 사건과 상관없는 이야기를 할 텐데, 간단히 설명하자면 나쓰노메는 그 점쟁이에게 복수를 했다.

복수는 물론 법적으로 허용되지 않는다.

법의 수호자인 나쓰노메도 그것은 알고 있었다.

나쓰노메는 사고가 발생한 후 얼마간 그 점쟁이에 관해 조사
했다. 조사해 본들 무슨 소용이냐는 생각도 들겠지만, 그도 나
름대로 뭔가 하지 않으면 살아갈 수 없었으리라. 아무튼 그 점
쟁이가 부모의 자산으로 여유 있게 살면서 심심풀이로 다른 사
람에게 점을 쳐 준다는 사실을 알아냈다. 더 나아가 그 여자가
지인들에게 "내가 점을 쳐 준 고객이 사고를 일으켰다"라고 떠
드는 것도 모자라 "와, 대박" 하고 신나게 말했음을 알고 나자
더 이상 분노를 참을 수가 없었다.

물론 나쓰노메는 고객이 교통사고를 내서 사람이 죽자 점쟁
이가 충격을 받고 책임감을 느끼기가 무서워서 웃음거리로 바
꾸어 떠들어 댄 것 아닐까, 하는 상상도 했다. "와, 대박"은 어떻
게 반응해야 할지 난감해하던 끝에 나온 오류 메시지, 컴퓨터가
두 손 두 발 다 들었음을 나타내는 블루스크린 화면 같은 것이
었다고 볼 수도 있다.

사람의 본심을 확인하기는 어렵다. 어쨌거나 하늘과 바다보
다도 장대하니까. 친한 사람들끼리 내밀하게 나눈 이야기가 진
심인가 하면 결코 그렇지는 않다. 오히려 친구 앞에서 자신을
과시하기 위해 허세를 떨 때도 많다.

그러므로 나쓰노메는 그때도 점쟁이를 증오하는 마음만은 억

눌렀다. 그 여자가 나쁜 것은 아니라고 스스로를 타일렀다. 이는 어떻게든 그 여자에게 분노를 폭발시킬 정당한 이유를 찾는 중이었다고 바꾸어 말할 수도 있다.

마침내 때가 왔다.

나쓰노메는 집으로 돌아가는 그 여자에게 말을 걸고 자신의 정체를 밝혔다. 당신 고객이 교통사고를 내는 바람에 내 처자식이 목숨을 잃었다고.

점쟁이는 갑작스런 일에 당황하여 어떻게 했을까. 오류 메시지를 뱉어 냈다. "와, 대박" 말이다. 나쓰노메는 화를 벌컥 내지는 않았다. 분명 그 말이 나오기를 고대하고 있었음이 틀림없다. 상대가 실수하기를 기다렸다.

실언하면 신용을 잃는다는 사실은 잘 알려져 있지만, 때로는 목숨을 잃을 때도 있다.

불법 브로커에게 구입한 권총을 점쟁이에게 겨누고 가슴을 쐈다.

권총에서 탄피가 튀어나오는 것과 동시에 나쓰노메의 몸에서 감정의 근원 같은 것이 쑥 빠져나갔다. 그 후로 나쓰노메는 빈껍데기로 변한다.

빈껍데기가 된 나쓰노메는 죄를 감추겠다는 생각도, 처벌을 면하겠다는 생각도 없었다. 제 발로 나서서 체포되어 달게 심판을 받겠다는 생각도 없었다. 그저 시체를 방치해 놨다가 다음 날 아침에 등교하는 아이들이 보고 충격을 받는 사태만은 피하고 싶었다. 일의 우선순위가 잘못됐지만, 아무튼 그는 점쟁이의 시체를 산으로 운반해 파묻지도 않고 나무 사이에 내버렸다.

이제 벌판이든 산이든 되라는 속담대로 어떻게 되든 알 바 아니라는 심정이었지만, 다음 날 기록적인 큰비 때문에 산사태가 발생해서 대량의 흙이 점쟁이의 시체를 뒤덮었고, 그 인근은 출입이 금지됐다.

따라서 점쟁이에게 행한 나쓰노메의 복수는 토사 아래에 묻혔다. 벌판이든 산이든 되라는 말이 씨가 되어 정말로 산이 되었다고도 할 수 있겠다.

빈껍데기가 된 나쓰노메는 그 일에 어떤 감정도 품지 않았다.

이것이 이번 인질 농성 사건의 담당자 나쓰노메의 인생에 감춰진 이면이다.

경찰관이 살인을 저지르다니! 가족이 죽었다고 동정해 줬더니만 범죄자잖아! 사람 잘못 봤다고 생각하는 분도 있으리라. 특수수사반을 응원했는데 실망이라는 원성을 살지도 모르겠다.

하지만 나쓰노메는 분별없이 사람을 죽이고 다니는 살인귀가 아니며, 자신의 죄를 감추고 싶어 하는 마음도 전혀 없다. 한시라도 빨리 죄를 고백하고 벌을 받으라는 의견은 정당하지만, 그에게는 이미 그 정당한 일을 할 에너지도 남아 있지 않아 그저 하루하루 주어진 업무를 완수할 뿐이다.

덧붙여 나쓰노메의 활약으로 몇몇 사건이 해결됐으며, 구조된 피해자도 적지 않다. 그러니까 그걸로 죄를 탕치자고 주장할 마음은 없다. 분명한 사실은 나쓰노메가 그 후에도 현경 특수반 과장으로서 할 일을 성실하게 하고 있다는 것이다.

인질 농성 사건에 대응하는 지금도 인질을 빨리 구해 내야 한다는 마음으로 진지하게 일에 몰두하고 있다.

한 번 더 말하는데, 이번 인질 농성 사건에서 나쓰노메가 경찰 측 현장 책임자로서 성실하게 일하고 있다는 것을 유념해 주었으면 한다.

이런 이야기를 하는 사이에 흰토끼 사건은 다음 단계로 넘어갔다.

☾

나쓰노메 과장과 내가 차로 돌아오자 오리오가 펼쳐 놓은 지도에서 고개를 들고 "이걸 보십시오. 오리온자리의 모양과 똑같습니다" 하고 들뜬 목소리로 말했다. 기운이 넘친 탓에 비뚤어졌는지 안경을 손으로 눌렀다.

한숨을 참았다. 보고 싶지도 않았지만 흘끔 시선을 주었다. 자기가 소지한 목록에서 뽑은 주소에 해당하는 곳을 펜으로 표시한 모양이다.

우리가 노골적으로 관심 없다는 태도를 보이자 오리오는 불만이었는지 "제대로 좀 들어 주십시오" 하고 우는소리를 했다.

나는 마음을 가라앉히기 위해 숨을 천천히 들이마셨다. "오리오 씨, 지금은 이 사건에 집중해 주십시오."

"무슨 말씀이세요, 저도 사건 이야기를 하고 있지 않습니까?"
오리오의 목소리가 높아졌다. "자자, 이 지도를 좀 보세요. 별
의."

"가스카베 씨, 이런 건 안 봐도 됩니다." 오시마의 그 말이 오
리오를 더욱 자극한 모양이었다.

"아니요, 보십시오. 중요한 일입니다." 오리오는 지도를 버스
럭버스럭 들고 이쪽으로 향했다. 가장자리가 말려 올라간 탓에
잘 펼쳐지지 않아 오시마가 도왔다.

"피해자 목록의 해당 주소를 표시하면 이렇게 됩니다."

기가 막혀서 코웃음을 치고 싶었지만, 아니 코웃음 친 것은
사실이지만, 지도에 찍힌 검은 점에 얼굴을 가까이 가져갔다.

"지금 제가, 저희가 있는 이 지점이 여기입니다." 오리오가 가
리킨 곳은 분명 '노스타운'이 있는 위치였다.

'노스타운'에서 북동쪽에 점이 있고, 거기서 오른쪽 아래로
내려간 곳에 또 점이 있었다.

"그냥 삼각형이잖아." 나는 무심코 말했다. 이래서는 선을 그
어 봤자 '노스타운'을 왼쪽 꼭짓점으로 한 삼각형이 될 뿐이다.

"아닙니다. 여기는 오리온자리에서 왼쪽 위, 즉 오리온의 겨
드랑이인 베텔기우스에 해당합니다. 지금 말씀하신 삼각형은
오리온자리의 상반신, 어깨부터 위쪽의 별 세 개를 가리킬 뿐입
니다. 중요한 건 여기예요. 보십시오. 별 세 개가."

'노스타운'에 찍은 점보다 조금 남동쪽으로 떨어진 곳, 지하철 야오토메역 부근에서 여대 근처를 잇는 경로에 점이 있었다.

"오리온자리의 그 특징적인, 허리띠 부분의 삼형제별." 나쓰노메 과장이 말했다. "그런 말씀입니까?"

"예. 이건 우연이라고 볼 수 없어요. 요 부근에 커다란 맨션이 있는데, 거기에 이 목록에 실린 주소가."

나는 놓여 있는 목록, 피해자 일람표라는 그것을 훑어보았다. 목록이라고 해 봤자 열 줄 정도였지만 위에서부터 몇 개 확인하자 분명 주소가 점이 찍힌 위치를 가리키는 것 같았다. 심술궂은 소리는 하고 싶지 않았지만 "하지만 전혀 다른 곳에 해당하는 주소도 있네요" 하고 지적했다. 목록의 주소 중에는 센다이시 서쪽 끄트머리나 해안 지역도 몇 군데 있었다.

"물론이죠. 우주에는 오리온자리 말고도 별이 수없이 많으니까요."

"그런 식으로 따지면 얼마든지 입맛에 맞게 갖다 붙일 수 있잖아." 오시마가 바로 이의를 제기했다. 나도 동감이었다. 너무 제멋대로라고 지적할 마음도 안 들 만큼 너무나 제멋대로다.

"아니요, 이건 오리온자리가 됩니다."

"오리오 씨, 질문이 두 가지 있는데요." 나쓰노메 과장이 입을 열었다. "우선 오리온자리의 삼형제별 같은 걸 찾았다고 치고, 그 아랫부분은 어떻게 됩니까?"

"그 아랫부분."

"오리온자리는 분명 아래에도 이런 식으로 되어 있을 텐데요. 삼형제별을 중심으로, 아까 오리오 씨의 말을 빌리자면 상반신과 하반신이 있다고 할까요."

"예, 그렇죠."

"그 목록에 있는 건 상반신뿐?"

오리오는 고개를 숙여 들고 있는 지도를 보았다. 손을 뻗어 "목록에 있는 이 주소는 하반신을 이루는 별 중 하나에 해당할지도 모르겠네요" 하고 지도 아래쪽의 점을 가리켰다.

"음, 오리오 씨. 아무래도 그건 균형이."

오리온자리가 어떻게 생겼는지 정확하게는 기억이 안 나지만 내가 보기에도 그가 지금 가리킨 점은 너무 왼쪽 아래로 치우친 것 같았다. 만약 오리온자리 모양을 만든다면 아래쪽 점은 아무리 많이 잡아도 센다이역 인근에 있어야 한다. 지금 오리오가 가리킨 곳은 그보다 한참 남쪽이다.

"이 목록 가운데 주소가 공란인 것도 있습니다. 그게 확인되면 분명 오리온자리의 하반신도 완성될 겁니다. 오른쪽 아래, 즉 오리온의 발에 해당하는 리겔도 찾을 수 있겠죠. 일본식 이름은 겐지별이라고 합니다."

"겐지라면 그 겐지源氏＊?"

"리겔은 푸르스름하고 베텔기우스는 빨가니까 옛날 사람들

＊ 미나모토 성을 가진 씨족을 통틀어 가리키는 말.

은 겐지와 헤이케의 깃발 색깔을 연상했겠죠. 겐지별과 헤이케 별이라고 불렀습니다."

"이야, 그렇구나." 오시마가 감탄했다.

"하나 더." 나쓰노메 과장이 말했다. "가령 오리온자리가 완성됐다 치고."

"예."

"그게 어쨌다는 겁니까?"

나도 궁금해서 견딜 수가 없었다.

그게 뭐 어쨌다는 말인가.

애당초 어쩌다가 이런 이야기로 흘러간 걸까.

인질범에게는 동료가 있다, 조직이다, 그 조직에게 피해를 입은 사람들의 목록이 있다, 그 목록에 실린 주소를 지도에 표시하자 오리온자리의 모양과 비슷해졌다, 단지 그뿐이다. 그게 이번 인질 농성 사건을 해결할 실마리로 이어지느냐, 절대 그럴 것 같지는 않다. 아니, 오리온자리 모양과 비슷하지도 않다.

"악의 본거지가 밝혀진다느니 그딴 소리는 하지 마."

오시마가 놀리듯이 말하자 오리오는 "가능성은 있습니다" 하고 대답했다. 한순간 그의 코에서 콧김이 픽 새어 나왔다. 스스로 생각하기에도 너무 엉터리다 싶어 웃음이 터진 것 아닌가 싶었다.

"아마도 범인은 리겔에 해당하는 부분에 있지 않을까 하는데요."

"리겔, 아까 말씀하신 오른쪽 아래의."

"겐지별."

야오토메역 인근에 찍힌 점이 삼형제별이라면 리겔의 위치는 그 남동쪽, 미야기노구 어디쯤일까.

"뭐, 오리온자리의 모양에 가까워지도록 지도에 선을 그어 보면 어딘지 대강 알 수 있을 겁니다." 오리오가 그렇게 말하자마자 지도를 다시 책상으로 옮겨서 선을 그으려고 하기에 나는 급히 말렸다.

백번 양보해서, 진심을 말하자면 만 번 양보해서, 오리온자리의 위치가 범인 조직의 위치를 가리킨다고 해도, 이처럼 손으로 대강 그려서는 의미가 없다. 지도상에서 1센티미터만 어긋나도 실제로는 몇백 미터나 차이가 난다. 할 거라면 좀 더 공들여 세심하게 선을 그어야 한다. 오리오는 컨설턴트 일을 한다고 했는데, 이렇게 불확실한 내용을 단정하듯이 떠드는 컨설턴트가 과연 신뢰를 받을까 새삼 걱정이 됐다.

행동을 제지당해 오리오가 발끈 화를 내지 않을까 싶었지만, 그는 체념이 묻어나는 목소리로 "알겠습니다. 우선은 여러분께 협력하겠습니다" 하고 말했다. "삼각김밥이든 센베이든 나르는 걸 돕기로 하죠. 그 대신에."

"그 대신에?"

"저의 제안도 받아들여 주십시오. 이 별자리를 완성하는 데 협력해 주세요."

차 안이 쥐 죽은 듯 고요해졌다. 안경을 낀 어엿한 어른이 주장하기에는 거래 내용이 생뚱맞게 느껴졌다.

나쓰노메 과장이 침묵을 깨뜨렸다. "알겠습니다. 잘 부탁드립니다." 상대의 마음이 달라지기 전에 확정을 지어야겠다 싶었는지 목소리에 힘이 들어갔다.

"하지만." 오리오가 손바닥을 앞으로 내밀었다. "하지만 암만 생각해도 저 집 현관문을 열고 안으로 들어가고 싶지는 않네요. 딱 봐도 위험하지 않습니까."

"그야, 뭐." 그건 그렇지.

"다른 방법을 찾아 주십시오. 제가 끌려 들어가지 않을 만한 방법을요."

당연히 그런 주장을 할 만하다. 무서운 야수가 기다리는 동굴로 먹이를 가져가라고 한다. 게다가 진짜 먹이는 분명 자신이라는 것도 알고 있다.

"뭐, 그야 그래야겠습니다만." 나쓰노메 과장이 팔짱을 꼈다.

모두가 잠시 으음, 하고 고민에 빠졌다. 해결책이 있을 것 같지 않아 나는 어떻게든 오리오를 설득하는 수밖에 없다고 생각했다. 하지만 예상치 못한 곳에서 아이디어가 튀어나왔다.

오시마가 먼저 "범인도 배가 고플 테니 밥은 먹고 싶을 텐데요" 하고 말했다.

그러자 오리오가 지체 없이 "그럼 던지면 주워서 먹지 않겠습니까?" 하고 손을 들고 발표하는 초등학생처럼 또랑또랑한 목소리로 말했다.

"그건 또 무슨 소리야." 오시마가 바로 되물었다.

"던지자고요."

던진다고? 도대체 무슨 말을 하고 싶은 건지 감이 오지 않았다.

"가까이 갈 수 없으니 멀리서 던지는 수밖에요."

"먹을 걸 던지면 벌 받아."

오시마는 그 점을 걸고넘어졌다. 한편 나도 너무 터무니없는 짓이라고 웃어넘기려 했다.

"그렇군요." 그때 나쓰노메 과장이 고개를 끄덕였다. "나쁘지 않을지도 모르겠습니다."

"무슨 말씀이십니까?"

"조금 떨어진 곳에서 오리오 씨가 식사를 던지는 거야. 범인 입장에서도 그러는 편이 위험성은 낮겠지. 경찰의 접근은 바라지 않을 테니 말이야."

집 밖에서 입춘 전날 밤 콩을 뿌릴 때처럼* 얍! 얍! 삼각김밥을 던져 넣는 광경을 상상하자 도무지 농담으로밖에 여겨지지 않았지만, 나쓰노메 과장은 "그 방법으로 가는 수밖에 없겠군" 하고 각오를 다진 것 같았다.

---

✤ 액운을 쫓기 위해 콩을 뿌리는 행사를 가리킨다.

이쯤에서 다른 시점에서도 이야기를 진행할 필요가 있으리라. 그로부터 10분 후, 이마무라와 나카무라가 태평하게 텔레비전을 보고 있는 장면이다.

"나카무라 두목, 마침내 움직이나 본데요."

센다이 인질 농성 사건이라고 표시된 화면에 단독주택이 비치고 있다. 재킷 차림으로 마이크를 든 젊은 남자 리포터는, 현장에서 대기하느라 피곤해서 잠깐 눈이라도 붙였는지 방금 일어난 것처럼 머리가 약간 부스스했다. "지금 대원들이 범인의 요구에 응해 집으로 향하고 있습니다."

카메라가 옆으로 조금 움직이자 기동대가 줄지어 이동하는 모습이 나왔다.

"많기도 많다." 나카무라가 감탄했다.

"범인이 권총을 가지고 있을 때는 역시 방패가 필요하군요." 이마무라는 텔레비전 화면에 비치는 기동대원을 가리켰다. "얼굴을 덮는 헬멧도 무거워 보이고, 고생이겠어요."

"방탄은 무겁지. 하지만 지금 나오는 기동대도 뒤쪽에 있는 녀석들은 보호대 부분이 플라스틱 아니려나. 수가 분명 모자랄걸."

"그럼 위험하잖아요."

"방탄이 아니라는 이유로 그만두겠다는 대원은 없을 거야. 저렇게 범인을 향해 다가가다니 굉장해. 머리가 절로 숙여져."

"저희 같은 빈집털이가 노고를 치하해 본들 기분만 상할지도 모르지만요."

"생판 모르는 남을 위해 위험을 무릅쓰고 일하다니 정말로 대단해."

"비아냥거리시는 거 아니고요?"

"물론 아니지. 조롱하는 것도 아니야. 그나저나 구로사와는 괜찮을까."

"괜찮지 않을까요. 구로사와 씨는 볼모나 다름없는 상태에서도 분명 저희를 걱정할 거예요. 그런 사람이잖아요."

"뭐, 그렇지."

두 사람이 화면에서 시선을 돌린 뒤에도 텔레비전에서는 머리가 부스스한 재킷 차림 남자가 실황을 전했다. 긴장한 탓일까 아니면 피곤해서 신경이 날카로워진 걸까, 아니 이 사건과는 전혀 상관없는 이야기지만 그는 오늘 밤 연인에게 헤어지자는 말을 들은 직후였다. 방송이고 뭐고 알 게 뭐냐는 마음이 없다고 하면 거짓말이다. 이 사실은 시청자는 물론 그 주변의 아무도 모른다. 아무튼 흥분된 목소리가 점점 커졌다.

"아무래도 옆집 부지에서 식사를 던져 넣으려는 것 같습니다. 사이에 좁은 길이 있기는 하지만 그쪽 마당에서 범인이 점거한 집 2층 베란다로 던지려는 게 아닐까 싶은데요."

현장 중계와는 별개로 스튜디오에 있던 아나운서가 물었다.

"식사는 뭘 준비했나요?"

현장과 통신 지연이 있는지 잠시 후에 리포터가 대답했다. "편의점에서 구입한 삼각김밥이라고 합니다. 범인이 지시한 모양입니다."

과연 스튜디오의 아나운서도 삼각김밥 내용물이 뭐냐고 묻지는 않았다. 대신에 "삼각김밥을 던지면 닿을 만한 거리인가요?" 하고 물었다.

"성인이 던지면 닿지 않을 거리는 아닙니다. 아마 삼각김밥을 비닐봉지에 몇 개 담아서 던지겠죠. 빗나갈 수도 있으니 많이 준비해 두었을 것으로 추정됩니다."

"왜 그런 방법을 사용하려는 걸까요?"

"자세한 사정은 공표되지 않았지만, 범인이 경찰의 접근을 꺼렸는지도 모르겠습니다."

"기동대가 한꺼번에 뭉쳐서 이동했는데, 범인이 총을 가지고 있기 때문일까요?"

"권총을 소지하고 있을 가능성은 있습니다."

"집 안에서 발포할 수도 있다는 건가요?"

리포터는 나도 아는 게 거의 없다고 소리를 지르고 싶을 판이었다. 무엇보다 연인이 헤어지자는 말을 꺼낸 이유조차 모른다. 하지만 울화를 속으로 삭일 정도의 상식은 갖추고 있었으므로 "총으로 겨누고 있을 가능성도 부정은 할 수 없지 않을까 싶습니다" 하고 아무 영양가도 없는 말로 답했다.

"예를 들어 경찰은 근처 건물에서 범인을 저격할 준비를 하고 있을까요?"

야, 생각 좀 하고 물어라. 범인도 텔레비전을 보고 있을지 모르는데 여기서 그걸 어떻게 대답하겠냐. 리포터는 그 말이 턱 끝까지 올라왔다. 얼굴이 완전히 굳었다.

비슷한 질문이 스튜디오에서 하나만 더 날아들었다면 그도 "다 때려치워!" 하고 고함을 질렀을지도 모르겠다.

"아, 지금 막 옆집에 도착했습니다. 대문 앞에 하나, 둘, 셋, 네 명의 모습이 보입니다." 카메라가 집 대문 근처를 클로즈업해서 촬영했다. 손질을 잘 하지 않았는지 마당에 심긴 커다란 나무는 담 밖으로 고개를 내밀 만큼 가지가 무성하게 자라 있었다.

"옆집 주인에게 허가는 받았나요?" 스튜디오에 있던 출연자가 확인하듯이 소박한 의문을 꺼내 놓았다.

이 마당에 그렇게 자잘한 게 중요해? 절차 같은 건 좀 건너뛰어도 되잖아! 그런 말이 반쯤 튀어나올 뻔했지만 리포터는 마음을 가다듬고 "경찰이 협력을 요청하여 승낙을 받았다고 합니다" 하고 대답했다.

"자, 이제부터 어떻게 될까요?" 스튜디오에서 질문이 나왔다.

리포터는 나도 몰라, 라는 말을 꿀꺽 삼켰다. "전화로 집 안의 범인과 대화를 나누고 있는지도 모르겠군요."

"식사로 위장해서, 수류탄은 안 되겠지만 뭔가 연기가 나는 도구를 던져 넣으면 어떨까요?"

그러니까! 범인이 보고 있으면 어떻게 하느냐고!

"범인도 그럴까 봐 경계하는지 베란다 창문은 닫혀 있습니다. 안전한지 확인하고 나서 가져가려는지도 모르겠습니다."

리포터가 안간힘을 다해서 실시간으로 최대한 정확하게 전달하고자 하는 내용은 텔레비전을 통해 이마무라와 나카무라뿐만 아니라 다양한 사람에게, 바로 우사기타에게도 전해졌다. 그리고 잊어버렸을지도 모르지만 이 사건의 근원이라고도 할 수 있는 유괴 벤처기업가 이나바도 센다이항 근처 창고에서 노트북 화면으로 방송을 보고 있었다. "우사기타, 삼각김밥이나 먹고 있을 때가 아닐 텐데" 하고 진심으로 열받는다는 듯이 중얼거리더니, 짜증을 풀기 위해 또 와타코 쨩에게 발길질을 하려고 했다. 귀여운 작은 동물 같은 와타코 쨩은 이미 얼굴이 팅팅 부어 끔찍한 몰골로 변했다. 그런데 또 때리려고 하다니 이 남자의 마음은 완전히 썩었다고밖에 할 수 없다. 다행히 텔레비전 중계가 그를 말렸다.

"지금 봉지를 던졌습니다!" 리포터가 크게 소리쳤다. 삼각김밥이 든 비닐봉지를 조금 떨어진 옆집에서 베란다를 향해 으쌰, 던지는 장면은 축제의 여흥거리도 못 될 만큼 별 볼 일 없었지만, 그런 장면조차 꼭 보아야 할 이벤트로 꾸미고자 하는 방송국의 열의에는 감탄이 나올 따름이다.

옆집에서 비닐봉지로 원거리 투척을 시도했지만 첫 번째는 실패, 두 번째는 베란다 난간에 쿵 부딪쳐서 역시 실패, 세 번째

에야 마침내 베란다에 떨어졌다. 위대한 결과라도 나온 양 어디 서랄 것도 없이 환성이 쏟아져 나왔다. 이어서 네 번째 시도.

"아, 경찰이 허둥지둥 나왔습니다!" 리포터가 그 직후에 외쳤다. "뭔가 예상치 못한 일이라도 일어난 걸까요? 기동대원이 뭉쳐서 돌아옵니다!"

우리가 옆집 마당에서 돌아오자 대원들이 최전선에서 돌아온 군인을 맞이하듯이 부리나케 모여들었다.

"가스카베 괜찮아? 어떻게 된 거야?" 나쓰노메 과장이 다가왔다. 휘둥그레진 눈으로 바라보며 걱정해 주었지만, 그 모습 또한 걱정하는 상사를 연기하는 것처럼 느껴졌다.

"그게, 2층 창문이 조금 열리더니 총구 같은 게 보여서요."

이러다 총에 맞겠습니다! 오리오가 난리를 치며 이쪽 지시도 듣지 않고 부지에서 나가려고 했기에 우리도 서둘러 함께 돌아오는 수밖에 없었다.

"위협한 건가."

"예, 아마도요. 저희가 계속 거기 있으면 물건을 가지러 베란다로 나오기도 어려울 테니까요." 그런 만큼 잠시만 더 거기 있고 싶었다. "오리오는, 오리오 씨는 어디 있습니까?"

"차 안에."

범인이 점거한 집 밖에서 식사를 던져 넣는다.

범인은 처음에 그 제안을 받아들이려 하지 않았다. 그의 목적은 어디까지나 '오리오를 집에 들여놓는 것'이기 때문이다.

하지만 나쓰노메 과장이 정성스러우면서도 끈질기게 설명한 덕인지, 아니면 범인도 일단은 식사를 확보해야겠다고 생각했는지 마침내 "옆집 마당에서 이쪽 베란다가 보여. 거기서 던져" 하고 지시를 내렸다. "일단은 그렇게 하지. 오리오와 인질을 교환하고 싶지만 좀 더 미뤄 주겠어. 빨리 식사를 던져. 쓸데없는 짓은 하지 말고. 힘껏 던지면 베란다에 닿을 거야. 아, 오리오 오리오한테 시켜. 적어도 오리오의 모습만은 보고 싶군. 정말로 오리오인지 확인해야겠어."

나쓰노메 과장을 비롯해 우리는 그 정도가 타협점이라고 판단했다. "오리오 씨만 보낼 수는 없어. 그럴 리는 없겠지만 총에 맞으면 큰일이니까."

"안 쏴. 오리오 오리오가 죽으면 나도 골치 아파." 범인은 그렇게 대꾸했다.

"하나 안심할 수만은 없는 이쪽 입장도 좀 알아줬으면 하는데."

범인은 결국 기동대원이 오리오를 따라오는 것을 허락해 주었다. "하지만 묘한 짓을 했다간 인질을 쏴 죽일 거야"라는 으름장과 함께.

누가 동행하는 편이 좋겠느냐는 이야기가 나왔을 때 나는 제일 먼저 손을 들었다. 안 그러면 "내가 가지" 하고 나쓰노메 과장이 나설 것 같았기 때문이다. 현장을 지휘하는 과장에게 무슨 일이라도 생기면 야단난다.

"식사는 베란다에 잘 던져 넣었지?" 나쓰노메 과장이 확인했다.

"마당에서 맞은편 위쪽으로 던져 넣기가 의외로 힘들더군요. 거리도 있고 해서 솔직히 오리오 혼자서는 무리였습니다." 기동 대원 하나가 대신 던져서 간신히 두어 개쯤 넣었다.

옆집 사람은 다행인지 불행인지 미처 대피하지 못하고 집에 있었다. 수사원이 방문하자 "자다가 일어나니 이런 상황이더군요" 하고 조금 창피한 듯이 머리를 긁적거리며 나왔다고 한다. 집 부지를 사용하게 해 달라고 요청하자 처음에는 무슨 일이라도 생길까 봐 무섭다며 싫어했지만, 수사원이 데리고 나와서 안전한 장소로 이동하자 마음이 진정됐는지 필요하면 집 안에 들어가도 된다는 말까지 했다. 하지만 우리는 최종적으로 2층이 아니라 마당에서 던져 넣는 방법을 선택했다.

"안은 안 보였어?" 나쓰노메 과장이 물었다.

"예. 베란다 창문 안쪽에 커튼이 쳐져 있어서요. 총구가 나타나기 전까지는 그림자조차 보이지 않았습니다."

"진전은 없군."

"아쉽게도요."

나쓰노메 과장의 어깨 너머로 오리오가 걸어오는 모습이 보였다. 차량에서 내려 비뚤어진 안경을 만지며 다가왔다. "죽을 뻔했잖습니까. 십년감수했네" 하고 입을 삐죽거렸다. "그거 총이었죠? 똑똑히 봤습니다. 이쪽을 겨냥했다고요."

"그냥 위협이었던 것 같습니다." 당신이 거품을 물고 달아나는 바람에 접근할 귀중한 기회가 날아가 버렸다고 쏘아붙이고 싶었다.

그때 나쓰노메 과장이 스마트폰을 꺼냈다. "범인이야" 하고 말하고 전화를 받았다.

나는 범인이 무슨 소리를 할까 걱정되어 나쓰노메 과장을 가만히 바라보았다.

"아아, 문제는 없었지? 총구가 보여서 당황한 것뿐이야. 베란다에 떨어진 비닐봉지는 주웠나? 그래, 배가 고플 때 가져가면 되지. 수상한 물건은 안 들었어. 걱정되면 잘 확인해서 필요 없는 건 버려도 돼."

나쓰노메 과장이 전화를 끊자 오리오가 "저" 하고 말을 걸었다. "범인이 뭐라고 하던가요?"

"별다른 말은 없었습니다. 다만 오리오 씨를 보고 진짜임을 확신한 모양입니다."

"진짜?"

"자기가 찾는 오리오 씨가 틀림없다더군요." 나쓰노메 과장이 의미심장하게 오리오를 보았다. 나도 시선을 돌렸다. "역시 무슨 관계가 있는 것 아닙니까?"

오리오는 안경을 만지작거리며 "무슨" 하고 내뱉듯이 말했다. "무슨 말씀이세요? 범인하고 저하고 둘 중에 누구를 믿으시는 겁니까."

하마터면 그야 물론 저쪽을, 하고 말할 뻔했다. "그렇지만."

"아, 그것보다." 오리오는 화제를 바꾸고 싶었는지 목소리를 높였다. "그것보다 약속을. 약속한 대로 협력해 주십시오."

"약속?" 나쓰노메 과장은 시치미를 뗀 것이 아니라 정말로 무슨 말인지 짐작이 안 가는 듯했다.

한편 나는 젠장, 기억하고 있었구나 싶어 혀를 찰 뻔했다. 소동이 벌어진 김에 잊어버렸으면 오죽 좋을까.

"협력하기로 약속하셨잖습니까."

"협력한다고요?" 나쓰노메 과장은 재차 의아하다는 듯 말한 후에 "아아, 별자리" 하고 고개를 끄덕였다.

"예. 별자리 위치가 중요합니다. 리겔이 어디에 해당하는지."

"예, 그렇죠. 리겔." 과장이 맞장구를 치며 이야기를 받아 주었다.

"조사해 주실 거죠?"

"물론입니다." 그럴 때가 아니다, 촌극에 도움을 줄 여유는 없다고 말하고 싶었지만 오리오가 협력해 준 것은 사실이며 또 협력을 받아야 할 가능성도 있으므로 쓸데없이 반발을 사고 싶지는 않았다. "도대체 뭘 조사하면 될까요?"

일단 안에서 이야기를 하자는 나쓰노메 과장의 제안에 우리는 차로 돌아가기로 했다.

매스컴이 신경 쓰여 돌아보자 마이크를 쥔 사람들이 진지한 표정으로 정보를 전하고 있었다.

"나중에 저쪽에도 설명하러 가야겠군." 나쓰노메 과장이 말했다.

"매스컴도 뭔가 새로운 정보가 없으면 곤란할 테니까요."

"그렇겠지." 나쓰노메 과장은 몸을 빙글 돌려 카메라맨과 리포터들을 쳐다보았다. "저렇게 열심히 일하는 사람들한테도 일과는 별개의 생활이 있을 거야."

"예?"

"아니, 갑자기 그런 생각이 들어서. 가족과 함께할 시간을 줄여 가며 일하는 사람이 있을지도 모르고, 갑자기 호출을 받아 헤어지자는 연인과 제대로 이야기도 못 해 보고 뛰쳐나온 사람이 있을지도 몰라."

"아, 예."

무심코 맥없이 맞장구를 쳤지만, 나쓰노메 과장도 떠오른 생각을 그냥 말해 본 것 같았다.

"일은" 하고 나쓰노메 과장은 독백하듯이 말을 흘렸다. "인생의 대부분을 먹어 치우는 괴물 같아."

"일이 없으면 인생을 계속 영위할 수 없겠죠."

"괴물 덕분에 살아갈 수 있는 셈인가."

차로 돌아가자 기다리고 있던 오리오가 "자, 조사해 주십시오" 하고 말했다. 그리고 우리에게 스마트폰을 쑥 내밀었다.

"으음, 어떻게 하면 될까요?" 나는 말투가 거칠어지려는 것을 자제했다.

"아까 전 목록, 피해자 목록에 공란이 있었던 거 기억나십니까? 그 공란을 메우고 싶습니다. 그 주소를 알면 별자리 모양이 완성될 겁니다."

"별자리 모양이라." 옆에 있던 대원이 대놓고 무시하는 투로 말했다.

오리오는 개의치 않고 말을 이었다. "그런데 실은 주소가 공란인 피해자가 연락을 줄 것 같습니다."

"연락을요? 누가요?"

"그러니까 이 목록에서 주소가 공란인 피해자가요." 오리오가 스마트폰을 흔들었다. "전화가 오면 제가 주소를 알아내겠습니다. 즉 그 지도에." 오리오는 등 뒤의 테이블을 가리켰다. "점을 찍을 수 있습니다. 틀림없이 오리온자리 모양이 완성될 테니 그걸 보고 리겔의 위치를."

"리겔이라." 다른 대원도 한숨을 섞어 말했다.

"리겔의 위치를 해명할 전화가 곧 걸려 올 겁니다."

머나먼 별에서 전파라도 수신하겠다는 듯한 태도라 나는 기가 막힐 따름이었다.

"오리오 씨, 저희는 구체적으로 뭘 도우면 될까요? 당신이 지도에 점을 찍는 걸 보고 있으면 되겠습니까?" 나쓰노메 과장이 어깨를 으쓱했다.

"뭐, 그런 셈이죠. 제 이야기를 제대로 들어 주시면 됩니다."

"알겠습니다. 식은 죽 먹기죠. 어, 그러니까 전화가 온다는 말씀이시죠?"

"예. 혹시 상대가 주소를 가르쳐 주지 않으면 경찰에서 조사할 수 있습니까?"

"이쪽에서? 뭐를요?"

"주소요. 역탐지는 그렇게까지 거창한 게 아니라고 말씀하셨죠."

"뭐, 이번 인질 농성 사건과 관계가 있다면요." 인질 농성 사건이 발생한 시점에 각 통신 회사에 협력을 요청하여 담당 책임자가 자사에서 대기하는 중이므로 통신 정보는 입수가 가능하다.

"사건과 크게 관계가 있습니다." 오리오는 딱 잘라 말했다. "별자리가 완성되면 리겔의 위치를 알 수 있으니까요."

하지만 결론부터 말하자면 오리오의 예상은 빗나갔다.

분명 오리오의 스마트폰에 전화가 오기는 왔다.

정말로 전화가 왔다! 우리는 깜짝 놀랐지만 그 놀라움도 처음 잠깐뿐이었다. 발신 정보를 통신 회사에 조회하여 얻은 결과를 지도에 표시해 보니, 오리오가 의기양양하게 선을 그었던 지역과는 완전히 동떨어진 위치였다. 아무리 관대한 눈으로 보아도 오리온자리 모양은 아니라서 실소를 참기가 힘들었다. 나쓰노메 과장도 어깨를 움츠렸다.

품이 많이 들지는 않았지만, 일껏 정보 조회를 한 결과가 이렇다 보니 헛수고를 했다는 불쾌감이 든 것도 사실이다. 동시에 그렇게나 자신만만했던 오리오가 애처롭게 느껴지기도 했다.

비용이 별로 들지 않아서 그나마 다행이라고 할까. 시간, 노력, 비용, 어떤 면에서도 큰 손실은 없었다.

오리오는 입을 꾹 다문 채 지도를 바라보다가 우리 시선을 외면하며 "잠깐만 밖에" 하고 차에서 내렸다.

나쓰노메 과장이 내게 시선을 던졌다. "오리오를 좀 보고 와."

"기분이 축 처졌을 테니 달래 줄까요?"

"그래." 나쓰노메 과장이 쓴웃음을 지었다. "그리고 지금 오리오의 전화도 조사 중이야. 소유자 정보로 오리오에 관해 뭔가 알아낼 수 있을지도 몰라."

차에서 내리자 오리오가 바로 눈에 들어왔다. 기운 없이 어깨를 축 늘어뜨린 모습을 보고 그 정도로 '별자리설'에 자신이 있었나 싶어 도리어 나는 감탄했다.

"오리오 씨, 괜찮습니까?" 말을 걸었다.

그가 좀처럼 반응을 하지 않아서 한 번 더 "오리오 씨, 괜찮습니까?" 하고 부르자 그제야 돌아보았다.

"아아. 부끄럽네요. 전혀 오리온자리 모양이 아니었어요."

수상쩍은 점쟁이가 어림짐작으로 예언을 했다가 빗나가서 저혼자 침울해진 셈이니 자업자득이라는 생각을 지울 수 없었지만, 조금 불쌍하기도 했다.

오리오는 고뇌하는 남자라는 제목이 붙을 법한 모습으로 하늘을 올려다보며 주변을 어슬렁거렸다.

그때 "가스카베 씨" 하고 부르는 소리가 나서 돌아보자 오시마가 뒤에서 달려왔다.

"왜?"

"범인한테서 연락이 왔는데, 낌새가 좀 이상합니다."

"낌새가? 뭐가 어떻게 된 건데?"

"갑자기 엉뚱한 소리를 늘어놓기 시작했습니다. 이제 끝내고 싶다나 뭐라나."

"그게 무슨 소리야?"

"모르겠습니다. 지금 과장님이 통화 중이십니다."

"알았어. 바로 갈게."


가스카베 과장 대리는 오시마의 이야기를 듣고 걸음을 옮기다가 땅에 종이가 떨어져 있는 것을 알아차리고 급히 발을 멈추었다.

주워 보니 두 번 접은 종이였다.

"아, 제가 떨어뜨린 모양이네요."

"오리오 씨 겁니까?" 가스카베 과장 대리는 종이를 건넸다.

두 번 접은 이 종이가 뭔지는 이미 상상이 갈 것이다. 보충 설명이 적힌 메모, '구로사와 종이'다.

즉, 지금 이 종이를 떨어뜨린 남자는 독자가 꿰뚫어 보았듯이 바로 구로사와다. 그는 '오늘 이 종이 때문에 고생이 말이 아니로구나' 하고 생각하며 가스카베 과장 대리에게 받은 종이를 뒷주머니 깊숙이 쑤셔 넣었다.

"오리오 씨도 따라오십시오." 가스카베의 말에 구로사와는 "예" 하고 대답했다. 역시 남의 이름으로 불리는 건 익숙지 않다. 방금 전에도 이름을 듣고 반응하는 데 시간이 걸렸다.

주변을 둘러보았다. 동네 전체가 숨을 죽인 것처럼 조용했다.

인질범이 2층에서 뛰어내렸다! 하고 주변이 펄펄 끓는 물처럼 소란스러워지는 건 앞으로 10분쯤 지나서다.

☪

'진짜 오리오오리오'는 이미 죽었다.

언제 죽었을까? 인질 농성 사건이 일어나기 수십 분 전, 센다이역에서 우사기타에게 발견되어 걸음아 날 살려라 달아난 지 수십 분 후라고 보면 된다.

이 일은 설명하고 넘어가는 편이 낫겠다.

장소는 이즈미구를 동서로 가로지르는 현도에서 한 블록 들어간 곳에 있는 길이었다.

수많은 차가 오가고 때때로 교통 정체가 발생하는 현도와 달리 그 일방통행로는 좁고 어두워서 운전하는 내내 정신을 바짝 차려야 하기 때문인지 지나다니는 차가 거의 없다.

일단 남자의 등장.

젊은 남자가 그 길을 걸어간다.

그는 고개를 숙인 채 한숨을 쉬며 운이 없다고 생각했다.

그는 알레르기 치료를 받으려고 버스를 타고 병원에 왔지만, 지갑을 잃어버려 집까지 먼 길을 걸어서 돌아가는 중이었다. 지갑은 물론 저절로 사라진 것이 아니다. 실은 그가 병원에서 진료비 계산을 마치고 난 뒤 근처에 있던 사람이 호주머니에서 슬쩍했다. 하지만 그는 그런 줄 모른다.

꽝만 뽑는 인생이다 싶어 그는 어깨를 축 늘어뜨렸다. 실제로도 그러한데, 집에서는 아버지가 폭력을 휘두르고, 소년 시절과 사춘기 때는 왕따를 당했으며, 최대한 눈에 띄지 말고 죽은 듯이 살자는 마음가짐으로 지냈는데도 대학을 졸업하고 취직한 회사에서 상사의 스트레스 배출구로 이용되던 끝에 어쩔 수 없이 퇴사했다.

집 근처 이웃들은 남의 사정도 모르고서 "저 집 아들, 일도 안 하고 빈둥거리다니 못쓰겠네" 하고 수군거렸다.

물론 꽝만 뽑는 상태에서 벗어나고자 하는 노력이 부족했을 수도 있지만, 그렇다 하더라도 노력 부족을 모든 사태의 원인으로 보는 건 가혹하다 싶을 만큼 처절한 환경에서 시달려 왔다.

그리고 이때 지갑 없이 터덜터덜 걷던 그는 좋은 점이라고는 없는 인생의 총결산이라 할 만한 일을 당한다.

그 일은 오리오오리오와 부딪친 것으로 시작됐다.

왜 부딪쳤을까.

둘 다 스마트폰에 한눈을 파느라 앞을 제대로 보지 않았기 때문이다. 오리오오리오는 숙박하기에 괜찮은 곳을 찾고 있었고, 그는 지갑을 잃어버렸을 때 적절한 대처 방법은 무엇인지 인터넷에 검색하고 있었다. '보행 중 스마트폰 사용'이 얼마나 위험하며, 어떻게 인생을 망치는지 알려 주는 견본이라 할 만한 일이었다.

어깨끼리 부딪치자 그는 작게 사과했지만 오리오오리오 귀에는 들리지 않았다. 게다가 오리오오리오는 좀 전에 우사기타에게 잡힐 뻔한 터라 몹시 흥분한 상태였다.

뭐 하는 짓이야, 앞 좀 똑바로 보고 다녀. 오리오오리오는 자기도 한눈을 팔았으면서 양손으로 그를 떠밀었다.

마침 그때 차가 지나갔다. 운전하던 여성이 싸움이 났나 보다 싶어 나중에 경찰에 그 이야기를 하지만, 그때는 그냥 지나쳐 갔을 뿐이다.

오리오오리오가 난폭하게 뻗은 손가락이 눈을 스치자, 그는 얼굴을 누른 채 잠시 제자리에 웅크리고 앉아 아픔이 가시기를 기다렸다.

오리오오리오가 그쯤 하고 냉큼 제 갈 길을 갔다면 좋았을 것을. 젊은이를 걷어차려고 마음먹은 것이 화근이었다. 오리오오리오가 다가오는 기척을 느끼자 그는 또 공격받을까 봐 겁이 나서 아직 시력이 돌아오지 않은 상태로 양손을 쭉 내밀었다. 그 결과 매달리듯이 오리오오리오의 다리를 끌어안게 되었다.

과연 어떻게 됐을까.

두 다리를 붙잡힌 오리오오리오는 시소가 쑥 내려가는 기세로 뒤로 자빠져 뒤통수를 땅에 부딪쳤다.

고작 그 정도 일로?

그 말마따나 고작 그 정도 일로 오리오는 죽었다.

무슨 일이 벌어졌는지 궁금하여 애써 눈을 뜬 그는 자기 앞에 똑바로 쓰러진 오리오오리오를 보고 어안이 벙벙해졌다. 주저앉아 오리오의 몸을 몇 번 만져 보았지만, 손이 떨리는 탓에 반응이 있는 건지 없는 건지 판단할 수 없었다.

상의할 만한 사람은 한 명밖에 떠오르지 않았다.

그를 낳아서 키워 준 어머니다. 가정의 폭군인 아버지의 지배 아래 있는 어머니는 그와 마찬가지로 꽝만 뽑는 실패자였고, 늘 비굴하게 굽실굽실하는 모습에는 경멸마저 느꼈지만 기댈 수 있는 사람은 어머니밖에 없었다.

전화를 받은 어머니는 그가 입을 열기도 전에 "유스케, 무슨 일 있니?" 하고 물었다.

그녀도 설마 아들이 사람의 목숨을 빼앗았다는 고백을 할 줄이야 상상도 못 했을 테니, 평정심을 잃었다. 바로 차로 가겠다는 말밖에 나오지 않았다. 유스케가 흐느껴 울면서 숨을 안 쉬는 이 사람을 어떻게 하면 좋겠느냐고 물었을 때, 반사적으로 "남의 눈에 띄지 않는 곳으로 옮길 수 있겠니?" 하고 은폐하는 길을 선택한 것은 꽝만 뽑는 나날을 참고 또 견뎌 왔는데 왜 이런 꼴까지 당해야 하느냐는 분노가 끓어올랐기 때문이다.

구로사와가 묶여 있던 장면으로 돌아가자. 유스케네 집 1층
에 세 사람이 묶여 있고, 우사기타가 복도에서 이나바와 통화를
마치고 거실로 되돌아왔다.

"아까 통화하면서 오리오라는 이름을 꺼냈는데, 그게 네가 찾
는 남자지?" 구로사와가 말을 꺼냈다.

우사기타가 그래서 뭐, 하고 묻는 듯한 시선을 던졌다.

"네가 찾는 오리오는 2층에 있어."

구로사와의 말에 우사기타가 어, 하고 놀랐고 옆에 묶여 있던
유스케와 어머니도 흠칫 몸을 움츠렸다.

"침대 밑에 있지. 네가 날 붙잡았던 방의 침대 밑에."

"뭐라고?"

"침대 밑의 시체, 그게 오리오오리오일걸."

"시체?" 우사기타가 이야기를 따라가지 못하는 것도 당연하
다. 그는 어리둥절한 표정이었다.

"처음에는 영락없이 그 시체가 이 집 아버지인 줄 알았어."

그래서 구로사와는 아버지와 마주칠 일은 없을 테고, 이 모자
가 말을 맞추어 주지 않을까 생각했다.

우사기타는 시선을 상하좌우로 차례차례 움직였다. 상황 파

악이 안 되는 것이다. 그 눈은 이렇게 말했다. 위층에 시체가? 무슨 소리야?

유스케와 어머니의 눈은 이렇게 말했다. 어떻게 그걸?

구로사와는 우사기타를 보고 "네가" 하고 말을 꺼냈다. "네가 내게 총을 겨누고 엎드리라고 했잖아. 엎드려서 고개를 옆으로 돌렸더니 침대 밑이 보이더군. 침대 밑에 있는 건 분명히 시체였어."

거짓말이 아니었다. 우사기타가 처음으로 총구를 들이댔을 때 엎드리라는 지시에 따르자 침대 밑이 눈에 들어왔다.

"야, 뭐야. 왜 말을 안 했어?"

"침대 밑에 뭐가 있느냐고 물었다면 대답했겠지."

환장하겠네, 라는 말을 끝으로 우사기타는 입을 꾹 다물었다. 누가 보아도 넋이 나간 표정으로 천장에 시선을 고정했다.

침대 밑을 포함해 좀 더 구석구석 찾아보아야 한다고 우사기타도 생각은 했다. 그런데 구로사와가 덤벼들질 않나, 진짜 아버지에게서 전화가 오질 않나, 정신 사나운 일이 자꾸 벌어져서 우선순위가 뒤로 쭉 밀렸다. 빨리 찾아봐야 했다고 자책하는 모양이지만, 사실 좀 더 빨리 침대 밑의 시체를 발견했어도 상황은 변함없었으리라.

우사기타는 2층으로 뛰어 올라갔다. 합격 발표라도 보러 가듯이 각오를 다진 표정이었다. 그리고 1분도 지나지 않아 계단을 쿵쿵 울리며 되돌아왔다.

그는 유스케와 어머니를 번갈아 보다가 어머니의 입에서 테이프를 떼어 내고 "야! 도대체 어떻게 된 거야" 하고 잠긴 목소리로 설명을 요구했다. "왜 침대 밑에 있어. 야, 뭐야, 저건. 뭐라고 말 좀 해 봐."

"내 말이 맞았군." 구로사와 혼자 침착했다.

어머니가 "어떻게든 하고 싶었어요" 하고 말을 꺼냈다. 그리고 눈물을 흘리는가 싶더니 흐느껴 울었다. 오늘뿐만 아니라 지금껏 참아 온 감정, 아들과 둘이서 꽝만 뽑는 인생을 견디며 살아오느라 쌓인 슬픔이 단숨에 방류된 것인지도 모른다.

우사기타도 처음에는 지금이 울 때냐고 고함을 질렀지만, 감정의 홍수가 일단락될 때까지는 다른 방법이 없겠다 싶었는지 소나기가 그치기를 기다리는 것처럼 그저 어머니가 입을 열기를 기다렸다.

그리고 잠시 후 "그건 제가 한 짓이에요" 하고 유스케가 설명을 시작했다.

"네가?"

좁은 길에서 부딪친 남자가 떠밀었다. 몸을 지키기 위해 다리를 끌어안았더니 상대가 뒤로 넘어졌다. 남자는 허망하게 숨을 거두었다. 어머니와 상의하여 집으로 옮겼다. 그런 이야기였다.

"어떻게 할지 고민하고 있을 때."

"내가 온 건가."

"그래서 일단 침대 밑에 숨겼어요."

『레 미제라블』을 자꾸 언급한 만큼 여기서 청년 마리우스가 집에 없는 척하기 위해 침대 밑에 숨는 장면을 떠올리는 분이 있을지도 모르지만, 그건 그냥 우연에 지나지 않는다. 애당초 오리오오리오는 이미 숨을 거두었으므로 자발적으로 숨은 것이 아니라 억지로 침대 밑에 처박혔을 뿐이다.

"그게 오리오오리오였다니."

"가방은 재빨리 쓰레기통에. 설마 그런 게 들어 있을 줄은 몰랐죠."

우사기타는 머리를 마구 쥐어뜯었다. "어떻게 해야 한담!"

구로사와는 "내 말이 맞지?" 하고 담담히 입을 열었다. "어떻게 하기는 뭘 어떻게 해. 네가 찾던 남자를 찾았으니 다 해결됐잖아. 그렇지? 이제 구워 먹든 삶아 먹든 마음대로 해. 일단 이것부터 좀 풀어 줘."

"해결되긴 뭐가 해결돼!" 우사기타가 쩌렁쩌렁하게 소리를 질러서 구로사와를 포함한 세 사람은 가구가 흔들리지는 않았는지 주변을 돌아보았다. 벽에 걸린 시계가 조금 기울어진 건 지금 소리를 지른 탓일까 아니면 원래 그런 걸까, 유스케는 멍하니 생각했다.

"저, 저기." 유스케 어머니가 머뭇머뭇 말을 꺼냈다. 겨우 눈물이 말랐는지 쉰 목소리로 "저기, 무슨 일인가요? 사, 사정을 말씀해 주시면" 하고 말했다.

여기가 무슨 상담소도 아니고 남의 사정이 왜 궁금해! 원래 같으면 우사기타는 그렇게 딱 잘라야 했을지도 모른다. 하지만 '해야 할 일'을 하지 못하는 것이 인간이라는 생물이므로 그는 자신이 처한 상황을 털어놓기로 했다.

"최대한 짧게 부탁해." 구로사와의 말에 우사기타도 물론이라는 듯이 고개를 끄덕였지만 단적으로 말하고자 하면 할수록 이야기가 꼬이는 것은 흔한 일이다. "요컨대"나 "간단히 말하자면"이라는 말을 섞으면서도 그 자리에 있는 세 명에게 내용을 전달하는 데 시간이 걸렸다. 내 소중한 와타코 쨩이, 아 요컨대 내 아내야, 실은 아내나 와이프라는 말보다 와타코 쨩이라는 말이 제일 잘 어울리는, 포근하니 귀여운 여자인데* 유괴를 당했어. 유괴한 범인이 누구인지는 알아. 그게, 사실은 내가 그 조직에 속해 있는데 말이야, 그래, 난 원래 선량한 시민이 아니라 범죄자야, 그래서. 이런 식으로 이야기를 절도 없이 장황하게 늘어놓았다.

전혀 짧지 않은 짧은 설명이 끝나자 유스케 어머니가 말했다. "그 사람을 찾으면 부인을 구할 수 있나요?"

유스케가 한숨을 쉬었고, 구로사와는 어깨를 으쓱했다.

우사기타는 천장을 가리켰다. "누구 놀려? 그놈은 지금 죽어서 위층에 나자빠져 있잖아."

아아, 그랬죠, 하고 어머니는 몸을 움츠렸다.

---

* 일본어로 와타綿는 솜이라는 뜻이다.

"살려서 데려오라는 지시였나?"

"당연하지. 오리오오리오는 우리 조직의 돈을 다른 곳으로 옮겼어." 우사기타는 사정을 털어놓는 데 더 이상 거리낌이 없었다. 숨겨 본들 이제 아무런 이점도 없을뿐더러 조금이라도 자신의 고충을 공유하고 싶었으므로 꼭 들어 주기를 바랐다. 고충과 걱정은 혼자 끌어안고 있지 말고 털어놓아야 마음이 편해진다. "놈들은 돈이 어디 있는지 알고 싶어 해. 죽은 놈이 말할 수 있겠어?"

"못 하겠지. 하지만 오리오오리오라는 남자가 죽은 건 네 탓이 아니야. 그렇잖아. 그러니까 넌 아무 잘못도 없어."

"잘못이 있느냐 없느냐는 문제가 아니야. 오리오오리오를 데려가지 않으면 놈들은 인질을 돌려주지 않을 거라고."

"하지만 오리오오리오는 이미 죽었는데 별수 있나."

"죄송해요."

"사과를 할 거면 죽은 사람한테 해야지."

"도대체 어떻게 해야 해!" 우사기타는 진심으로 고민하는 중이라 상황을 연출하기 위해 언성을 높일 여유는 어디에도 없었다. 그가 내지른 고함은 다름 아닌 공포의 표출이었다.

"전화를 걸어서 설명하는 게 어떨까? 오리오 씨를 찾았지만 죽었다, 어떻게 하면 좋겠느냐고. 어쩌면 잘했다고 칭찬할지도 모르지. 안 그래?"

"절대로 아니야."

"그럼 여기서 이러고 있지 말고 빨리 아내를 구하러 가야겠군."

"어디에 있는지 모른다고!"

"그렇게 화내지 마. 화낸다고 될 일도 아니잖아. 뭐, 확실히 도쿄에 있다고 하면."

"아니, 와타코 쨩은 이쪽에 있어." "이쪽이라니?" "센다이, 아니면 그 부근." "일부러 데려왔나. 남편이 활약하는 모습을 구경시켜 주려고?" "오리오를 찾아내면 바로 와타코 쨩과 교환하기로 했거든. 놈들은 와타코 쨩을 여기까지 데려왔어. 요컨대 그만큼 놈들도 시간에 여유가 없다는 뜻이지."

"그렇다면." 구로사와는 조용히 말했다. "죽을힘을 다해 와타코 쨩을 찾아. 센다이는 그렇게 큰 도시가 아니니까. 여기 있는 것보다는 그게 훨씬 건설적이야. 그렇지?"

"놈들은 내가 어디에 있는지 알아. 이 스마트폰의 위치 정보를 확인하거든."

"확인한다고 해도 실시간으로 계속 추적하는 건 아닐 텐데." 위치 정보 발신기는 대부분 로그에 정보를 기록하든지, 검색이나 메일 수신 등 무슨 타이밍에 맞추어 위치 정보를 알려 준다.

"그야 그렇지만 언제 위치를 검색할지 몰라. 묘한 움직임을 보이는 게 들통나면 끝장이라고."

"위치만 봐서는 오리오를 찾는 중인지 자기 아내를 찾는 중인지 구별이 안 되잖아? 센다이를 샅샅이 뒤지면 돼. 그리고 스마트폰 배터리가 바닥날 가능성도 있어."

"스마트폰 배터리가 바닥나면 놈들의 인내심도 바닥나겠지. 무슨 짓을 할지 몰라." 우사기타는 그러니 지금 충전해 놓아야겠다는 생각이 들었다.

"아무튼 빨리 아내를 찾으러 가는 게 좋겠어."

"아무 정보도 없이?"

"다음에 전화가 오면 넌지시 물어보도록 해. 여보세요, 지금, 어 이름이 뭐지?"

"이나바."

"여보세요, 이나바 씨, 지금 달이 어느 쪽에 보입니까, 그런 식으로. 그 정도만으로도 이나바의 위치를 조금은 파악할 수 있어."

"남의 일이라고 막말하네. 넌지시고 나발이고 누가 그딴 질문에 대답하겠냐."

"지금 말했잖아."

"뭐?"

"이나바라는 이름 말이야. 네 아내를 인질로 잡고서 명령하는 놈의 이름이야. 만약 내가 대놓고 그놈의 이름을 알려 달라고 했다면 넌 순순히 알려 주지 않았을지도 몰라. 그런데 어디까지나 다른 목적 때문에 그러는 것처럼 묻자 대뜸 대답했어."

"글쎄다." 그렇게 말하면서도 우사기타는 동요했다. '이나바'라는 이름을 입에 담은 순간, 말해도 되나 마음에 걸리기는 했지만 이 정도는 괜찮지 않겠느냐고 긴장을 늦춘 것은 분명 사실이었다.

"내가 다른 이야기를 하는 김에 질문을, 그게 질문으로 느껴지지 않도록 꺼내자 넌 쉽게 가르쳐 줬어. 별자리 운세를 봐 주겠다면서 생일을 물어보는 것과 똑같지. 그런 식으로 이나바가 있는 곳을 물어보면 어떨까? 알아내서 바로 가면 돼. 뭐, 어디 있는지 알아내도 아내를 구할 수 있을지 없을지는 미지수지만."

우사기타가 떠나기를 바라는 마음에서인지 유스케와 어머니도 응응, 하며 고개를 힘 있게 끄덕거렸지만, 당연히 그들은 그들 나름대로 생각하느라 바빠서 구로사와가 제안한 내용을 거의 이해하지 못했다.

"그러니까 상대는 그렇게 간단한 놈들이 아니라고. 내가 오리오를 찾지 않고 와타코 짱을 되찾으러 갈 가능성을, 어디 보자, 뭔가 멋진 표현이 있었는데, 도로 빼앗는다는 뜻의."

"탈환?" 유스케가 말했다.

"그래, 탈환. 내가 탈환하고 싶어 한다는 것쯤은 이미 예상하고 있을 거야. 자기들이 어디 있는지는 절대로 안 가르쳐 줄걸. 어디 있는지 모르면 이쪽은 속수무책이라고. 타임 오버야."

"몇 시까지인데?"

"실은 오늘까지야. 난 오늘 안에 오리오를 데려가야 해. 놈들은 그다음에 오리오가 숨겨 둔 계좌에서 돈을 되찾아 송금을 해야 하는가 봐."

"아직 시간은 있어. 예를 들어 오리오를 찾았지만 데려가는 도중에 교통 체증에 걸렸다고 하면 어떨까? 교통 체증은 네 탓이 아니야."

"그런 변명이 통할 리 없지. 조사하면 차가 정말로 밀리는지 아닌지 금방 알아낼 수 있어. 거짓말이 들통나면 와타코 짱이 위험해."

"정말로 차가 밀릴지도 모르지."

"실황을 동영상으로 찍어서 보내라는 거야? 자, 지금 차가 밀리고 있습니다. 거짓말 아닙니다. 이러라고? 헛소리하지 마. 오리오를 바꾸라고 하면 끝장이잖아."

구로사와의 머리에 그 계획이 떠오른 것은, 즉 흰토끼 사건을 흰토끼 사건답게 만드는 계획, 아무도 입에 담지 않을 이름으로 말하자면 흰토끼 작전이 태어난 것은 바로 그때였다고 할 수 있다.

"그거야."

"그거라니?"

"실황 말이야. 네가 지금 곤란한 상황에 처해 있다는 걸 그대로 그놈한테, 이나바한테 보여 주면 돼. 이런 상황이라 움직일 수가 없다고 말이야."

"어떻게? 인터넷에다 올려서? 그걸 놈들에게 보여 주라고?"

"좀 더 알기 쉽게 정면 돌파하는 편이 낫겠지. 의심받지 않도록." 구로사와는 그렇게 말하며 방구석에 있는 텔레비전을 가리켰다.

"텔레비전?"

"텔레비전 뉴스로 인질 농성 사건이 발생했다는 소식을 내보내는 거야. 그러면 놈들도 쉽게 확인할 수 있어. 텔레비전만 보면 되니까."

"매스컴을 부르라고?"

"사건을 키우는 거야. 인질 농성 사건은 아주 큰 사건이야. 뉴스가 나오면 그 탓에 네가 늦는다는 걸 이나바도 이해하겠지." 구로사와는 뭐라고 대꾸하려 하는 우사기타를 제지했다. "이나바가 그런 핑계는 집어치우라고 화낼 가능성은 있어. 하지만 그러지 않을 가능성도 있지. 네가 오리오오리오를 찾아낼 방법이 있으니 기다려 달라고 하면 그쪽도 한 번 더 재고할 거야. 그쪽도 벽에 부딪친 상태잖아? 그럼 아직 널 쳐내지는 않겠지. 오리오오리오를 찾을 좋은 계획이 있다고 암시하면."

"하지만 오리오오리오는 이미 글렀는데." 우사기타가 2층을 올려다보았다.

"그렇지. 그건 어쩔 수 없어. 하지만 네가 원하는 건 이나바와의 약속을 지키는 게 아니라."

"와타코 짱을 되찾는 것, 탈환하는 거지." 우사기타는 탈환이라고 말할 때마다 몸에 힘이 차오르는 것을 실감했다. 홀로 구호를 외치며 의지를 다지는 듯한 기분이었다.

"그럼 그걸 해. 인질 농성 사건의 중계방송으로 시간을 벌면서 이나바가 있는 곳을 알아내는 거야. 그리고 거기로, 그거 있잖아."

"탈환."

"하러 가면 돼."

구로사와는 이제 작전 설명이 끝났다는 듯이 말을 멈췄다. 오케스트라 협주가 끝난 후 잠깐 정적이 감돌다가 일제히 박수가 터져 나오는 것처럼 다른 세 사람은 한순간 침묵한 후 단숨에 질문을 쏟아 냈다.

"그렇게 쉽게 풀릴 것 같지는 않은데요.""이나바가 있는 곳을 어떻게 찾아내라는 거야.""저희는 어떻게 되나요?"

구로사와는 세 가지 질문을 화음처럼 받아들였다. 각 질문을 따로따로 알아들은 것은 아니지만, 그들이 뭘 알고 싶어 하는지는 대충 짐작이 갔다.

그리고 구로사와는 이나바의 흰토끼 이야기를 떠올렸다. 『고지키』*에 나오는 그 이야기이다.

오키노시마 섬에서 이나바로 갈 때 바다를 건너기 위해 악어를 속인다. 머릿수를 헤아릴 테니 줄을 서라는 핑계로 악어를 나란히 세우고 그 위를 뽕뽕 뛰어서 건너는 작전이다. 다 건너기 직전에 "제대로 걸려들었구나!"였나 "속았구나, 앨리게이터"였나, 사실 당시의 '악어'는 상어이지만, 아무튼 쓸데없이 입

---

* 일본에서 가장 오래된 역사서.

을 놀리는 바람에 악어들이 화가 나서 토끼의 가죽을 벗긴다. 구로사와는 그 이야기를 들려주고 "그거랑 똑같이 절차를 착착 밟아 나가면 너도 건너편 해안으로 건너갈 수 있지 않을까?" 하고 말했다.

"그 이야기에서는 마지막에 가죽이 벗겨지잖아."

"그 정도는 감수해."

"뭐, 와타코 짱이 있는 곳을 찾아낼 수 있다면 가죽 한두 개쯤."

"단위는 틀려도 상관없겠지."

"하지만 무슨 절차를 어떻게 밟으라고? 아까부터 말하지만 어디로 구하러 가야 할지 모른다니까."

"아니, 잠깐만." 구로사와는 문득 생각났다는 표정을 지으며 손을 앞으로 내밀었다. "그런 귀찮은 짓을 하기보다 경찰한테 전부 깨끗이 털어놓는 편이 낫지 않을까?"

"경찰?"

"아내가 인질로 잡혔으니 어디 있는지 찾아내서 나쁜 놈들을 체포해 달라고 하면 경찰이 협력해 주겠지. 그럼 되잖아. 처음부터 그랬으면."

해결될 문제 아닌가.

우사기타는 다시 머리를 쥐어뜯을 기세였다. "나도 그 생각은 했어."

분명 우사기타도 그럴 생각을 했다. 지금까지 경찰을 비롯한 공공 기관을 적대하며 살아왔지만, 실은 나를 지켜 주지 않을까, 이 긴급한 상황에서 힘이 되어 주지 않을까 하는 생각이 싹 텄다. "하지만 안 되겠더라고. 도무지 믿음이 안 가서 말이야."

"왜?"

"만약 경찰이 와타코 짱이 있는 곳을 찾아냈다 쳐도, 경찰차가 요란스레 달려가면 이나바는 분명 내가 배신했다고 판단하고 와타코 짱을 해칠 거야."

"그럼 사전에 경찰한테 설명하면 되잖아. 유괴 사건과 똑같아. 공개적으로 수사하거나 요란하게 출동하지 말라고 신신당부하면 신중하게 움직이지 않겠어?"

"그럴지도 모르지. 하지만 경찰 내부에도 이나바와 내통하는 놈이 있어. 그렇다고밖에 볼 수 없는 일이 몇 번 있었지. 몸값을 지불하는 대신 이나바에게 정보를 제공하는 역할을 맡은 놈이 경찰 내부에 있다는 뜻이야. 그러니까 혹시 내가 경찰에 울며 매달렸다는 사실이 알려지면."

"그건 네 상상이야. 경찰 내부에 한패가 없을 가능성도 있어."

여기서 정답을 말하자면 경찰 내부에 이나바의 입김이 미치는 자는 있다. 하지만 여기 센다이를 관할하는 미야기 현경에도 있느냐 하면 그렇지는 않다. 아무리 그래도 전국 각지, 모든 도도부현*에 내통자를 거느리고 있다니 현실미가 없어도 너무 없

---

* 일본의 행정구역을 뜻한다.

다. 이러한 발상은 우사기타의 군걱정에 지나지 않지만, 지금
이 시점에 그가 그걸 알 리는 만무하다.

구로사와도 아무 걱정 말라며 일을 추진할 근거가 없었으므
로 설득은 하지 않았다. 가령 경찰에 몰래 도움을 요청한다 해
도 뭔가 삐긋해서 이나바에게 들킬 가능성은 부정할 수 없다.

"그럼 역시 이나바가 있는 곳을 찾아내는 수밖에 없겠군." 구
로사와는 떠오르는 대로 말을 꺼냈다. "단순하게 생각하면 어떨
까? 이나바의 전화가 오면 발신지를 알아내는 거야. 그럼 바로."

"이봐." 우사기타는 어이가 없다는 듯이 숨을 내뱉었다. "그
게 가능하겠어? 어떻게 하는데? 애당초 그놈은 번호조차 꽁꽁
감춘다고."

"발신 번호 표시 제한인가."

"그런데 넌 알아낼 수 있어?"

"나? 당연히 못 하지." 구로사와는 순순히 인정했다. "하지
만."

"하지만?"

"경찰은 할 수 있겠지."

우사기타는 인상을 찌푸리더니 정신이 불안정한 사람을 보듯
이 미심쩍은 시선을 던졌다.

"경찰에게 조사를 시키는 거야."

여기까지 이야기하면 감이 좋은 독자는 사건의 흐름, 흰토끼 사건의 전모를 파악할지도 모르지만, 그렇다고 여기서 "그러하오니 아무쪼록 잘 부탁드립니다" 하고 끝낼 수는 없다. 실제로 구로사와는 계획이 어떻게 흘러갈지 파악했지만, 당사자인 우사기타는 아직 감도 못 잡았다.

"경찰에게 조사를 시키다니 어떻게?" 우사기타는 미간에 주름을 잡았다.

"인질 농성 사건이 발생하면 경찰이 출동해. 그 전화번호가 사건과 관계가 있다면 조사할 거야."

"역탐지인가 그걸로?"

"그렇게 거창한 건 아니야. 지금은 디지털 시대니까, 전화가 온 순간 어느 번호에서 걸었고 어느 기지국에 연결됐는지 알아낼 수 있어. 발신 번호가 표시되든 말든 상관없이."

각 통신 회사에서는 통신 정보를 제공할 때 개인 정보 제공에 관한 세세한 규정을 따른다. 바꾸어 말하자면 적법한 절차를 밟아 조회를 요구하면 정보를 바로 파악할 수 있다는 뜻이다.

그렇다고 우사기타가 납득한 것은 아니다. "네가 터무니없는 소리를 하고 있다는 거 알아? 그렇지?" 그는 유스케와 어머니에게 동의를 구했고, 유스케도 "경찰이라면 분명 역탐지를 할 수 있겠지만, 어디까지나 수사를 위해서겠죠. 결과를 어떻게 알아내시려고요?" 하고 의문을 던졌다. "경찰에 지인이라도 계세요?"

"지인은 없는데. 뭐, 어떻게든 경찰 수사진에 접근하는 수밖에 없겠지. 경찰 가까이에 있으면 정보를 얻을 수 있을지도 모르니까. 예를 들면 범인을 설득하는 역할로 접근하는 건 어때? 누구 그럴싸한 사람 없어?"

"몰라. 그럴 만한 놈이 있나? 경찰 근처에서 정보를 얻을 수 있는 사람은 경찰 관계자뿐일 텐데."

"홈스나 코난은 경찰 가까이에 있던데요." 유스케가 끼어들자 우사기타는 "장난치지 마" 하고 화를 냈다.

"하지만 예를 들어 범인을 설득하기 위해 사람이 불려 가는 일은 드물지 않잖아요." 유스케 어머니가 말했다. "옛날 형사 드라마를 보면 그러던걸요."

"너희들, 생각나는 대로 떠들면 다인 줄 알아!"

"아니, 꼭 틀린 말은 아니야. 사건 해결에 중요한 역할을 할 거라고 판단되면 부르겠지."

"그런 사람이 어디 있냐."

"범인이 누구누구를 불러오라고 요구할 때도 있는가 보더라고요." 유스케 어머니가 물고 늘어지듯이 다시 한번 말했다.

"만약 네가 부른다면 누구야? 누구를 데려오면 좋겠어?" 구로사와가 우사기타를 보았다.

물론 우사기타 입장에서는 와타코 짱을 데려오는 것이 최고겠지만 그게 무리라면, 하고 머리를 짜낸 끝에 "그렇다면 오리오오리오겠지" 하고 대답했다. "만약 내가 인질범이라면 경찰한테 오리오오리오를 데려오라고 할 거야. 그래서 뭐가 어떻게 될지는 모르지만, 내가 찾을 수 없다면 경찰한테 찾아오라고 시키겠지."

"그거다."

"뭐가 그건데?"

"범인이 오리오오리오를 불러오라고 요구해. 그래서 오리오오리오가 나타나면 경찰 가까이에 있을 수 있잖아."

"바보 같은 소리 좀 작작해. 오리오오리오는 죽었다고." 우사기타가 인상을 쓰면서 2층을 손가락질했다.

"사칭하면 되지."

"누가?"

구로사와는 그 자리에 있는 세 사람, 우사기타와 유스케, 어머니를 차례대로 바라본 후 "이 가운데 한 명이" 하고 말했다. 소거법을 사용하면 자기밖에 없다는 사실도 금방 알았다. "하고 싶지는 않지만" 하고 중얼거리자 우사기타는 구로사와가 입후보를 선언했다고 받아들였는지 "네가 오리오오리오 행세를 하겠다는 거야?" 하고 미심쩍은 표정으로 물었다.

두말할 필요도 없이 구로사와는 달갑지 않았다. 다른 사람 행세를 하는 재주가 없다는 것은 자신이 제일 잘 알뿐더러 이미 남의 집 아버지인 척하다가 들통났으니 내킬 리 없었다. 그렇지만 이대로 있다가는 사태가 고착되어 풀려날 가망성이 없을 것 같았으므로 자신이 나서기로 마음먹었다.

"그래, 내가 오리오오리오를 사칭해서 경찰에게 접근하겠어."

야야 진심이냐, 하고 우사기타는 허둥거렸다.

"실은 그렇게 진심은 아니지만."

"아니." 우사기타는 여기서 이 남자가 손을 떼면 망한다고 여겼는지 안달 난 듯 "아니, 진심으로 맡아 줘" 하고 침을 튀기며 말했다. 마음이 조급할 만한 상황이기는 하나 참으로 자기 위주의 행동이다.

"오리오오리오는 어떤 남자야? 정보를 줘. 정보를 참고해서 연기를 할게."

우사기타는 약간 당황했지만 즉시 "오리오오리오는" 하고 입을 열었다.

흡사 오리오오리오 입문이라는 이름이 붙은 강의처럼 오리오오리오가 어떤 남자인지 설명했다. 단기 집중 레슨이니까 죽어라 외우라는 듯 오리오오리오에 관한 정보를 잇달아 제공한다.

"컨설턴트라고는 하지만 구체적으로 무슨 일을 하는지는 몰라"라는 등 "여기까지는 옳다고 할 수 있을 듯하다" 하고 추론하는 것이 특기라는 둥, 걸핏하면 별자리 이야기, 특히 오리온자리 이야기에 대한 깨알 지식을 늘어놓는다는 등 오리오오리오에 관한 다양한 정보를 내놓았다.

이런 정보를 참고해서 정말로 오리오오리오 행세를 할 수 있을까? 그것보다 경찰에게서 정보를 얻을 수 있을까?

　"과연, 그건 써먹을 수 있겠군." 우사기타가 강의를 대강 마무리 짓자 구로사와는 그렇게 말했다.

　"써먹을 수 있다고?"

　"내가 제안해 놓고 이런 말을 하려니 좀 그렇지만, 사실 방금 전 방식에는 결함이 있었어."

　"방금 전 방식?"

　"전화 발신지를 조사하는 방법 말이야."

　"경찰에게 조사를 시킨다면서."

　"그래. 하지만 예를 들어 이나바의 전화번호를 경찰에게 보여 주고 '여기가 범인이 있는 곳입니다', '이 전화의 발신지가 수상합니다' 하고 말하면 어떻게 될까?"

　"어떻게 되다니, 그야 경찰이 어딘지 조사하겠지. 네가 그렇게 말했잖아."

　"그래. 하지만 결과가 나오면 경찰이 그리로 갈 거야."

　"아."

　"느닷없이 경찰차가 우르르 몰려가지는 않을지도 모르지만, 설령 그렇다 하더라도 네가 아까 말했듯이."

　"큰일 나. 경찰이 움직이면 이나바에게 정보가 들어갈지도 모른다고."

　그렇게 되면 와타코 짱은 위험에 처한다.

"그럼 뭘 어떻게 하라는 거야."

그래서다.

그래서 구로사와는 오리오오리오의 특징인 '오리온자리에 대한 잡학을 자랑하지 않고는 못 배기는 성격'을 이용하기로 했다.

"전화의 위치 정보가 범인이 있는 곳에 해당한다고 말하면 경찰은 그곳을 경계하겠지. 하지만 그 위치 정보가 어디까지나 범인이 있는 곳을 찾아낼 재료에 불과하다는 인상을 심어 주면 어떨까."

"좀 더 알아듣기 쉽게 설명해."

"여기가 수상하다고 가리키면 거기에 주목하겠지. 하지만 별자리를 만들기 위해 점을 찍을 뿐이라고 하면 어떨까."

"좀 더 알아듣기 쉽게 설명하라니까."

"더 이상 쉽게는 안 될 것 같은데." 구로사와는 그렇게 말했지만 또 다르게 설명했다. "예를 들어 종이에 점을 찍고 여기가 수상하다고 말하면 그 점에 주목하겠지."

"그야 그렇겠지."

"하지만 점을 네 개 찍어서 사각형을 그리고 대각선을 그어. 대각선이 교차하는 한복판의 점을 가리키면 어떨까."

"그야 그 한복판에 주목하겠지."

"대각선이 교차하는 지점을 말이지. 사각형의 모서리는 별로 신경 쓰지 않아."

"네가 그런 식으로 말하니까 그런 거잖아."

구로사와는 "봐" 하고 말했다. "그런 식으로 말하면 상대는 모서리의 점에는 그다지 주목하지 않아. 경찰차를 출동시켜서 바로 달려가려고 들지는 않을 거야."

우사기타는 뭐라고 대꾸하려다가 딱히 대꾸할 말이 생각나지 않았는지 그저 입만 뻐끔거렸다. 잠시 후에 "그렇게 잘 풀릴까?" 하고 침을 튀겼다.

"잘 풀릴지 아닐지는 모르겠지만." 구로사와는 한숨을 쉬었다. "그 방법밖에 없지 뭐."

그리하여 지금 우사기타 다카노리는 차를 몰고 와타코 짱이 있는 곳으로 향하고 있다.

"내비게이션이 뭐 이 따위야. 지름길 없냐, 지름길" 하고 혼자 투덜거리면서.

내비게이션은 제 나름대로 교통 상황 정보를 고려하여 최단 경로를 선택하므로 어디를 어떻게 달려도 더 나은 경로는 없겠지만, 우사기타를 약 올리듯이 빨간 제동등의 행렬이 앞쪽에 펼쳐져 있는 만큼 동정을 좀 해 줘도 되리라. 하늘이 자신에게 심술을 부리는 것처럼 느낄 만도 하다.

빨리 가라.

속이 타서 가속페달에 얹은 발을 까딱까딱했다. 한편으로는 여기서 사고라도 났다가는 본전도 못 찾는다고 스스로를 타일렀다. 간신히 여기까지 왔다.

그 도둑, 구로사와가 세운 계획에 따라, 뭐가 뭔지 모르는 사이에라고 말할 수도 있겠지만, 아무튼 여기까지 올 수 있었다.

좀처럼 나아가지 않는 앞쪽 차량을 바라보며 우사기타는 그 집에서 나눈 이야기를 떠올렸다.


"가령 네 말대로 경찰이 역탐지를 해서 이나바의 위치를 찾아낸다고 해도 문제는 또 있어." 우사기타는 구로사와에게 말했다.

"예를 들면 뭐지?"

"전화야."

"전화?"

"이나바는 이 스마트폰의 위치 정보를 검색해서 내가 어디 있는지 알아낼 수 있어. 즉, 의심받지 않으려면 나는 계속 여기 있어야 해."

"스마트폰은 놔두고 가도 될 텐데."

"이나바가 전화를 걸면 어떻게 해. 내가 받아야 한다고."

"스마트폰을 가지고 이동하면." 유스케가 말했다.

"어휴, 스마트폰이 여기에 없으면 위치 정보 때문에 들통난다고 방금 말했잖아."

"아 참."

"이건 어찌할 방도가 없어."

"아니, 그렇게 고민할 필요 없어." 구로사와는 관심 없다는 듯한 투로 말했다. "이나바라는 놈이 어디 있는지 알아낼 때까지는 여기 있으면 돼. 전화가 오면 그냥 받고. 그러다 어디 있는지 알아낸 후에 여기를 나서면 그만이지. 아아, 맞다, 그때는 스마트폰을 두고 가는 게 어때? 그럼 상대는 네가 아직 여기 있다고 믿을 테니, 상대의 빈틈을 노릴 수 있잖아. 기습하는 거야."

"하지만 여기에 스마트폰을 놓아뒀다가 전화가 오면 난감하지 않을까요?" 유스케가 물었다.

같은 의제를 놓고 도돌이표만 그리고 있는 것처럼 느껴지기도 했다.

"하지만 한 번 정도는 속일 수 있지 않겠어?" 구로사와가 말했다.

"한 번?"

"전화가 그렇게 자주 오지는 않지? 그럼 네가 출발하고 나서 한 번이나 많아도 두 번만 속여 넘기면 돼."

"그게 말이 되냐, 내 목소리랑."

"네 목소리, 맛이 갔잖아." 구로사와는 우사기타를 가리켰다.

"누가 목을 짓누른 탓이더라?"

"그러니까 다음에 이나바한테서 전화가 오면 목이 점점 더 아파서 목소리가 잘 안 나온다고 얘기해 둬. 그러면 나중에 목소리에 다소 위화감이 있어도 별로 의심하지 않겠지?"

"웃기고 있네. 그렇게 만만한 상대가 아니야."

"대화만 나름대로 성립하면 생판 남도 가족으로 착각하는 법이야. 그렇지? 그래서 보이스피싱이 이렇게 횡행하는 거잖아."

실제로 우사기타는 유괴 사업을 거들기 전까지 고객 명부와 연기력을 활용해 보이스피싱으로 돈을 벌었다. 그런 만큼 "말이 되는 소리를 해" 하고 일소에 부칠 수는 없었다. 가족으로 사칭한 목소리에 속아 돈을 지불하는 사람은 아주 많다. 덧붙여 우사기타가 이나바와 제대로 이야기를 나누는 것은 이번이 처음이나 마찬가지이므로 목소리가 귀에 익었을 리도 없다.

우사기타는 입을 다물고 구로사와의 제안을 머릿속으로 검토했다. 그러고는 잠시 후에 "아니, 역시 안 돼! 글러 먹었잖아" 하고 큰 소리를 질렀다.

"어디가 글러 먹었는데?" 구로사와의 표정에는 아무 변화가 없었다.

"저기, 첫 단추부터 잘못 끼웠다고. 들어 봐, 정리할게. 넌 일단 인질 농성 사건을 일으켜서 뉴스로 내보낸다고 했어."

"그러면 네가 옴짝달싹 못 하는 상황이라는 걸 이나바가 이해할 테니까."

"그리고 나는 여기 있으면서 이나바의 전화가 오면 통화를 하라고 했잖아."

"그러면 위치 정보를 검색해도 의심받지 않겠지. 그러다 이나바의 위치를 역탐지한 후에 출발하면 돼."

"너 좀 모자라냐?"

"어떤 의미에서?"

"이봐, 인질 농성 사건을 일으키면 경찰이 이 집을 둘러쌀 거야. 그러니까 뉴스도 되겠지. 아니야?"

"그렇겠지."

"그런 상황에서 나보고 어떻게 나가라는 거야. 이나바가 어디 있는지 판명돼서 좋아 가자, 하고 밖에 나가는 순간 끝장이야. 경찰에 체포된다고."

"아아, 그런 뜻이었구나."

"그런 뜻이었구나는 개뿔. 장난치냐? 결국 글러 먹었잖아."

"미안해." 구로사와는 사과했다.

"사과를 받고 싶은 게 아니야. 도둑 따위한테 기대한 내가 잘못이지. 젠장."

"내가 사과한 건 설명이 부족했기 때문이야."

"설명?"

"그래. 잘 들어, 인질 농성 사건은 일으킨다. 다만 인질범은 네가 아니야."

"지금 이 집을 점거하고 있는 건 난데?"

"여기 말고 다른 곳에서 사건을 일으켜야지."

뭐라고?

"옆집에서 말이야."

243

우사기타가 모는 차는 드디어 정체 구간을 빠져나왔다. 교차로를 하나 건너자 차량의 흐름이 바뀌어, 쌩쌩 달릴 정도는 아니었지만 주행이 원활해졌다. 우사기타는 이제 됐다는 듯이 가속 페달을 밟고 차선을 좌우로 이동하며 앞으로 앞으로 나아갔다.

기다려, 와타코 짱, 지금 갈게, 하고 외칠 듯한 기세다.

이제 서두르다 사고가 나지 않기만을 바랄 뿐이지만, 아직 사건의 이면에서 일어난 일을 다 설명하지 못했다. 마무리를 지어야 마땅하리라. 그사이에도 우사기타는 와타코 짱을 구하기 위해 필사적으로 차를 몰고 있다는 걸 잊지 말기를.


구로사와와 마주 보고 이야기하던 우사기타는 미간에 주름을 더 깊이 잡았다. "잠깐만. 옆집? 거기서 인질 농성 사건이 일어난다고? 거기 누가 있는데?"

"아무도 없어."

"엉망진창이군. 야, 지금 자기가 무슨 말을 하고 있는지는 알아?"

"들어 봐, 난 원래 이 집의 옆집에 있었어. 빈집털이 일의 일환으로 금고를 열려고." 구로사와는 옆집이 있는 방향으로 턱을 내밀고 "저 집에 사는 사람에 대해 아는 거 있어?" 하고 유스케와 어머니에게 물었다.

유스케와 어머니는 리듬을 맞추어 고개를 저었다. "예전에 살던 사람이 나가고 다른 사람이 샀다는 이야기는 들었지만, 본 적은 거의 없네요."

　"아무래도 사기꾼인가 봐."

　"사기꾼?"

　"분야는 노인 등쳐 먹기. 멀리 여행을 가서 집을 비웠다기에 잠깐 실례했지."

　"멀리라니, 어디로 갔는데요?"

　"우주 저편으로."

　"야야, 장난치지 말라니까."

　"아무튼 저 집에는 아무도 없어."

　"아무도 없는 집에서 인질 농성 사건이 일어난다고?"

　"엄밀히 말하자면 안 일어나. 그러니까 일으켜야지."

　"사건을 일으킨다?"

　"사건이 일어난 것처럼 꾸미면 돼. 옆집에서 경찰에 신고를 해. '낯선 남자가 침입해서 묶여 있다' 운운하면 되겠지. 휴대전화로 거는 게 좋겠어. 예컨대 경찰이 그 전화의 기지국 정보를 조사하면 저 집에서, 뭐 이름은 뭐든지 상관없겠지만 가령 사토라고 할까, 사토 씨 집에서 전화가 왔다고 판단하겠지."

　"옆집 주인의 진짜 이름은 뭘까요?" 유스케가 질문했다.

　"노인을 속여서 돈을 빼앗는 일을 했으니 진짜 이름은 있어도 없는 셈이었겠지. 통장 명의도 제각각이었어. 그러니까 잠깐은 속일 수 있지 않겠어? 경찰은 인질 농성 사건이 발생한 집의 정보를 수집하려고 할 거야. 주된 정보는 부동산이나 세무서에서 얻겠지만, 제일 간단히 귀에 들어오는 건 근처 주민들의 이야기지. 누군가가 저 집의 사토 씨네는 부모 자식 세 명이서 산다고 증언하면 결국은 들통날지언정 한동안은 속을걸."

"누가 증언하는데요? 그것보다 그, 누가 저 집에서 범인 역할을 하나요?"유스케가 질문하자 우사기타도 적절한 질문이었다는 듯이 고개를 끄덕였다.

"내게 끈이 있어." 구로사와의 머릿속에는 물론 이마무라와 나카무라가 있었다. 이마무라와 나카무라 그리고 이마무라와 동거하는 오니시 와카바에게 부탁하면 나름대로 도와주지 않을까 예상했다. 직업상 꼬리를 잡히지 않을 휴대전화를 몇 개 가지고 있다는 기억도 났다. 그 남자들에게 빚을 지다니 영 내키지 않았지만, 그 점에만 눈을 감으면 큰 지장은 없다. "이나바에게는 차질이 좀 생겨서 인질을 잡고 틀어박힐 수밖에 없었다고 설명해."

"잠깐만 아직 잘."

"그렇지만 방책이 있으니 오리오오리오는 확실히 데려가겠다고 주장해. 그러면 저쪽은 기다릴 수밖에 없을 거야. 적어도 당장 네 아내에게 손을 대지는 않겠지."

이나바는 이미 와타코 짱에게 폭력을 휘둘렀으므로 벌써 손을 댔다고도 할 수 있지만, 한다하는 구로사와도 거기까지는 상상을 못 했다.

"옆집에서 사건이." 수업에서 들은 내용을 집에 가서도 잊어 버리지 않도록 머릿속으로 정리하는 학생처럼 우사기타는 중얼 중얼했다. "그리고 나는 여기에 머문다."

"이나바는 뉴스에 나오는 집에 네가 있을 거라고 믿겠지."

"그다음은?"

"내가 오리오오리오인 척 경찰에 접근해서 역탐지 정보를 손에 넣을 거야. 그걸 네게 메일로 보내 줄게."

"저기, 저랑 유스케는." 유스케 어머니가 갑자기 목소리를 높여 끼어들었다.

"왜 그래? 할 말이라도 있어?"

"저희는 어떻게 하면."

"어떻게든 저떻게든 당신들 하고 싶은 대로 해. 여기는 당신들 집이니까."

"하지만, 저, 그건."

"그거? 아아, 시체?"

굳이 그렇게 직접적인 표현을 쓸 것까지야 없지 않느냐는 듯이 어머니와 유스케는 비통한 표정을 지었지만, 물론 구로사와가 마음을 써 줄 리는 없다.

"경찰에 솔직하게 말하는 게 제일 낫겠지. 애당초 네가 오리오오리오를 넘어뜨려서 죽였을 때 바로 그래야 했어. 하지만 아직 늦은 건 아니야. 그나저나 집에 시체를 가져와서 뭘 어쩔 생각이었어? 왜 그런 짓을?"

"그건." 어머니가 핏기 없는 얼굴로 말했다. "그건."

"그건 뭐?"

"아들을, 유스케를 지키고 싶어서요."

우사기타가 "뭐야 그게" 하고 어처구니없어했다. 배달된 광고 우편물을 귀찮다는 듯 찢어 버리는 것처럼 냉담한 반응이었다. "귀한 아들이니 살인도 없었던 셈 치자고? 그런 게 용납될 것 같아?"

"그런 생각은 아니었어요. 그저 어떻게든 하고 싶어서." 그녀를 움직인 건 아들이 측은하다는 마음뿐이었다. 아무에게도 폐를 끼치지 않도록 성실하게 살아왔건만 이런저런 일에 휘말려 불똥이 튀었고, 바라지 않는 일을 받아들여야 했다. 기다리다 보면 대역전극이 펼쳐질 것이라는 분에 넘치는 소망은 품지 않았지만, 언젠가는 보상을 받을 것이라는 마음으로 남편의 지배를 견뎌 왔다. 그 결과가 이거냐고 낙담했음이 틀림없다. 유스케가 "사람이 죽었어" 하고 연락했을 때 그녀는 이제 다 끝났다고 각오를 다졌다. 직설적으로 말하자면 이제 그만 인생을 끝내자고 생각했다. 그러므로 그다음 행동은 최소한의 저항, 인생에 대한 복수라고 해도 될 것이다. 밑져야 본전이니 할 수 있는 만큼은 해 주겠다는 심정이었다.

"높은 곳에서 떨어뜨리면 사인을 속일 수 있지 않을까 싶었어요." 어머니는 떨리는 목소리로 이야기했다. "예를 들어 우리 집 2층이라든가."

"높은 곳에서? 멍청하기는." 우사기타가 무시하는 투로 대꾸했다.

"2층에서 떨어져서 뒤통수를 찧은 걸로 위장할 생각이었나." 구로사와의 말투는 냉정했다. "하지만 설명하기 힘들 텐데. 왜 오리오오리오가 이 집 2층에서 떨어지지?"

"도둑이라고 둘러대는 것도 좋겠네요. 집에 숨어들려고 하기에 제가 순간적으로 떠밀어 버렸다든가."

"도둑에게 어울리는 최후일지도 모르겠지만." 구로사와는 자조하듯이 말했다. "다만 경찰이 그 말을 믿어 줄 것 같지는 않아. 검시도 할 테고 말이야."

"들통나면 들통나는 거죠. 어쩌겠어요. 하지만 두고 보자, 그 정도는 해 줄 테다, 라는 마음이었어요."

구로사와의 눈에 어머니가 갑자기 커진 것처럼 보였다. 눈동자에서 공포심이 사라지고, 닥치는 대로 물어뜯어서라도 아들을 지키겠다는 의지가 불타올랐다.

"경찰한테 솔직하게 털어놓는 게 최선책이야." 섣불리 꼼수를 쓰면 죄가 무거워진다. 일이 터졌을 때 바로 경찰에 신고했다면 오리오의 폭력을 막으려다 과잉방위를 한 것으로 받아들여질 가능성도 있었다. "뭐, 지금도 늦지는 않았겠지. 경찰에 신고하도록 해."

어머니는 결심이 서지 않는지 말을 어물어물 흐렸다. 죗값을 치르기가 무섭다기보다 변변치 못한 인생길을 따라가기를 망설이는 것처럼 보였다.

구로사와는 "그럼" 하고 감정이 담기지 않은 목소리로 말했다. "그 방법을 응용해야겠군."

"응용한다고요?"

그 후에 구로사와는 나카무라에게 전화를 걸어 무슨 역할을 맡아 줬으면 하는지 설명했다. 나카무라는 "왜 우리가 그 시체와 함께 있어야 하는데. 역겨워" 하고 일단 거부반응을 보였다.

"언젠가 너도 시체가 돼. 역겹다느니 그런 소리 하지 마."

"그거랑 이건 달라. 그리고 나도 언젠가 시체가 된다느니 그런 무서운 소리는 삼가 줘."

"아무튼 마지막에는 그 시체를 집 위에서 떨어뜨리면 돼. 도주를 포기한 범인이 자포자기해서 뛰어내린 것처럼 보이도록."

"야야, 구로사와. 일이 그렇게 잘 풀릴까?" 나카무라가 그렇게 말한 것도 당연하다. 사인과 사망 추정 시각을 자세히 조사하면 허점이 드러날 가능성이 높다.

"잘 안 풀릴지도 모르지."

"정말이지 어디까지 진심이냐." 나카무라가 한숨을 쉬었다.

"결국 검시에서 들통날걸. 그때는 큰 소동이 벌어질 거야. 그래도 사건을 마무리하기에는 딱 좋은 방법이지."

"잠깐, 확인하겠는데 나랑 이마무라는 그 집에서 인질범으로서 경찰과 대화를 하면 되는 거지?"

"그래. 넌 범인 역할, 이마무라가 인질로 잡힌 젊은이 역할을 맡으면 어떨까. 다만 일가족 세 명을 인질로 잡은 걸로 해 줘."

"세 명? 어째서?"

"만에 하나 뉴스에서 인질의 숫자와 성별이 보도됐을 때를 대비해서."

우사기타가 이미 이나바에게 "아버지와 어머니, 스무 살이 넘은 아들이 있어" 하고 정보를 전달했기 때문이다. 이나바에게는 텔레비전에서 방송되는 인질 농성 사건 현장에 우사기타가 있다는 착각을 심어 주어야 한다. 인질의 숫자와 구성이 다르면 의심받으리라. 그리고 우사기타는 자신과 싸우다가 목을 다쳐 목소리가 잠겼으므로 가능하면 그런 척해 달라는 부탁도 했다.

"구로사와, 경찰 앞에서 오리온자리 그림을 그리겠다는 거야? 정말이지 그런 짓을 했다가는 불호령이 떨어질걸. 아마도 경찰은 눈앞에서 오리온자리를 그리는 걸 제일 싫어할 테니까."

"그렇겠지."

"그런 시답잖은 설명을 경찰이 믿을 것 같아?"

"오리온자리와 모양이 비슷한 장소를 몇 군데 골라서 주소 목록을 만들 거야. 사기꾼의 금고에서 꺼낸 피해자 목록이 있잖아. 그걸 가공해 볼게. 설령 경찰이 전화를 건다고 해도 사기 피해자인 건 확실하니까 그럴듯하게 느껴지겠지. 바로 모두 다 확인하지는 않을 테고."

"와카바도 맡을 일이 있나?"

"될 수 있으면. 여러 역할을 맡아야 할지도 모르겠어. 예를 들면 근처 주민 역할. 경찰은 범인이 점거한 집의 정보를 알아내기 위해 주변에서 탐문 수사를 할 거야. 그때 근처 주민인 척하고 사토 씨네 집에 관한 가짜 정보를 경찰에게 전달해 줬으면 해. 그리고 내가 숨은 곳을 신고하는 역할도."

"네가 숨는다고?"

"오리오오리오가 되어서. 범인은 경찰에게 오리오오리오를 찾으라고 요구할 거야."

"내가 요구하라는 거지?"

"응. 네가 경찰한테 요구해. 내 사진을 나중에 찍어 봐. 언뜻 보기에 비슷하다고 느껴질 정도로만 찍으면 되겠지. 그걸 경찰에게 보내고 이자가 오리오오리오니까 찾아내라고 하면 돼. 그 후에 내가 바로 발견되면 어쩐지 수상쩍잖아. 적당한 시기를 봐서 오니시 와카바가 저기 수상한 사람이 있다고 신고하면 그럴 싸하겠지."

"결국은 경찰이 돌입할 거 아냐. 시체를 2층에서 내던진 후에. 그때 인질은 나랑 이마무라 두 명인 셈인데 가족이 세 명이라고 설명하면 '엇, 어머니는 어디 있지?' 하고 의심하지 않을까?"

"의심할지도 모르지."

"뭐 어쩌라는 거야."

"범인이 명령했다고 해. 경찰한테 허위 정보를 주라고 시켜서 그랬다고 둘러대든가. 그 부분은 적당히 알아서 해." 그렇게 말하다가 구로사와는 조금 불안해져서 "무리가 있으려나?" 하고 갑자기 친구끼리 대화하는 투로 말했다.

"뭐, 범인에게 위협당해 그렇게 말할 수밖에 없을 때도 있을 테지. 아예 말도 안 되는 소리는 아니야."

"그거 다행이군."

"하지만 다른 문제가 있어."

"다른 문제?"

나카무라가 혀를 찼다. "그다음에 경찰이 우리를 데려갔다고 치고."

"인질 농성 사건의 인질로서."

"그 집 사람이 아니라는 것쯤은 금방 들통날 거야. 그럼 의심받지 않겠어?"

"의심받는 건 싫나?"

"난 앞으로도 센다이에서 살 생각이야. 살기 좋은 곳이거든. 경찰에 찍히면 곤란해."

"살기 힘들어지겠군."

"너야 우리가 어찌 되든 알 바 아니라는 생각이었겠지만."

"그렇게 마음 아픈 소리 하지 마."

"야, 국어책도 그렇게는 안 읽겠다. 마음 아픈 게 대수냐, 이쪽은 엄청 힘들어진다고."

"그럼 그걸 사용하면 되지. 최근에 제복을 많이 장만했다면서."

"제복?"

"위장용 경찰 제복이나 피자집 배달부 유니폼 같은 거 말이야. 기동대원 복장은 없어?"

"그걸 어떻게 아는 거야?"

"가지고 있나?"

"요즘은 인터넷 쇼핑몰에서 뭐든지 살 수 있어. 깜짝 놀랄걸, 구로사와. 실드까지 구입했다니까."

"실드?"

"방패 말이야, 방패. 어디까지나 위장용이니까 그럴듯해 보이는 걸 사려다가 거의 진짜나 다름없는 걸 사 버렸어."

"진짜가 나을 텐데."

"무거워." 나카무라는 등에 방패의 무게가 느껴지는 것처럼 어깨를 움츠렸다. "난 모양새만 그럴듯하면 상관없었어. 그런데 쇼핑몰 사이트가 글씨를 알아보기 힘들어서 말이야."

"무게를 확인 안 했나?"

"배달을 온 택배 기사도 힘들어 보이더라."

"딱하군."

"하지만 구로사와, 기동대원 복장은 써먹을 수 있어. 그렇지? 왜, 기동대원 차림을 한 범인이 돌입한 기동대원들 사이에 섞여 달아나는 장면이 영화에 자주 나오잖아. 그러니까 써먹을 수 있을 것 같더라고." 나카무라는 말을 마친 후에야 이해한 듯했다. "아아, 과연 그렇구나."

"그래. 영화에 자주 나오는 그 패턴을 활용하면 돼. 그러기 위해서라도 시체를 위에서 떨어뜨려야 해. 상황이 급하게 전개돼서 큰 소동이 벌어지면 경찰도 혼란스러울 테니 섞여 들기가 쉽겠지."

"하지만 우리가 기동대원 복장으로 밖에 나가면, 범인이 뛰어내린 후에 인질이 자취도 없이 사라진 꼴이 될 텐데."

"그렇겠지."

"경찰이 와서 조사하면 애당초 빈집이었고, 2층에서 떨어져서 죽었다고 추정된 범인도 그 시각 이전에 죽었다는 게 밝혀질 거야."

"잘 조사하면 말이지."

"조사할걸. 그런데 그럼 좀 개운하지 못하지 않을까?"

"개운하지 못하다니 누가?"

"누구기는, 뭐 이 사건에 대해 알게 된 사람들이지. 인질은 어디 있냐! 이 시체는 뭐냐! 그럴 것 아니야. 경찰도 잘 설명할 수 없어서 답답하지 않겠어?"

"경찰이 답답하면 우리도 답답한가?"

"뭐, 그렇지는 않지."

"아무에게도 민폐를 끼칠 일 없어."

확실히 그렇지만, 하고 나카무라는 중얼중얼했다. "그런데 그 집 가족은 어떻게 되는 거야?"

"가족?"

"구로사와, 넌 만사를 다 파악한 것 같을 때가 있는가 하면, 자기 이름조차 모르는 것 같을 때도 있어. 괜히 딴청 부리는 건 아니겠지. 시체를 조사하면 그 집 어머니와 아들은 재미없을 텐데."

"제대로 조사하면 말이지."

"우리랑 달리 놈들은 제대로 조사한다니까. 몇 번이나 같은 말 좀 하게 하지 마. 그러면 뭔가 처벌을 받을 것 아니야."

오리오오리오가 시비를 걸어서 몸을 지키기 위해서였다고는 하나, 순간적인 실수로 사람을 죽인 것은 틀림없는 사실이며 그 사실을 고의로 은폐하려고 했으니 처벌은 받게 될 것이다.

"어쩔 수 없어. 원래 나왔어야 할 결과가 나오는 것뿐이야. 하나 아들 쪽에도 동정할 만한 여지가 있으니 재판에서 약간은 정상을 참작해 주지 않을까."

"제대로 재판을 한다면 말이지."

"우리랑 달리 제대로 할 거야. 아무튼 어머니도 아들도 그쪽은 체념한 것 같아. 될 대로 되라는 거지. 그리고 의욕적이야."

"뭐에?"

"이번 작전에." 구로사와는 그렇게 말한 후 '작전'이라는 단어에서 어쩐지 초등학생이 만드는 비밀 기지와 비슷한 유치함이 배어난다는 것을 깨달았다.

"자포자기했는지도 모르지." 나카무라가 한숨을 쉬었다. "아들이 사람을 죽인 것도 모자라 총을 든 남자가 집에 쳐들어왔고, 덤으로 뻔뻔한 도둑까지 끼어들었으니 오본*과 설날이 한꺼번에 찾아온 셈이야."

"총을 든 오본과 2층으로 들어오는 설날이라."

"뭐, 나도 기분이 이해가 안 되는 바는 아니야." 나카무라가 갑자기 말투를 확 바꾸어 그런 소리를 했다.

"무슨 뜻이야?"

"그 집 아버지도 몹쓸 인간이라며. 서바이벌 게임을 좋아하는."

"서바이벌 게임에 죄는 없어. 나는 오히려 동물이 지닌 공격성을 그런 식으로 발산하는 건 건전하다고 보는데."

"구로사와, 너 전에도 그런 소리를 했었지. 공격성을 잘 발산시키랬나 뭐랬나."

갈등이 빚어질 요소가 적은 환경에서 아이를 따뜻하고 다정한 인간으로 키우면 공격성 없이 온화한 인간으로 성장하지 않을까 싶어 실험해 보니, 실제로는 그 반대로 약간의 자극에도 공격적인 반응을 보이는 인간이 되고 말았다. 그러한 해외의 실험 결과를 구로사와는 가끔 입에 담는다. 즉, 인간은 물론이고 동물은 공격성을 타고나므로, 공격성을 없애는 것이 아니라 잘

---

✢ 한국의 추석과 비슷한 일본의 최대 명절.

발산시켜서 조절하는 것이 중요하다.

"하지만 그 집 아버지는 집에서도 에어건으로 가족을 쐈다고 하니까." 공격성을 너무 많이 발산했다고도 할 수 있다.

"정상이 아니야. 그딴 집에 살면 하루하루가 어두운 터널을 터벅터벅 걸어가는 기분일걸. 한없이 이어지는 좁고 어두운 터널 말이야. 인생이 끝날 때나 돼서야 간신히 빠져나올 수 있겠지. 그럴 바에는 좀 난폭하게 터널 벽을 뚫고 밖으로 나오는 편이 나아. 오본과 설날을 계기로."

"과연. 그래서 그랬나."

"그래서 그랬다니?"

"우사기타에게 차를 빌려줄 때도 묘하게 속 시원해하는 눈치였어. 담담하다기보다는 꽤나 적극적이었지."

저희 차를 타고 가세요. 눈빛에 평정심이 없기는 했지만, 어머니는 단호한 말투로 그렇게 제안했다.

저희는 집에서 좀 떨어진 곳에 차를 대고 기다리고 있을게요. 출발할 때 거기로 오세요. 저희 차를 사용해도 괜찮아요, 라고.

아들 유스케는 한순간 놀랐지만 바로 "예, 그렇게 하세요" 하고 고개를 끄덕였다.

와타코 짱이 어디 있는지 알아낸 후 최대한 빨리 가고 싶은 우사기타 입장에서는 이동 수단을 어떻게 마련할지가 큰 문제였으므로 유스케 어머니의 제안이 고맙기 그지없었겠지만, 너무나 시원시원하게 말한 탓인지 선뜻 수락하기가 힘든 모양이었다.

"저희 차, 남편이 정말로 아끼는 물건이에요." 어머니는 이런 말도 했다. 차에 탈 때는 신발을 벗어야 하고, 세차를 제대로 못 했다며 욕하고 폭력을 휘두른 적도 한두 번이 아니므로 가족보다 차를 아끼는 것이 틀림없다고.

"그럼 미안한데. 난 아주 급하거든."

"그게 왜요?"

"꽤 거칠게 운전할 거니까 흠집이 날지도 몰라."

"예, 괜찮아요." 어머니의 목소리가 들뜬 듯이 들린 것은 우사기타의 착각이 아니었다. 실제로 그녀는 즐거움을 느끼며 진심으로 말했다. "실컷 부숴도 돼요."

그때 어머니의 휴대전화에 전화가 왔다.

우사기타는 휴대전화를 집어 화면을 확인하고 "또 아버지네" 하고 말했다.

구로사와는 그 순간 어머니의 얼굴이 새파랗게 질린 것을 알아차렸다. 지금의 이 특이한 상황보다 남편을 더 두려워하는 것처럼 보이기도 했다.

"전화를 받는 편이 나을까?" 우사기타가 지시를 바라듯이 묻기에 구로사와는 쓴웃음을 지었다. "뭐, 일단 통화를 시키는 편이 낫겠지."

우사기타는 고개를 끄덕이고 통화 버튼을 누른 다음 어머니의 얼굴에 전화를 갖다 댔다. 지금까지의 흐름상 동료 의식이 싹트기라도 했는지 쓸데없는 소리는 하지 말라는 주의도 주지 않았다.

어머니는 휴대전화에 귀를 대고 "예, 예, 죄송해요" 하고 사과했다. 아까 "나중에 다시 걸겠다"고 해 놓고서 아무 연락도 없자 아버지가 화난 것이리라. 설마 가족이 이런 처지인 줄은 꿈에도 모르겠지, 하고 생각하며 구로사와는 그녀를 바라보았다.

계속 사과만 하느라 힘들겠군.

구로사와가 동정하는 마음을 먹은 것과 거의 동시에 어머니의 목소리가 갑자기 커졌다.

"여보, 깜짝 놀랄걸요!" 그녀가 180도 표변한 태도로 말했다. "단단히 각오해요."

전화 저편의 아버지도 놀랐는지 "얼씨구. 뭐 잘못 먹었어?" 하고 의아하다는 목소리로 말했다.

"엄청난 일이 벌어질 거예요." 어머니는 이제 유쾌해 보이기까지 했다. 그리고 "하지만" 하고 덧붙였다.

하지만 지금 이대로 지내는 것보다는 훨씬 낫겠죠, 라고.

그 이야기를 들려주자 나카무라는 표변할 만도 하네, 하고 쓴웃음을 지었다.

"더 일찍 그랬어야지. 태도를 바꾸어 대항해야 했어." 구로사와는 어깨를 으쓱했다. "좋아, 잘 들어. 네가 경찰과 협상할 때 어떻게 해야 하는지 한 번 더 확인할게."

구로사와는 경찰과 주고받을 예상 문답을 적은 종이를 보면서 공부를 못하는 아이에게 수업하듯이 절차를 설명하기 시작했다.

이 정도면 흰토끼 사건의 개요를 대부분 설명했다고 할 수 있지 않을까. 물론 아직 보충이 더 필요한 부분도 있겠지만, 우사기타가 모는 차가 센다이항 근처 고가고속도로 밑으로 뻗은 현도를 통과해 어두운 도로로 들어선 모양이니 일단 여기서 사건의 이면에 대한 설명은 끝내겠다.

그의 앞쪽, 앞 유리창 너머로 밤하늘이 펼쳐졌다.

거의 검정에 가까운 남색, 짙은 쪽빛 하늘에는 크기가 다양한 점이 몇 개 흩어져 있었다. 한층 밝게 빛나는 삼형제별을 보면 하늘에 오리온자리가 그려져 있다는 것을 알아차리겠지만, 우사기타는 그럴 경황도 없이 운전대를 꽉 움켜쥐고 차를 오로지 앞으로 앞으로 달릴 뿐이다. 무기를 들고 밤하늘에 몸을 숨긴 용맹한 오리온이 우사기타를 격려하고 있다. 우사기타가 가속페달에 얹은 발에 힘을 꽉 주었기 때문은 아니지만, 이야기도 끝을 향해 가속되어 간다.

종반의 무대는 센다이항 근처 창고, 이나바와 두 부하가 여전히 와타코 짱을 괴롭히고 있는 바로 그곳이다.

"네 남편은 어떻게 된 걸까. 연락도 없고, 움직이는 낌새도 없네." 이나바는 그렇게 말하며 와타코 쨩에게 다가가 걷어차는 시늉을 했다. "이건가, 뛰어내렸다는 이 범인이 우사기타야?" 이나바는 뉴스가 나오는 노트북을 가리키면서 가까이 있는 두 부하에게 물었다.

부하들은 글쎄요, 하고 애매하게 대답하는 것이 고작이었다.

범인이 2층에서 뛰어내리자 인질 농성 사건은 걷잡을 수 없이 급작스러운 전개를 보였다. 뉴스에서 리포터가 흥분한 듯 눈을 번뜩이며 "쿵 하고 커다란 소리가 났습니다!" 하고 외쳤다. "그 후 소리가 흡수되기라도 한 것처럼 잠잠히" 하고 다양한 표현을 구사하여 당시의 체험을 전달했다.

와타코 쨩은 상황을 제대로 파악하지는 못했으나 우사기타에게 무슨 일이 생겼는지도 모른다는 찜찜한 분위기는 느꼈으므로 걱정이 이만저만 아니었다. 온몸을 얻어맞아 아픈 것도 잊고 다카노리 군이 무사하기만을 몇 번이고 빌었다.

조금 전에 이나바가 우사기타에게 전화를 걸었지만 그때는 받지 않았다. 규칙상 원래는 전화를 받지 않은 시점에 아웃이므로 와타코 쨩에게 위해를 가해야 마땅했지만, 일단 상황을 파악하기로 했다. 그러는 사이에 범인이 뛰어내렸다는 뉴스가 흘러나왔다.

"어떻게든 오리오오리오를 데려갈 테니 기다리라고 했지만 결국 어쩔 도리가 없어서 2층에서 뛰어내린 거야. 이제 네가 어찌 되든 상관없다는 생각이었는지도 몰라. 귀찮은 일은 전부 내팽개치고 혼자 확 죽어 버리자 그거지."

"그렇지." 와타코 짱은 부은 입술을 움직여 쉰 목소리를 쥐어짜 내 말했다. "그렇지 않아요."

"하지만 뛰어내렸다고 하잖아."

어떻게든 탈출하려고 그랬던 것 아닐까. 시간이 흐르면 흐를수록 내가 위험해지니까 고심한 끝에 2층으로 나가려고 했던 것 아닐까. 다카노리 군은 힘껏 점프하면 둘러싸고 있는 경찰을 뛰어넘을 수 있다고 생각했을지도 모른다. 그렇게 단순하고 호쾌한 면이 있는 사람이니까. 와타코 짱이 띄엄띄엄 그렇게 주장하자 이나바는 일소에 부쳤다. "그렇다면 등신 중에 상등신이지."

우사기타가 약속을 지키지 않은 이상 이나바는 와타코 짱에게 더 이상 볼일이 없었다. 도쿄로 데리고 돌아갈 필요도 없다.

부하들에게 좋을 대로 가지고 놀다가 싹 다 정리하라고 명령하면 알아서 할 테니, 그 일 자체는 걱정거리가 아니었다. 중요한 건 오리오오리오 문제가 해결되지 않았다는 점이다. 시간은 멈추지 않는다. 송금 기한이 다가온다.

우리끼리 센다이 시내를 찾아다니는 수밖에 없나? 하지만 어떻게.

이나바는 마지막으로 한 번만 더, 라는 기분으로 노트북에 다가가 우사기타의 스마트폰 위치 정보를 검색했다. 지도가 사라졌다가 다시 표시되기를 기다렸다. 잠시 후에 그는 "오" 하고 목소리를 냈다.

"왜 그러십니까?"

"우사기타가 조금 이동했어. 아까 전에도 약간 움직인 것 같더니만, 이번에는 더 많이 움직였네."

"뛰어내렸으니까 구급차에 실려 가고 있는 것 아닐까요?" 겉보기보다 머리 회전이 빠른 부하 하나가 그렇게 말했다.

이나바의 머릿속에서도 그 가능성이 고개를 쳐들었지만 뉴스를 보건대 아직 현장에서 범인이 실려 나간 낌새는 없었다. 매스컴에게 범인이 들것으로 운반되는 모습은 영구히 보존할 가치가 있는 명장면일 테니, 만약 그런 장면을 포착했다면 좀 더 야단법석을 떨었으리라. 리포터는 시청자의 눈을 잡아 놓을 후속타가 없어서 애가 타는 것처럼 보였다.

그렇다면 우사기타는 보도되지 않는 형태로 현장에서 멀어지기 시작했다는 뜻이다. 아니면 전화만 이동한 건가?

우사기타가 가진 스마트폰에 전화를 걸었다. 고요한 창고에 통화 연결음이 메아리쳤다. "안 받으면 이제 우사기타는 틀렸다고 봐야지. 멍청한 토끼는 잊어버리고 내 힘으로 오리오오리오를."

그렇게 말했을 때 상대가 전화를 받았다.

"아, 예." 잠긴 목소리로 작게 대답했다.

"우사기타?"

"예, 이나바 씨." 대답한 건 알다시피 우사기타가 아니다. 그 스마트폰은 구로사와가 가지고 있으므로 대답도 구로사와가 했다. 하지만 이나바는 전혀 의심 없이 "이봐, 지금 어디야? 아까는 왜 전화 안 받았어? 어떻게 된 거야. 보고해" 하고 추궁하듯이 말했다.

그 말을 들은 와타코 쨩의 얼굴에 안도의 빛이 떠오른 건 독자들에게도 알려 둬야겠다. 다카노리 군은 무사하다고 안도했다.

"간신히 도망쳤습니다." 구로사와는 그렇게 말했다.

"그렇군." 이나바는 노트북 화면을 확인했다. 우사기타의 위치는 방금 전과 별 차이가 없는 듯했다. 현장인 단독주택에서 약간 떨어진 곳이다. 이나바는 어떻게 빠져나왔는지 물어보려고 하다가 그만뒀다. 어떻게 도망쳤는지는 중요하지 않다. "오리오오리오는? 찾았나?"

"아마 문제없을 겁니다." 구로사와는 목소리가 잠긴 척하는 것도 이제 지겨워졌다.

"문제없다고? 짚이는 곳은 있는 거지?"

"찾아내자마자 최대한 빨리 그쪽으로 갈게요."

"서둘러. 아니면 정말로 네 소중한 아내는."

"별님이 될 테니까." 방심한 것은 아니지만 그만 평소 말투로 대답하고 말았다.

이나바도 위화감을 느끼고 "뭐라고?" 하고 되물었다. 하나 우사기타 말고 다른 사람이 전화를 받을 줄은 꿈에도 몰랐으므로 정말로 우사기타냐고 의심하지는 않았다. 우사기타가 무슨 충격을 받아 태도가 이상해진 것 아닌가 미심쩍어한 정도다. "이봐, 괜찮나?"

"오리오오리오는 분명 금방 찾아낼 수 있을 거야. 어디로 데려가면 되지?"

말본새가 그게 뭐냐고 화내고 싶지만 시간이 아깝다.

우리가 있는 창고의 위치를 슬슬 가르쳐 줘도 되지 않을까 싶어 이나바는 말을 꺼내려다가 입을 딱 다물었다. 우사기타의 말투가 어쩐지 반항적이라, 왜냐하면 실은 구로사와이기 때문이지만, 방심은 금물이라고 판단했다. 아직 주도권은 이쪽이 쥐고 있는 편이 낫겠다는 생각이었다. 과연 감이 예리하고 신중한 인물이라 할 만하다.

"10분 후에 전화할게. 그때까지 오리오오리오를 찾아 놔. 그럼 어디서 만날지 알려 주지."

"10분."

"10분 안에 어떻게든 해, 알겠어? 아니면 이 여자는."

"별님이 되겠지."

"뭐라고?"

"아니, 아무것도 아니야."

"이봐, 우사기타. 아주 여유가 넘치는걸."

"알았어. 10분 후랬지. 그때까지 오리오오리오를 찾아 둘게, 이나바 씨." 한 박자 쉬었다가 일부러 강조하듯 "반드시" 하고 덧붙였다.

상대가 일방적으로 전화를 끊자 이나바는 화가 났다. 통화를 끝낼지 말지 전화를 끊을지 말지는 내가 결정한다, 자기가 어떤 입장인지 모르는 거냐, 하고 중얼거리다가 말이 나온 김에 생각났다는 듯이 와타코 짱을 걷어찼다. 걷어찼다고만 쓰면 대수롭지 않게 느껴질지도 모르지만, 와타코 짱은 이미 온몸이 시퍼렇게 멍들었고, 방금 구두 앞코에 찍힌 부분에도 심한 통증이 몰려와 입에서 처절한 비명이 터져 나왔다. 실로 끔찍하지만, 여기서는 굳이 무미건조하게 찼다고 서술하고 넘어가기로 하겠다.

"상황은 어떻습니까?" 부하 중 한 명이 물었다. "우사기타가 살아 있나요?"

이나바는 고개를 돌려 부하를 노려보았다. "그런가 봐. 일단 경찰 손에서는 달아난 모양이야."

와타코 짱은 아파서 표정을 일그러뜨리면서도 얼굴을 휙 들었다.

"오리오오리오는요?" 다른 부하가 물었다.

"찾아내겠다는군."

이나바는 와타코 짱을 내려다보며 "너, 표정 한번 볼만하다" 하고 웃었다. "힘이 없다는 건 비극이야. 원망할 거면 네 무력함을 원망해."


여기까지는 우사기타의 의도대로 일이 진행되었다고 해도 되리라. 아직 '노스타운'에 있다는 착각을 심어 놓고 이나바 패거리가 있는 장소로 이동하여 갑자기 나타난다. 왜 여기 있느냐며 상대가 사태를 파악하지 못해 혼란스러워하는 사이에 총을 꺼내 한두 방 쏴서 제압한다. 고통으로 몸부림치는 이나바 패거리는 거들떠보지도 않고 와타코 짱을 구해 떠난다. 그것이 우사기타가 머릿속으로 그린 그림이었다. 상대의 허점을 파고드는 것이 전부인 작전, 작전이라기에는 너무나 엉성하지만, 아무튼 기습이 이 작전의 핵심이었다.

우사기타는 이미 구로사와가 알려 준 주소 근처에 도착했다.

늘어선 창고 몇 개 중에 한 군데에서만 불빛이 새어 나오는 것을 보고 여기에 와타코 짱이 있을지도 모르겠다고 짐작했다. 어김없는 정답, 이나바 패거리와 와타코 짱은 바로 그 창고에 있다.

아내를 인질로 잡혀 오리오오리오를 찾아내야 했지만, 오리오오리오가 이미 죽었음이 판명되었을 때 우사기타는 이제 끝장이라고 절망했다. 오셀로에 비유하면 게임판 위의 말이 거의 다 이나바 패거리의 색깔로 바뀌어 항복도 시간문제였지만, 이제는 게임판 위의 상황이 꽤 많이 달라졌다.

기사회생, 내 말이 더 많아졌으니 앞으로 한두 수만 더 두면 승리라는 기분이었을 것이다.

하지만 그 직전에 창고 안에서 이나바가 "아" 하고 소리를 친 순간부터 사태는 다시 변하기 시작했다.

이나바는 부하들에게 방금 전 통화 내용을 설명하다가 "혹시 뭔가 있을지도 모르겠어" 하고 말했다.

"뭔가라니? 무슨 말씀이십니까?"

방금 전 통화는 어쩐지 이상했다. 이나바는 다시금 곱씹어 보았다.

우사기타의 목소리는 퉁명스러운 한편으로 침착한 것 같았다. 하지만 그건 우사기타가 아니라 구로사와였으니까 그렇다고 지적할 사람이 여기에는 없다.

놈은 경찰을 피해 달아났다고 보고했다. 정말일까?

이나바는 의혹을 품었다. 의혹은 더 큰 의혹으로 부풀어 올라 가슴속에 담아 둘 수 없을 만큼 커졌다.

이미 경찰에게 확보됐나?

경찰에게 둘러싸여 "네 동료는 어디 있어. 말해!" 하고 추궁당하는 우사기타의 모습이 눈앞에 떠올랐다. 생각하면 생각할수록 윤곽이 또렷해져 마치 현실의 한 장면처럼 느껴졌다.

경찰은 우사기타를 이용해 이쪽을 함정에 빠뜨리려는 것 아닐까? 그런 결론에 도달하자 이나바는 등골이 오싹했다. 방금 전 통화할 때 우사기타의 대응이 부자연스러웠던 것도 주변에 경찰이 있었기 때문이라고 생각하면 납득이 간다.

이나바의 이 예상은 빗나갔다. 우사기타는 경찰에 잡히지 않았고, 애당초 아까 통화한 사람은 구로사와이므로 이나바가 염려하는 일은 일어나지 않았다. 하지만 설령 오해라고 해도 이나바가 긴장하여 갑자기 경계심을 높인 것은 확실했다.

"바깥 상황을 좀 살피고 올까." 이나바는 부하 한 명을 데리고 창고에서 나가 보기로 했다.

왜 밖이 신경 쓰였느냐, 통화 상대인 구로사와가 "별님이 되겠지"라고 한 말이 마음에 걸렸기 때문이다. 정말이지 세상만사 뭐가 계기로 작용할지는 알 수가 없다. 누군가가 가볍게 툭 내뱉은 말이 오해와 억측 때문에 역사를 바꾼 적도 있었으리라.

밤하늘을 보고 싶어진 건지, 아니면 오리오오리오가 오리온자리 마니아니까 만약을 위해 오리온자리의 위치를 확인하고 싶어진 건지, 밖에 경찰차가 왔을까 걱정이 된 건지, 혹은 그저 바깥 공기를 마시고 싶어진 건지 이나바 본인도 이유는 몰랐다. 그저 야성적인 감, 악인 특유의 위기 감지 능력이 발동했다고 해야 할까. 아무튼 경계하며 창고를 나섰다.

그리고 그때 우사기타도 접근하는 중이었다.

차에서 내려 창고로 천천히 다가갔다. 기습을 노린 까닭에 자신이 기습을 당하는 상황은 머릿속에 없었으므로 그야말로 무방비했다.

그 순간 방심한 쪽은 분명 이나바 패거리보다 우사기타였다.

우사기타가 총을 꺼내려고 하자 이나바와 부하가 "꼼짝 마" 하고 총을 겨누었다.

달칵달칵하는 소리가 우사기타의 귀에는 들렸을 것이다. 경쾌함보다 초조함을 불러일으키며 오랫동안 이어지는 그것은 오셀로 말이 순식간에 뒤집히는 소리였다.

🌙

"야, 뭐야. 어떻게 된 거야?" 이나바는 부하가 우사기타의 품속에서 총을 빼앗은 후에 물었다. "위치 정보를 확인했을 땐 아직 멀리 있다고 나오던데. 전화는 거기 놔두고 왔나?"

우사기타는 벌게진 얼굴로 콧숨을 거칠게 내쉬었다. 허를 찌르려다가 허를 찔렸다. 뒤집힌 오셀로 말이 머릿속에 흩어져 생각을 제대로 정리할 수가 없었다.

"아까 전화 받았지? 그건 다른 놈인가?" 이나바는 드디어 거기에 생각이 미쳤다. "아아, 그래서 좀 묘한 거였군. 그건 누구야? 야, 우사기타, 설마 경찰을 달고 온 건 아니겠지." 이나바는 보기 드물게 흥분하여 총구로 우사기타의 이마를 꽉 눌렀다. "야, 대답해."

경찰은 안 왔다, 나 혼자뿐이라는 뜻을 우사기타는 간신히 전달했다. 자신은 물론 와타코 쨩도 총에 맞아 죽으리라는 현실적인 공포가 눈앞에 드리워졌다.

저 멀리서 누군가가 엿보기 위해 작은 구멍을 뚫어 놓은 것처럼 머리 위의 하늘에 별이 드문드문 떠 있었다. 모두가 숨을 죽인 듯 괴괴한 정적이 감돌았다.

주변에 차가 다가오는 낌새가 없는 것을 확인하고 나서야 이나바는 "좋아" 하고 말했다. "야, 창고에서 접착테이프 가져와. 묶어야겠다." 이나바는 부하에게 명령했다. 그리고 부하가 창고로 돌아가려 하자 다시 불러 세웠다. "안에 가서 우사기타가 왔다는 말은 하지 마. 재미있는 생각이 났어" 하고 입꼬리를 끌어올렸다.

"와타코 짱은 무사해?" 우사기타가 묻자 이나바가 말투를 고치라고 요구하듯이 총구로 머리를 두드렸으므로 "무사합니까?" 하고 고쳐 말했다. 이미 어찌할 방도가 없음을 깨닫고 기가 꺾인 탓이기도 했다.

홀쩍홀쩍 울지 마, 더러워 죽겠네, 하고 이나바는 코웃음을 쳤다.

부하가 접착테이프를 가지고 돌아왔다.

"자, 둘둘 감아."

이나바는 우사기타의 양 손목을 뒤로 묶은 후, 무릎을 구부리고 앉힌 상태로 발목부터 무릎까지 칭칭 감으라고 시켰다.

"그렇게 단단히요?" 부하도 재차 확인할 정도였다.

"그 정도가 딱 좋아." 이나바는 창고 근처에 있던 큼지막한 마대를 끌고 와서 "여기에 우사기타를 넣어" 하고 지시했다. 입도 접착테이프로 막힌 우사기타는 도대체 무슨 짓을 하려는 것인지 몰라 더럭 겁을 먹었다. 여기로 올 때 차 안에서 기다려 와타코 짱, 두고 봐라 이나바, 하고 기세등등하던 모습은 온데간데없이 사라지고, 이제 다 틀렸다는 체념이 온몸을 가득 채웠다. 꽁꽁 묶인 상태로 부들부들 떠느라 제정신을 유지하기도 아슬아슬한 지경이었다.

"움직이지 마." 이나바가 말했다. "자루 속에서 꼼짝도 하지 말고 가만히 있어, 알겠나? 네게 딱 한 번 기회를 주지. 합격하면 살려 주겠어."

우사기타는 두려움에 떨면서도 눈물이 그렁그렁한 눈으로 이나바를 보았다.

"거짓말 같아?"

물론 우사기타는 거짓말이라고 생각했다.

"네가 죽으면 오리오오리오를 찾을 놈이 없어. 목숨까지는 빼앗지 않으마. 하지만 연락도 없이 갑자기 여기에 오다니, 내 뒤통수를 치려던 수작이었음이 분명해. 그렇지?" 이나바는 그렇게 말하더니 "그건 그렇고 여기를 어떻게 알아냈어" 하고 눈살을 찌푸렸다. 고통을 주려는 듯 우사기타의 입을 막은 테이프를 일부러 난폭하게 떼어 냈다.

우사기타는 입에 거품을 물고 말했다. "그야 필사적으로 애를 쓰다 보니."

이나바는 다시 테이프를 붙였다. 이제 이 자식은 버리기로 마음먹었다. 부하에게 명령해 마대에 우사기타를 쑤셔 넣었다. 그리고 아가리를 오므리기 직전에 자루에 얼굴을 가까이 대고 말했다. "꼼짝도 하지 마. 이제 이 자루를 창고로 가져갈 거야. 그리고 네 아내에게 내용물이 뭔지 문제를 내겠어. 만약 네 아내

가 너라고 맞히면 합격이야. 대신에 절대로 움직이지 마. 조금
이라도 움찔하거나 소리를 내면 거기서 끝이야. 풀어 주지 않고
둘 다 쏴 죽이겠어."

마대 속에서 우사기타는 몸을 웅크렸다.

이나바는 코웃음을 친 후 마대 아가리를 오므리고 접착테이
프로 감았다.

"좋아, 옮겨. 들고 갈 수 있겠어?"

체격이 좋은 부하가 마대를 거뜬히 둘러멨다. 창고 출입구 앞
에서 일단 내려놓았다.

"여기서부터는 끌고 가. 사람이 들어 있는 줄 모르도록 조심
해서."

"어떻게 하시려고요?"

"이제 오리오오리오는 우리가 찾는다. 여기서도 빨리 이동하
는 편이 낫겠지. 하지만 내게 거역한 놈은 용서할 수 없어. 속이
부글부글 끓는다고. 여흥으로 삼아야겠다."

이나바는 자루 속 우사기타에게는 들리지 않는 목소리로 말
했다.

🌙

와타코 짱은 이나바와 부하가 커다란 자루를 질질 끌고 들어
와도 처음에는 시선을 주지 않았다. 완전히 녹초가 된 데다 정

확히 어디가 아픈지도 모를 만큼 온몸이 아픈 터라 고개를 숙인 채 숨만 쉬는 것이 고작인 상황이었다.

"야, 자지 마." 이나바가 어느 틈엔가 바로 옆으로 왔다. "기회를 한 번 주겠어."

기회라는 말을 들어도 귀가 솔깃하지는 않았다. 기회를 줄 리가 없다는 것을 알기 때문이다.

이나바가 머리를 붙잡고 억지로 앞을 보게 했다.

"저기 흙이 든 자루가 있어. 보이지?"

분명 10미터 남짓 떨어진 곳에 더러운 자루가 놓여 있고, 이나바의 부하가 그 옆에 서 있었다.

저게 어쨌느냐고 생각하고 있자니 이나바가 총을 꺼내 와타코 짱에게 "자" 하고 내밀었다. 쏘는 게 아닌가 싶어 와타코 짱은 몸을 움찔 떨었지만, 실은 그것도 반사적인 동작에 지나지 않았다. 머리는 이미 저항하기를 포기했으며 쏠 테면 쏘라는 기분이었다.

"여기서 쏴서 저걸 맞히면." 이나바가 말했다. 그리고 "풀어 줄게"라고 덧붙였다. '살려서 풀어 주겠다'고는 안 했으니까 거짓말은 아니라는 생각이었다. 죽여서 혼을 풀어 준다는 의미일 수도 있지 않은가.

와타코 짱이 저항하지 않은 것은 물론 '기회'를 주겠다는 이나바의 말을 믿었기 때문이 아니었다. 다카노리 군이 올 때까지는 죽을 수 없다는 마음으로 섣불리 거스르지 않는 편이 낫겠다고 판단했다.

그녀의 시선이 노트북을 향하자 이나바는 "저 화면 보여? 우사기타는 지금 이쪽으로 오는 중이야. 아직 꽤 멀리 있지만 분명히 올 거야. 그러니까 그 전에 이걸 해 두자고" 하고 말했다. 스마트폰의 위치 정보에 따르면 우사기타는 여전히 그 주택지 근처에 있다.

와타코 쨩의 양손을 앞으로 돌려서 쇠고랑을 다시 채우고 앉은 자세로 총을 잡게 했다. 총을 어떻게 쥐면 되는지 알려 준 후 이렇게 조준해서 방아쇠를 이렇게, 하고 세심하게 가르쳐 주었다. 어쩌면 모 아니면 도라는 심정으로 자신에게 총을 쏠 가능성도 있으므로 이나바는 잊지 않고 등 뒤로 돌아갔다. 조금이라도 저항하면 쏴 버릴 심산이었다.

우사기타는 지시대로 자루 속에서 옴짝달싹도 하지 않고 가만히 있었다.

와타코 쨩도 이나바의 지시에 따라 자루를 쏠 것이다.

뭣 때문에 이런 짓을 하는 거지?

그렇게 묻고 싶은 분도 있으리라. 여기서 이렇게 부부를 괴롭힌다고 오리오오리오가 발견되는 것도 아니고, 이나바 조직의 눈앞에 닥친 송금 문제가 해결에 한 발짝 다가서는 것도 아니다. 전혀 무의미한 시간이며 무의미한 폭력이라고 할 수 있지만 이나바는 짜증이 쌓인 나머지 이쯤에서 스트레스를 발산하고 싶었다.

자기 욕망에 충실한 성격이 그를 성공으로 이끈 건 사실이다.

마대에 총알이 명중해, 자루에서 비명이 솟아오르고 피가 서서히 배어 나오면 우사기타를 끄집어내자. 그때 이 여자가 짓는 표정을 동영상으로 찍어 놓자. 아아, 그래. 이나바는 좋은 생각이 번쩍 떠올랐다.

그 동영상에 수요가 있을지도 모른다. 안전한 곳에서 다른 사람이 괴로워하는 모습을 감상하는 건 굉장한 오락이다. 아내가 남편을 총으로 쏘아 죽이는 영상을 보고 희희낙락하는 자도 있으리라.

아아, 그렇다면. 갑자기 시야가 밝아졌다.

송금 상대도 이 동영상에 흥미를 보이지 않을까. 새로운 사업을 제안함으로써 송금 기한을 재교섭할 수 있을지도 모른다.

이나바는 기분이 좋아졌다. 부하 하나에게 스마트폰으로 동영상을 찍으라고 지시했다. 이 막다른 골목에서 새 아이디어가 떠오르다니 나는 역시 대단하다고 스스로에게 감탄하다가 좋은 기재를 준비해 둘 걸 그랬다고 후회했다.

부하가 녹화를 시작하자 "좋아, 쏴" 하고 말했다.

"저기."

"왜?"

"몇 번이나 쏘면 되나요?"

와타코 짱이 아무것도 모르고서 묻자 이나바는 웃음이 터질 뻔했다. "세 번. 세 발 중에 한 발도 못 맞히면 실격이야. 그러니까 신중하게 잘 겨눠."

와타코 짱이 고개를 끄덕이고 총을 앞으로 내밀었다. 반동이 있으니까 조심하라고 이나바는 뒤에서 말을 걸었다. 그리고 자루 옆에 있던 부하에게 물러나라고 했다.

와타코 짱은 좀처럼 방아쇠를 당기지 않았다. 이나바는 안달이 나지는 않았지만, 지겨워져서 초읽기를 시작했다. 아내가 남편을 죽이기 5초 전이라고 속으로 중얼거린 후 "5" 하고 와타코 짱의 귀에 쑤셔 박듯이 똑똑히 말했다. 그리고 잠시 뜸을 들이다 "4" 하고 헤아렸다.

몸을 바들바들 떨면서도 열심히 조준하는 와타코 짱을 보자 이나바는 기쁨을 억누를 수 없었다. 그래, 잘 겨눠. 즉사시키지 못하면 고통에 시달릴 거야. 아니, 고통에 시달리는 영상이 더 가치 있을까.

3, 2, 1, 하고 헤아리다가 제로라고 말한 순간 창고 안에 총소리가 크게 울려 퍼졌다.

됐다. 이나바는 양손으로 귀를 막은 채 환성을 질렀다. 하지만 기대했던 비명이 들리지 않아 어떻게 된 건가 살펴보니 와타코 짱은 손을 위로 향하고 있었다. 천장을 향해 발포한 것이다.

"야, 뭐 하는 짓이야." 이나바가 힐난하려고 든 것과 거의 동시에 와타코 짱이 "이건 그거잖아요. 바위라고 속여서 오리온을 활로 쏘게 한 거랑 똑같아요" 하고 외쳤다. "다 안다고요."

바위와 오리온이라니 무슨 소리야. 이나바는 이해가 가지 않았지만 상대가 자신의 말을 거역한 것만은 확실했다.

이나바가 머리끝까지 화가 나서 자기 총을 꺼내려고 했을 때 또 한 번 큰 소리가 울리더니 불덩이가 부딪친 듯한 충격이 하반신을 덮쳤다.

앞에 있는 와타코 짱이 기를 쓰고 팔을 비틀어 뒤쪽에 발포한 것이다. 마구잡이로 쐈지만 아주 가까웠던 만큼 넓적다리에 맞았다.

와타코 짱이 다카노리 군! 하고 이름을 불렀다. 마대 속의 우사기타는 총소리가 들린 순간부터 질겁하여 밖으로 나오려고 발버둥을 쳤다.

이나바는 이제 이 두 사람을 용서해 줄 생각이 없었다. 넓적다리의 통증이 번져 나가 인상을 쓰면서도 와타코 짱의 팔을 붙잡아 총을 빼앗았다.

큰 소리로 당장 두 연놈을 쏘라고 부하에게 지시했다.

총소리 몇 번과 함께 우사기타와 와타코 짱이 제자리에 쓰러져 피를 줄줄 흘리며 숨을 거둘 일만 남았다. 그래야 하겠지만 그렇게는 되지 않았다.

창고의 육중한 문이 좌우로 열리기 시작했기 때문이다.

도대체 무슨 일인가 싶어 이나바 패거리는 그쪽에 정신이 팔렸다. 와타코 짱은 이제 될 대로 되라는 심경이었는지 뒤로 몸을 확 젖혀서 쓰러지며 이나바에게 부딪쳤다. 넓적다리가 너무 아파서 이나바는 중심을 잃고 손에서 총을 떨어뜨렸다.

와타코 쨩의 반응은 빨랐다. 생명줄이라도 붙잡는 듯 안간힘을 다해 떨어진 총을 집었다.

웅크리고 앉은 자세로 총을 들어 이나바를 겨누었다. 숨이 차서 어깨가 흔들렸지만, 이렇게 가까우니 쏘면 틀림없이 맞는다고 확신했다.

이나바는 꼼짝도 못 하고 눈앞의 총구만 노려보았다.

"표정 한번 볼만하군." 와타코 쨩은 퉁퉁 부은 얼굴에 힘을 주어 한껏 억지웃음을 지었다. "비극이네. 네 무력함을 원망해."

그리고 허벅지를 쐈다.

그 후에 부하들이 창고로 들어온 형체를 향해 발포했다. 총소리가 연속해서 울려 퍼졌다.

🌙

이야기의 공백을 메울 필요가 있겠다. '노스타운'으로 되돌아가자.

범인이 2층에서 뛰어내렸다며 경찰이 허둥지둥하던 때에서 시간이 조금 지난 무렵이다.

나카무라와 이마무라는 아직 현장 근처에 있었다.

두 사람은 인질범과 인질의 역할을 마쳤다는 성취감과 고양감을 억누르며, 오가는 경찰 관계자들 사이를 걸어갔다. 이때 그들의 기동대원 제복은 진짜 대원들이 입은 것과는 디자인이 조금 달랐지만, 수상하게 여기는 사람은 없었다. 구급대원 몇 명이 들것을 들고 지나갔고, 매스컴 관계자들도 이제는 수사원들의 제지를 뚫고 현장으로 다가가려는 중이다. 나카무라와 이마무라는 투명한 가리개가 달린 헬멧을 쓴 채 집에서 멀어졌다.

몸집은 작지만 관록이 느껴지는 양복 차림 남자가 주위에 지시를 내리는 모습이 옆쪽에 보였다. 나카무라는 지나치고 나서야 그 목소리가 귀에 익다는 것을 알고, 음 누구였더라, 하며 멈춰 섰다.

아아, 저 사람이 나쓰노메, 그 수사원이구나. 그는 그제야 알아차렸다.

인질범으로서 전화 통화를 했던 만큼 나카무라는 방금 전까지 같은 무대에서 공연한 동료를 만난 기분으로 "야, 서로 고생이 많았습니다" 하고 악수를 청하고 싶어졌다. 사려가 깊지 못하다고 할까, 천진난만하다고 할까, 태평하게 "드디어 만났군요" 하고 말할 기세였지만 마침 그때 이마무라가 길에 떨어진 종이를 주워 빤히 들여다보았으므로 나카무라는 옆에 서서 왜 그러느냐고 물었다.

"이게 떨어져 있어서요. 바람에 날려 온 모양이에요."

"주택 지도인가?"

"낙서를 해 놓았네요." 헬멧 가리개 때문에 목소리가 조금 흐릿하지만 못 알아들을 정도는 아니다. "아, 이거 별자리 아닌가요?"

듣고 보니 검은 사인펜으로 찍은 점을 선으로 이어서 도형을 만들어 놓은 것 같다고 나카무라도 생각했다.

세 사람이 모이면 문수보살같이 좋은 지혜가 나온다는 말도 있지만, 비슷하게 감이 둔한 두 사람이 모여 본들 문제가 금방 해결되지는 않으리라. 보물찾기를 하는 초등학생처럼 얼굴을 맞대고 지도를 들여다보며 머리를 짜냈지만 '별자리 비슷한 도형이 오리온자리를 닮았다는 것'과 '지도 옆에 손 글씨로 주소가 적혀 있다는 것'을 파악하는 데 꽤나 시간을 잡아먹었다. 그리고 이게 바로 구로사와가 오리오오리오를 연기하며 손에 넣으려 한 정보라는 데 생각이 미치기까지는 더 많은 시간이 필요했다.

아무튼 정답에는 도달했으니 칭찬받을 만하다.

그들은 그 주소가 경찰에게 역탐지를 시킨 장소라는 것을 이해했다.

"여기서 결판이 나는 걸까요?" 이마무라의 말에 나카무라는 "그렇겠지" 하고 대답했다. 두 사람은 더 이상 아무 말도 없었다. 이 두 사람은 머릿속에 떠오른 좋지 않은 생각을 말할까 말까 고민할 때 보통 이런다. 고민한다고는 하지만 입 밖에 내는 경우가 태반이며, 여기서도 결국은 이렇게 말했다.

"가 볼까?" "가 볼까요?" 두 사람의 목소리가 겹쳤다.

아아, 또 그런 쓸데없는 짓을.

많은 분이 어이없어하는 목소리가 들리는 것 같다. 왜 그러는 거냐고 체념의 한숨을 쉬고 싶겠지만, 바닥에 바나나 껍질이 떨어져 있으면 미끄러지는 사람이 나오는 것과 마찬가지로 이건 선택의 여지 없이 반드시 일어나는 약속 사항에 가깝다.

"어떻게 할까요?" 이마무라의 말은 어떻게 가느냐는 뜻이다. 즉 이미 가기로는 결정한 셈이다.

"슬슬 구로사와가 올 거야."

소란스러워진 틈을 타서 구로사와도 현장을 떠나, 어디서 조달할지는 모르겠지만 차로 합류한다. 그리고 나카무라와 이마무라를 태워서 달아나기로 했다.

"하지만 구로사와 씨한테 말하면 분명 반대할걸요. 괜한 참견 말라면서."

"그렇겠지."

"그러니까 택시로 가죠. 목적지가 어딘지는 아니까요." 이마무라는 지도에 적힌 주소를 가리켰다.

"택시비가 얼마나 나올 줄 알고 그래."

"괜찮아요. 이번에 구로사와 씨 부탁으로 아주 열심히 했으니까 그 정도는 내 주겠죠." 이마무라는 자신의 실수가 이번 소동의 발단 중 하나였음을 완전히 잊어버렸다. 나카무라도 딱히 매사를 깊이 생각하는 성격은 아니므로 "그것도 그렇군" 하고 대뜸 납득하더니 "그럼 구로사와가 오기 전에 가야겠다" 하고 걸음을 서둘렀다.

그 자리에 있던 경찰 관계자와 매스컴 관계자는 당연히 사건 현장에 이목을 집중한 상태였으므로 나카무라와 이마무라가 떠나든 말든 아무도 신경 쓰지 않았다.

아니, 그렇지 않다. 딱 한 명 있었다.

그들에게 시선을 보내는 사람, 나쓰노메다.

처음에는 그저 시야에 나카무라와 이마무라가 들어왔을 뿐이지만, 두 사람이 땅에 떨어진 종이를 주워 열심히 들여다보는 모습이 마음에 걸렸다.

다른 기동대원은 인질 농성 사건이 발생한 집 근처에 모여 있든지, 기동대 차량 부근에서 대기하는 중이다. 그러므로 두 사람이 현장과 반대 방향으로 걸어가는 것이 부자연스럽게 느껴졌다.

나쓰노메가 여기서 뭐 하는 거냐고 따져 묻기 위해 그들에게 다가가려 하자 두 사람은 등을 돌리고 멀어졌다. 도로에서는 수사원들이 몰려든 구경꾼들을 정리하고 있었다. 그래서 정리 담당을 지원하러 가는 모양이라고 생각한 찰나, 그들이 구경꾼들 사이를 헤치고 빠져나가는 것 아닌가.

나쓰노메는 종종걸음으로 뒤를 쫓았다. 이때까지만 해도 크게 의심한 건 아니었다. 인질 농성 사건은 최선의 형태는 아닐지언정 막 결말이 났으니 사건의 이면과 진범에 대해 의심할 필요는 없다.

하지만 구경꾼들을 헤치고 나오자 두 사람의 모습이 보이지 않아 잔달음질로 모퉁이를 돌았을 때 기동대원 차림을 한 나카무라와 이마무라가 택시에 올라타는 모습이 눈에 들어와서 아무래도 위화감을 느꼈다.

두 사람은 트렁크에 기동대원용 진압 방패를 싣고, 헬멧을 쓴 채 택시에 탔다.

아무리 생각해도 이상하다.

사건이 아직 완전히 종결되지도 않았는데 기동대원이 택시에? 누가 그런 지시를?

다음 현장으로 향하려는 걸까? 다음 현장이라니 그게 어딘데? 몰래 수업을 빼먹고 멋대로 조퇴하는 불량소년 같은 건가? 그냥 규범의식이 모자란 기동대원이 두 명 있다고 받아들이면 될까?

나쓰노메는 혼란스러운 나머지 잠시 제자리에서 생각에 잠겼지만, 아무튼 일단 지휘를 맡은 현장으로 돌아가야겠다 싶어 발걸음을 돌렸다. 방금 떠난 택시는 누군가에게 알아보라고 시키면 되겠지. 나쓰노메는 스마트폰을 꺼내 가스카베 과장 대리에게 연락을 하려고 했지만, 여의치 않았다.

"죄송합니다, 급하게 부탁이 좀."

눈앞에 나타난 남자가 스마트폰을 조작하려던 나쓰노메의 손을 잡았기 때문이다.

깜짝 놀라 앞을 보자 오리오오리오가, 아니, 안경을 낀 구로사와가 서 있었다.

"아아, 오리오 씨, 무슨 일이십니까?" 손을 붙잡힌 나쓰노메는 고슴도치가 가시를 세우듯이 경계심을 품었다.

"아무 데도 연락하지 마십시오. 그리고 방금 전 그 택시를 같이 쫓아가 주셨으면 합니다."

"오리오 씨, 이거야 원. 그 기동대원은 뭐야?"

"설명은 나중에 하겠습니다. 지금은 시간이 없어요. 차가 있으니 같이 타고 가시죠."

"말이 되는 소리를 해. 나는 현장에."

"사람 목숨이 달린 일입니다." 구로사와는 평소처럼 무표정한 얼굴로 오리오오리오인 척하기 위해 정중한 말투를 썼을 뿐이지만, 그러자 실로 진지하게 들렸다.

"사람 목숨?" 나쓰노메는 긴장했다. "그렇다면 더더욱." 수사원들에게 연락해야 한다고 말했다.

"일이 커지면 위험합니다. 게다가 시간도 없고요. 지금 당장 같이 가시죠." 구로사와는 길가에 세워 둔 차를 가리켰다. "자세한 사정은 차에서 설명하겠습니다. 경찰 내부에 범인과 내통하는 사람이 있을지도 모릅니다."

구로사와는 지금으로부터 몇 분 전에 길가에 차를 세웠다. 나카무라 일행이 합류하기를 기다리고 있는데, 전화가 걸려 왔다.

스마트폰을 보자 발신 번호 표시가 제한된 전화였다.

이 스마트폰이 구로사와의 손에 건네지기까지 어떤 우여곡절을 거쳤는지도 설명해 두는 편이 낫겠다.

흰토끼 작전이 진행되는 과정에서 제일 처음에는 당연히 우사기타가 스마트폰을 가지고 있었다. 유스케의 집에서 이나바의 전화가 오면 받기 위해서다. 하지만 오리오오리오를 연기하는 구로사와가 그 스마트폰을 경찰 앞에서 꺼내 이 전화가 어디서 걸려 왔는지 조사해 달라고 부탁해야 하므로 최종적으로는 구로사와의 손에 있어야 한다.

"어떤 타이밍에 어떻게 건네주면 돼?" 작전을 짤 때 우사기타가 묻자 구로사와는 왜 뭐든지 다 나한테 묻느냐고 냉담하게 대답했다. 실제로 마땅한 답이 없어 어떻게 할지 고민하는데, 유스케 어머니가 "드라마에서는" 하고 또 힌트를 주었다. "드라마에서는 인질범이 형사에게 이걸 가져오라는 둥 저걸 가져오라는 둥 요구하던데요. 식사 같은 거요."

"과연 그렇군. 그 방법을 이용해 볼까."

"어떻게?"

"식사를 가져오라고 경찰에게 요구해. 물론 그냥 가져와서는 의미가 없지. 될 수 있으면 이 집을 활용하고 싶어."

"저희 집을요?" 유스케가 고개를 갸웃했다.

"그래. 인질 농성 사건은 옆집에서 발생해. 그러니까 옆집에서 던져 넣으라고 범인이 요구하면 어떨까. 옆집에서 보았을 때 옆집은 이 집이야. 그렇지? 즉, 경찰은 식사를 던지기 위해 여기로 와. 오리오오리오를 내놓으라는 요구도 곁들이면 오리오오리오 행세를 하는 내가 여기에 오게 되겠지."

"여기서 옆집에 물건을 던진다고? 진심으로 하는 소리야? 무

287

슨 콩 주머니 넣기냐."

"의외로 자연스러울지도 몰라. 인질범은 밥은 먹고 싶지만 경찰은 두려울 테니 직접 근처까지 가져오는 건 꺼리겠지. 던져 넣으라는 건 그럴싸한 요구야. 게다가 그 방법을 사용하면 그때 네가 이 집에서 나올 수 있어." 구로사와는 시선으로 우사기타를 가리켰다.

"내가?"

"범인의 지시가 있으면 이 집에 경찰이 오겠지. 그렇다고 멋대로 남의 집 부지를 침범할 수는 없어. 여기에서 물건을 던져 넣으라는 범인의 지시를 받았다며 협력을 요청할 거야. 그때 네가 미처 대피를 못 한 이 집 사람인 양 나가면 돼."

"스마트폰은 어떻게 하고?"

"집에서 나갈 때 마당 어디다가 놔둬. 장소는 나중에 정하겠지만, 아무튼 내가 틈을 봐서 회수할게."

"그다음부터는 전화가 오면 네가 받는다?"

"들통나지 않도록 열심히 해 볼게."

이나바가 언제 우사기타의 위치 정보를 검색할지는 확실치 않다. 구로사와가 스마트폰을 가지고 경찰과 행동을 함께 하면 위치 정보에 조금 변화가 생길 것이다. 이나바가 그 변화를 오차 범위로 받아들일지 무슨 움직임이 있다고 받아들일지는 추측에 맡기는 수밖에 없지만, 어쨌거나 무슨 일 있느냐고 전화로 확인할 가능성은 있었다.

그렇다면 역탐지 기회는 머지않아 찾아온다.

실제로 삼각김밥이 든 비닐봉지를 베란다에 던져 넣고 경찰 차량으로 돌아간 지 얼마 지나지 않아 발신 번호 표시가 제한된 전화가 걸려 왔다. 구로사와는 전화를 받지 않고 나쓰노메에게 소리 높여 외쳤다.

"이 전화가 어디서 걸려 왔는지 알아내 주십시오!"

그리고 현재 손안에서 전화가 왔음을 알리는 스마트폰을 바라보며 구로사와는 받을까 말까 망설였다. 틀림없이 이나바의 전화이리라.

역탐지는 끝났으니 이제 내버려 둬도 상관없겠다 싶었지만, 아직 의심받는 건 좋지 않다는 생각도 들어서 결국은 통화 버튼을 눌렀다.

"이봐, 지금 어디야? 아까는 왜 전화 안 받았어? 어떻게 된 거야. 보고해." 이나바가 말했다.

바로 이때가 좀 전에 창고에서 이나바가 통화하던 장면과 시간적으로 일치한다.

이나바가 "10분 안에 어떻게든 해, 알겠어? 아니면 이 여자는" 하고 말했을 때 구로사와가 무심코 "별님이 되겠지" 하고 대답해서 이나바가 미심쩍게 여긴 것도 이미 설명했지만, 물론 구로사와는 그런 줄도 모르고 "알았어. 10분 후랬지. 그때까지 오리오오리오를 찾아 둘게" 하고 전화를 끊었다. 반쯤 억지로 통화를 끝낸 것은 나카무라 일행의 모습이 보였기 때문이다. 그런데 그들은 택시를 타려고 했다.

저 택시를 내가 끌고 가겠다고 한 차로 착각했나?

설마.

저 두 사람이 협의한 내용을 지키지 않거나 지키지 못하는 건 어제오늘 일이 아니었지만, 이만큼 간단한 계획조차 지키지 못하다니 어이없음을 넘어서서 감탄이 나올 지경이었다.

택시에 올라타는 이마무라가 지도를 들고 있었으므로 어디에 가려고 하는지도 짐작이 갔다.

유람 삼아 우사기타가 향한 곳에 가 보고 싶어진 것이리라.

구로사와는 저런 차림새의 손님을 태운 택시 기사를 동정하는 한편으로, 너희 멋대로 하라고 생각했다. 그런데 그때 나쓰노메가 눈에 들어왔다.

나쓰노메는 명백히 나카무라와 이마무라를 수상쩍게 여기는 눈치였다. 대원에게 연락을 하려는지 스마트폰을 꺼냈다. 여기서 나카무라와 이마무라가 추적당하면 골치 아프다. 경찰차가 택시를 둘러싸고, 두 사람이 확보되는 모습이 눈앞에 생생히 떠올랐다. 그런 사태는 피하고 싶었다. 무엇보다 드디어 골치 아픈 일에서 해방되겠다고 안도한 참이다. 더 이상 성가신 일은 절대 사절이다. 구로사와에게 원래 자신과 아무 상관도 없는 일에 얽히는 것만큼 진절머리 나는 일은 또 없다.

구로사와는 나쓰노메 과장에게 살그머니 달려가 손을 붙잡고 호소했다. 사람 목숨이 달린 일이니 아무도 모르게 협력해 달라고 입에서 나오는 대로 말했다.

그 후에야 이런 짓보다 좀 더 단순한 선택지가 있었음을 깨달았다. 전화로 나카무라 일행에게 연락해서 경찰이 쫓고 있으니까 도망치라고 알리면 끝날 일 아닐까.

구로사와치고는 냉정함을 잃었다고도 할 수 있겠다. 아무튼 이 연극을 계속하는 수밖에 없다.

"부탁드립니다. 같이 가시죠." 구로사와는 연거푸 부탁하여 나쓰노메를 차에 태웠다. 물론 나쓰노메는 분명 의심하고 있을 테니 만약 그가 "무슨 꿍꿍이야"라는 태도로 나오거나, 그렇지 않더라도 "현장 책임자로서 현장을 떠날 수는 없어" 하고 완고하게 주장한다면 억지로 데려갈 생각은 없었다. 만약 그런다면 대충 둘러대고 즉시 떠나기로 마음을 정했다. 나카무라와 이마무라는 내버려 두면 된다. 어떻게든 알아서 하리라.

하지만 "사람 목숨이 걸린 일"이라는 호소와 "경찰 내부에 범인과 내통하는 자가 있을지도 모른다. 내통자가 연락하면 위험하다. 특히 사람 목숨이"라는 설명이 통했는지 나쓰노메는 불신감을 드러내면서도 조수석에 앉았다.

"어디로 갈 건데?"

구로사와는 대답 없이 내비게이션에 주소를 설정했다. 목적지의 주소를 우사기타에게 알려 주기 위해 쓴 메일이 스마트폰에 남아 있었다.

"목적지는 어디야?"

구로사와는 그 질문에도 대답하지 않고 차를 출발시켰다.

경찰을 옆에 태우고 운전한다는 신선한 긴장감을 느끼며 가속페달을 밟았다. 속도를 조금 높이자마자 옆에서 바로 수갑을 채우는 장면이 머릿속에 그려졌다. 구로사와가 생각하기에 이건 이것대로 귀중한 경험이며 언젠가 남에게 들려줄 만한 일화였지만, 이 일화를 이야기하는 자신의 모습은 좀처럼 상상이 되지 않았다.

"이봐, 이만 좀 가르쳐 줘. 누가 위험한 건데?" 미야기노구의 넓은 현도에 들어서자 나쓰노메가 물었다.

"사람입니다."

"사람인 건 알아. 어디의 누구야?"

"아까도 말씀드렸는데요." 익숙지 않은 정중한 말투를 또 써야 해서 구로사와는 힘겨웠다. "인질 농성 사건의 이면에는 조직이 있습니다. 그중 일부 조직원이 사람을 감금했을지도 모릅니다."

"택시를 타고 간 놈들은 뭐야?"

경솔한 2인조라고 구로사와는 대답하고 싶었다. 시키는 일도 제대로 못 하는 2인조라고. "아마 조직원이 아닐까 싶은데요."

"놈들이 기동대원 차림으로 인질 농성 사건을 주시하고 있었다는 건가?"

그렇다고 쳐도 상관없을 것 같았다. "그 차림으로 섞여 들어와 현장 근처에서 동료에게 상황을 전달하고 있었는지도 모르 겠네요."

"그리고 이제 동료와 합류하러 간다?"

"그럴 가능성이 높습니다."

"날 데려가서 어쩌자는 거야?"

모르겠다고 솔직하게 대답할 뻔했다.

"그런데." 나쓰노메가 말을 이었다. "왜 나는 괜찮다고 판단 한 거야?"

"괜찮다고 판단했다니, 그게 무슨 말씀이신지."

"경찰 내부에 조직과 내통하는 자가 있다고 했지? 내가 그 내 통자라면 어쩌려고 했어?"

"내통자이십니까?"

"아니."

"그럼 됐네요." 구로사와는 그렇게 대꾸했다.

나쓰노메는 마음을 가라앉히려는지 숨을 크게 내쉬었다. "내 통자냐고 물었을 때 그렇다고 대답하는 내통자가 어디 있어?"

"그런가요." 익숙지 않은 말투로 경찰과 대화하려니 역시 편 하지가 않았다.

올라탄 배에서 내릴 타이밍을 잡기가 어려웠다.

"쭉쭉 나가는군." 나쓰노메가 말했다. 확실히 지나다니는 차 는 거의 없었고, 신호등도 나올 때마다 죄다 파란불이었다. 나 쓰노메는 더 이상 구로사와에게 캐묻지 않았다. 자신이 SIT 책임자라는 사실마저 잊어버렸는지도 모른다. 창밖을 바라보는 눈이 그렇게 느껴졌다.

눈은 입만큼 많은 이야기를 한다, 눈은 내면의 대변자라는 표현은 참으로 적절하다. 실제로 이때 나쓰노메는 SIT를 싹 잊어버렸다.

같은 간격으로 늘어선 가로등의 흐릿한 불빛이 어둡고 차가운 색깔의 차도를 비추었고, 하얀 차선은 영원히 이어질 것처럼 똑바로 뻗어 나갔다. 단조로운 직선도로를 소리도 없이 나아가는 탓인지 조수석에 앉은 나쓰노메는 정신이 몽롱해지기 시작했다. 밤이라는 장갑을 낀 거대한 손이 차를 감쌌다.

도대체 어디까지 가는 걸까.

나쓰노메는 이대로 멈추지 않고 인생이 끝날 때까지 달릴지도 모르겠다고 상상했다. 그리고 그건 그것대로 나쁘지 않겠다 싶었다.

"아빠."

그 목소리에 눈을 뜨고 나서야 나쓰노메는 자신이 잠들었다는 것을 깨달았다. 운전석에서 운전대를 잡은 사람은 오리오오리오가 아니라 딸 아이카였다. "아빠, 오랜만이야" 하고 아이카가 말을 걸었다. "피곤한가 보다."

어느 틈에 다시 운전을 할 수 있게 됐니?

물론 죽은 딸이 여기 있을 리 없으므로 뇌가 자면서 보고 있는 광경에 지나지 않겠지만, 나쓰노메는 미소를 지었다. 뒷좌석에는 아내가 있었다.

　세상을 떠난 뒤로 아내와 딸은 꿈에 자주 나왔다. 거의 매일이었다. 대개 처참한 장면들이었다. 그 사이비 점쟁이의 목숨을 빼앗은 뒤로는 무시무시한 장면만 자꾸 나와서 가능한 잠을 자지 않으려고 애쓸 정도였다. 그에 비해 지금 차 안에 나타난 아내와 딸은 아주 편안해 보였다. 어두운 밤이지만 밝은 기운이 도는 장면이다.

　"여전히 일에 열심이라니까." 아내가 뒤에서 말했다. 운전석의 아이카도 "우리보다 일이 더 소중하대요" 하고 놀렸다.

　그럴 리가 있느냐고 나쓰노메는 작게 대답했다. 일을 안 하면 아내와 딸만 생각하다가 가슴이 찢어질 것이다.

　"이제 전부 다 집어치우고 그쪽으로 가고 싶어." 나쓰노메는 본심을 꺼내고 말았다.

　안 돼, 하고 아이카가 말했다. 앞 유리창에서 시선을 돌려 조수석의 나쓰노메를 똑바로 쳐다보더니 아빠를 이렇게 빤히 보는 건 처음이라며 웃었다.

　나쓰노메는 울고 있지만 본인은 그걸 모른다. 목이 잠겨 목소리가 제대로 나오지 않아, 딸꾹질하듯이 숨을 내쉬는 게 고작이었다.

　"아빠, 별의 일생과 비교하면 우리 인생은 찰나에 불과하지만."

　자, 태어났습니다. 자, 이런저런 일이 있었습니다. 자, 죽었습니다. 예전에 아이카가 한 말이 떠올랐다.

"하지만 그래도 소중한 시간이야. 아빠는 옛날부터 내가 무슨 말만 했다 하면 아무 의미도 없으니 다른 집과 비교하지 말라고 화를 냈잖아. 우리 집은 우리 집이고 남의 집은 남의 집이라면서. 별의 일생과 비교하는 건 더 의미가 없다니까."

딸이 무슨 말을 하고 싶은 건지는 몰랐지만, 나쓰노메는 응응 그렇지, 하고 고개를 끄덕였다.

"장 발장은 참 대단해." 딸이 또 그 소설 이야기를 꺼냈다. "다른 사람이 자기로 오해받아 체포됐을 때, 모른 척 시치미를 떼면 될 걸 가지고 몹시 고민하거든. 그 남자는 누명을 썼다, 어쩌면 좋으냐고 말이야. 이건 신의 뜻이다, 굳이 내가 나설 필요는 없다고 스스로를 타이르기도 하지만 고심한 끝에 결국 법정으로 향해. 그때도 교통수단이 없어서 고생하지. 간신히 마차에 타긴 하지만 이번에는 제시간에 도착할지가 걱정이야. 겨우 도착했더니 이번에는 법정이 만원이라 들어갈 수가 없어."

"그게 다 무슨 소리니?"

"어쩔 수 없다고 포기할 핑계는 얼마든지 있었다는 뜻. 할 만큼은 했다. 하지만 실패했다, 하고 얼마든지 변명할 수 있었어. 그렇지만 장 발장은 마침내 법정에 들어가서 당당히 말하지. 그 남자가 아니라 내가 장 발장이오!"

좋아하는 아이돌 연예인 이야기를 하듯이 재잘대는 딸의 목소리를 들으며 나쓰노메는 신음했다.

"괜찮나?"

갑자기 남자 목소리가 들려서 나쓰노메는 몸을 일으켰다. 방금 전까지 아이카가 앉아 있던 운전석에서 오리오오리오 행세를 하는 구로사와가 운전대를 잡고 있었다.

"엄청 끙끙 앓던데."

"아아, 그랬나."

"악몽이라도 꿨어?"

오리오가 이런 말투를 썼나 나쓰노메는 위화감을 느꼈다. 어쩌면 이 또한 꿈 아닌가 싶었다. 그래서인지 갑자기 마음을 졸라맨 끈을 살짝 늦추어 "오리온자리를 좋아하지?" 하고 친구를 대하듯이 말했다.

"응." 구로사와는 쓴웃음을 지었다. "그런 걸로 되어 있지."

"그런 걸로 되어 있다고?" 뭐, 됐다고 나쓰노메는 생각했다. "이거 알아? 바다보다도 장대한 광경이 있다. 그것은 하늘이다. 하늘보다도 장대한 광경이 있다. 그것은."

구로사와는 "그거라면 알아" 하고 즉시 대답했다.

"아는구나."

"나도 읽었거든. 도둑 이야기니까."

도둑 이야기니까 뭐 어쨌다는 거지. "난 안 읽어 봤는데, 좋은 내용이 적혀 있어?"

구로사와는 입을 다물고 잠시 차를 몰다가 "죄는 인력引力이라는 구절이 나오지" 하고 불쑥 말했다.

"죄가 인력이라고? 그게 무슨 뜻이야?"

"지상의 만물은 죄를 면치 못한다. 죄를 없앨 수는 없다. 살아 있는 자는 누구나 죄인이라는 뜻이 아닐까. 죄를 짓지 않는 인간은 없다 그거지."

"죄를 짓지 않는 인간은 없다." 나쓰노메는 저도 모르게 따라 말했다.

"그래. 그러니까 가급적 죄를 적게 짓는 걸 목표로 하라고 적혀 있었어. 죄를 지은 적 없다고 단언하는 인간은 외려 거짓말쟁이지." 구로사와는 그렇게 말했지만, 불확실한 기억을 그 나름대로 요약한 것이므로 100퍼센트 정확한 인용은 아니라고 보아야 할 것이다.

"방황하고 태만하고 죄를 지어도 좋지만 올바른 사람이 되어라. 주교가 그렇게 말하는 장면이 나와."

"올바른 인간이란 뭘까."

"나한테 묻지 마. 다만 장 발장을 쫓는 경감은 정의에 대해 아주 고뇌했던 것 같던데. 주인공을 궁지로 모니까 몹쓸 놈으로 보이지만, 악인은 아니지. 그 남자도 제 나름대로 법과 사회를 지키고 싶었을 뿐이야."

"경감이라면 나랑 동업자로군."

구로사와는 자신이 장 발장이 되어 자베르 경감과 나란히 앉아 있는 듯한 감각에 사로잡혀 나쓰노메를 곁눈질했다.

"경감은 이렇게 말했어. 친절을 베풀기는 실로 쉽지만 정의를 실천하기는 어렵다고."

역시 이건 이상한 꿈이다 싶어 나쓰노메는 이번에야말로 정말로 깨어나고자 눈꺼풀에 힘을 주고 손으로 눈을 비비려고 했다. 그때 구로사와가 차를 세웠다. "다 왔어. 가자."

"도대체 뭐가 뭔지 참."

그러자 구로사와는 "사실은 거짓말을 했어" 하고 밝혔다. "하지만 저 창고에 나쁜 놈들이 있는 건 틀림없지. 내 생각에 이 사태를 어떻게든 수습할 수 있는 건 경찰뿐이야. 즉, 당신이지, 나쓰노메 씨."

일방적으로 그런 말을 해서 나쓰노메는 표정이 험악해졌지만, 방금 전까지 아내와 딸의 꿈을 꾼 덕분인지 상대를 용서하자는 마음이 더 강했다. 그리고 오래전에 딸 아이카에게 들은 말을 고대로 전하고 싶어졌다. "뭐, 알았어. 빤히 다 들여다보이는 거짓말을 해야 할 만큼 어쩔 수 없는 사정이 있었다고 칠게."

그리고 나직하게 한마디 흘린 후 걸음을 내디뎠다.


그다음에 무슨 일이 있었을지는 상상이 갈 테니 가급적 간결하게 설명하고 끝내겠다. 구로사와와 나쓰노메가 창고로 다가가자 총소리가 몇 번 울려 퍼졌다. 기동대원 장비를 착용한 나카무라와 이마무라가 안으로 들어간 참이었다.

나쓰노메는 경찰관의 사명감에 불이 붙었는지 결연한 표정으로 구로사와에게 "떨어져 있어" 하고 말했다. 아무래도 상황이 상황이니만큼 지원 부대를 부르지 않을 수 없다. 전화를 걸었지만 이번에는 구로사와도 말리지 않았다.

나쓰노메가 창고를 살짝 엿보자 안쪽은 난리법석이었다. 기동대원 차림을 한 두 사람이 각각 남자를 한 명씩 단단히 누르고 있었다. 마치 방패의 무게로 뭉개 버리려는 듯했다.

도대체 이게 다 무슨 일인가, 내분이라도 생겼나 생각하며 나쓰노메는 안으로 들어가서 "미야기 현경이다" 하고 소리를 질렀다. 경찰이 창고를 포위했다. 저항해도 소용없다. 그렇게 외쳤다. 제발 속아 주길 바랐다.

그 후에야 왼쪽에 있는 여자가 눈에 들어왔다. 다리를 묶였는지 보기 흉하게 기어서 이쪽으로 향했다. 달아나려고 용을 쓰는 그 모습이 안쓰러웠다.

달려가려고 했을 때 여자 뒤에 서 있는 사람이 보였다. 부상을 입었는지 비틀비틀하면서도 총을 들어 여자를 겨냥했다.

나쓰노메는 머리보다 몸이 먼저 반응했다. 총을 꺼내자마자 망설임 없이 발포했다. 사격은 잘하지도 못하지도 않았지만, 이 거리에서 빗나갈 리는 없다는 자신감이 있었다. 실제로 발포한 순간에는 총알이 엉뚱한 방향으로 날아가는 것 같았지만, 아이카와 아내가 스르르 나타나 입바람을 훅 불어서 올바른 방향으로 되돌려 주는 것이 나쓰노메 눈에는 보였다.

비명을 지르며 쓰러진 남자, 즉 이나바에게 달려가자 그는 귀를 누른 채 발버둥을 쳤다. 갖은 욕을 퍼부으며 데굴데굴 굴렀다. 다리에서도 피가 났다. 나쓰노메는 방금 전에 풀려난 여성, 즉 와타코 짱이 쐈음을 한눈에 알아차리고 떨어진 총을 주웠다.

그 여자가 곤경에 휘말리지 않도록 최대한 힘 좀 써 줘. 아빠가 쏜 걸로 하는 게 어때?

과연 딸의 목소리가 들려서 그랬는지는 의심스럽지만, 주워든 총에 나쓰노메의 지문이 또렷하게 남은 것은 사실이다.

이나바는 여전히 고래고래 소리를 지르는 중이었다. 고통에 신음하며 분노를 사방에 흩뿌렸다. 거만하게 행동하며 와타코 짱에게 폭력을 휘두른 밉살스러운 남자가 고작 이 정도 결말을 맞아서야 되겠냐고 불만스레 느끼는 분이 있을지도 모르겠다. 걱정 마시라, 자세하게 적지는 않겠지만 훗날 교도소에 입소한 이나바는 꼴좋다 싶을 만큼 비참한 죽음을 맞는다.

나쓰노메는 악을 쓰는 이나바에게 수갑을 채운 후, 기동대원 차림을 한 나카무라와 이마무라가 제압한 남자들도 포박했다.

또 없나 싶어 주변을 둘러보자 방금 전 그 여자가 자벌레처럼 몸을 움직여 마대로 다가가는 것이 아닌가. 나쓰노메가 달려가서 자루 아가리를 벌리자 놀랍게도 속에 남자가 들어 있었다. 황급히 끌어내 보니 남자는 접착테이프로 단단히 묶여 있었다.

묶인 여자가 다카노리 군, 다카노리 군, 하고 부르며 남자를 위에서 감쌀 듯이 다가갔다. 문득 바라보았을 때 여자의 얼굴이 차마 눈 뜨고는 볼 수 없을 만큼 통통 부어 있어서 나쓰노메는 또 한 번 깜짝 놀랐지만, 재회를 기뻐하는 두 사람의 마음은 전해져 왔다.

이제 지원 부대가 오기만 기다리면 된다고 생각하며 묶은 남자들을 한곳에 모으려다가, 그러고 보니 오리오는 어디 있나 싶어 돌아보았다.

구로사와는 창고 출입구 부근에 서서 품 안에 숨기고 있던 물건을 안으로 던져 넣는 참이었다. 수류탄 비슷하게 생긴 그것은 붉은 연기를 내뿜기 시작했다. 이어서 하나 더 그리고 또 하나 던져 넣었다. 유스케네 집 2층, 아버지의 진열장에서 슬쩍해 온 밀리터리 용품이 빛을 발할 차례다.

구로사와는 창고 안에 차오르는 붉은 연막을 보고 나쓰노메가 멍하니 서 있는 틈을 타, 연기에 몸을 숨기며 나카무라와 이마무라 곁으로 달려가서 "두고 가" 하고 방패를 내려놓게 한 후 밖으로 끌어냈다. "그런 건 또 사면 돼."

뭐야, 구로사와구나. 나카무라는 뒤를 밟혔다는 사실에 놀랐지만, 구로사와라면 그럴 수도 있겠다고 생각했다. 그리고 "진짜 방패를 사 두길 잘했어" 하고 대답했다.

창고가 연기로 가득 찼다.

나쓰노메는 유독한 연기라면 도망치기는 이미 틀렸다고 각오했지만, "나쓰노메 씨, 참고로 이 연기는 무해해"라는 목소리가 어딘가에서 들렸다.

나쓰노메는 뭉게뭉게 퍼져 나가는 붉은 연기에 감싸이며 내면의 불결함이 빨려 나가는 듯한, 부스럼 딱지 같은 정신의 갑

옷이 벗겨지는 듯한 감각을 맛보았다.

마치 발치에서 꽃이 피어오르고, 천장에는 딸처럼 생긴 별자리가 그려지는 것 같았다.

☽

흰토끼 사건이 마무리된 지 석 달쯤 지났을 무렵, 구로사와는 센다이시 이즈미추오역에 도착해 지하철에서 내렸다. '흰토끼 사건이 마무리된 지 석 달'이라는 표현은 틀렸는지도 모르겠다. 흰토끼 사건은 여전히 진행 중이라고도 할 수 있기 때문이다. 그러나 몇 번이나 말하지만, 센다이시의 단독주택에서 발생한 인질 농성 사건을 흰토끼 사건이라고 부르는 사람은 애당초 한 명도 없으므로 세세한 점은 마음에 두지 않아도 된다.

인질 농성 사건은 세상 사람들에게 혼란을 주었다.

처음에는 경찰 관계자는 물론이요, 뉴스를 보던 일반인도 범인이 뛰어내림으로써 결말이 났다고 믿었지만, 그 후에 드러난 사실은 괴상야릇하기 그지없었다.

2층 창문에서 떨어져 죽은 범인, 정확하게는 '범인으로 추정되는 남자'는 사실 그보다 몇 시간 전에 이미 사망한 것으로 판명됐으며 인질 농성 사건의 인질은 어디에도 없었다. 게다가 같은 날에 센다이항 근처 창고에서는 총격전이 벌어졌다. 감금되어 있던 여성과 남편이 발견됐고, 남편 우사기타의 진술로 창고에 있던 사람들이 유괴를 일삼는 조직의 일원임이 밝혀져, 도쿄에 있던 다른 조직원들도 고구마 덩굴이 끌려 나오듯이 체포됐다. 진상이 명백해지기는커녕 더욱 복잡해져서 경찰 관계자는 물론 매스컴 관계자들도 불안감을 느꼈다. 아니, 괜찮다, 항구에서 체포된 자들이 진술하면 분명 진실이 보일 것이라고 기대했지만, 유괴 조직은 우사기타가 인질 농성 사건을 벌였다고 주장했고 우사기타는 그런 적 없다고 부정했으므로 진상 규명의 길에 먹구름이 드리워지기 시작했다. 사실 인질 농성 사건이 발생한 집에서 우사기타의 지문은 검출되지 않았고, 경찰과 통화한 목소리도 우사기타의 목소리와는 다른 것으로 판명됐다. 덧붙여 인질 농성 사건이 발생한 집 자체에 수수께끼가 많았다. 소유자의 소재가 파악되지 않는 데다 부동산을 취득할 때 가명을 사용했을 가능성도 대두됐다.

먹구름이 낀 것으로 모자라 천둥까지 친 셈이다.

물론 모조리 불분명한 것은 아니고, 밝혀진 사실도 있다.

집 2층에서 떨어진 시체는 오리오 유타카라는 이름의 자칭 컨설턴트로, 유괴 조직과 관련이 있었다. 그리고 그는 이즈미구의 도로에서 어떤 청년과 시비가 붙었다가 뒤로 자빠지는 바람에 사망했다. 그 청년은 바로 출두했다. 오리오 유타카가 죽자 동요한 청년과 어머니가 시체를 집으로 옮겼다는 사실이 판명됐으며 그 집은 바로 인질 농성 사건 현장의 옆집이었다. 연결됐네요, 승부는 이제부터입니다! 경기에 지고 있는 스포츠팀 벤치에서 나올 법한 흥분된 목소리가 수사원들 사이에서 나온 것도 당연하리라. 하지만 어째서 시체가 그 집에서 옆집으로 이동했는지는 여전히 오리무중이었다.

어머니와 아들은 자기들이 집을 비운 사이에 시체가 운반됐을지도 모르겠다고 말했다. 물론 수사원들 모두 어머니와 아들이 옮긴 것 아닐까 상상했지만 증거는 없었고, '왜 굳이 그런 짓을 하느냐'는 의문에 대답할 수 있는 사람도 없었다.

결국은 인질범이 무슨 사정으로 어머니와 아들의 집에서 시체를 가져갔으리라는, 그럴싸하지만 구체적인 알맹이는 전혀 없는 해답과, 사건 당일 경찰이 방문했을 때 나온 남자는 도대체 누구냐는 수수께끼만 남았다.

자칭 오리오라는 남자가 경찰에 협력했다는 이야기도 있었다. 하지만 이제는 그 남자의 정체도 아리송하며 지문도 남아 있지 않다고 한다. 인질범이 보냈다는 남자의 사진은 남아 있지만, 확실히 알아볼 수 있을 만큼 선명하지 않은 데다 어차피 변장한 모습일 것이라고 모두가 체념했다.

상황이 좀 악화된 것 같다며 벤치의 사기가 떨어진 바로 그때, 경찰 입장에서는 예상외의 큰 폭탄이 터져서 흰토끼 사건은 단독 사건이라기보다 범인이 누구인지 지목할 수 없는 천재지변 같은 양상을 띠기 시작했다.


"그 후로 와카바의 잔소리 때문에 귀가 따가워. 자기가 얼마나 고생을 했는지 아느냐고 달달 볶는다니까." 방금 전까지 구로사와는 센다이역 동쪽 출입구 근처 실내 낚시터에 있었다. 그때 옆에 앉아 있던 나카무라가 난감해 죽겠다는 듯이 말했다. "나랑 이마무라는 집 안에 편하게 앉아 아무것도 안 했다는 식으로 말하니 원. 구로사와, 우리가 얼마나 큰 활약을 했는지 네가 한마디 해 줘. 경찰과 협상하면서도 진땀을 뺐다고. 연기는 참 어렵더라."

구로사와는 아무 대답 없이 낚시찌만 가만히 바라보았다.

"그러고 보니 구로사와, 그 집 아버지는 어떻게 됐어?"

"그 집 아버지?"

"밀리터리 용품을 수집하는 그 집 아버지 말이야. 집에서 폭군처럼 군다는."

유스케와 어머니는 오리오 유타카의 죽음에 관여했고, 시체를 은폐하려고도 했다. 사건이 복잡하다 보니 경찰도 쉽게 풀어 주지는 않겠지만, 유스케는 고의로 상대를 살해한 것이 아니며 어머니도 오직 자식을 위하는 마음이었으므로 사법부가 선입관 없이 판단한다면 그렇게 큰 벌은 받지 않을 것이라고 구로사와는 예상했다. 물론 설령 큰 벌을 받는다고 해도 구로사와하고는 아무 상관도 없지만, 그래도 마지막 인사를 나눌 때 "일이 아주 커졌지만, 덕분에 겨우 각오가 섰네요" 하고 말하던 어머니의 얼굴은 인상에 남았다. "무슨 각오?" 구로사와의 물음에 "다시 시작할 각오요. 인생은 한 번뿐이잖아요" 하고 어머니는 대답했다. 무슨 말을 하든 그 사람 자유이지만 "다시 시작할 수 있겠죠?" 하고 묻기에 내심 놀랐다. 난들 답을 알겠느냐고 말하고 싶었으나 귀찮았으므로 "그야 할 수 있겠지"라고만 대답했다.

장 발장은 주교와 만난 후 파란만장하지만 행복한 인생을 산다. 그리고 주교와 만나는 장면은 그 긴 소설의 도입부에 해당한다. 아직 갈 길이 멀다. 다 읽는 데 5년이나 걸린 사람도 있다. 구로사와의 대답에는 그런 설명이 담겨 있었는지도 모르겠다.

"아버지는 전전긍긍하고 있지 않을까? 앞에 나서면 나설수록 미움을 받을 테니." 가족이 체포되자 매스컴은 유스케 아버지에게도 몰려들었다. 괄괄한 성격 탓인지, 아버지는 교만하고 조심성 없는 발언을 되풀이하여 오히려 유스케와 어머니를 동정하는 여론이 생기기 시작했다.

"누가 옳고 누가 그른지 알쏭달쏭하군."

"인간의 역사는 늘 그래."

"알 게 뭐람." 나카무라는 웃었다. 그리고 "그런데 구로사와, 너 정말로 센다이를 떠날 생각이었어?" 하고 물었다. 낚시찌가 가라앉았는지 낚싯대를 힘껏 잡아당겼지만 잉어는 잡히지 않고, 미끼만 사라졌다.

그날 밤, 순간적인 기지를 발휘해 조수석에 나쓰노메를 태우고 '노스타운'에서 센다이항까지 가면서 대화를 나누었다. 변장했다고는 하나 안경을 쓴 게 전부였으므로, 그때는 도망치는 데 성공했지만 언젠가 어디서 마주치기라도 하면 "넌 그때의?" 하고 추궁당할 우려가 있었다. 위험은 피하고 싶다. 적어도 미야기 현경의 관할에서는 벗어나는 편이 낫다, 다른 지역에서 생활할 때가 왔다고 각오를 다졌다.

그런데 그때 앞서 말했듯 경찰도 예상치 못한 폭탄이 터졌다.

나쓰노메가 과거에 저지른 살인죄를 고백해 체포된 것이다.

흰토끼 사건을 둘러싼 복잡한 문제가 여기서 극에 달하여 경찰과 매스컴은 무엇을 어떤 맥락에서 다루면 좋을지 골머리를 앓게 됐다.

"나쓰노메가 네 이야기는 안 했지?"

"그런가 보더군." 센다이항 근처 창고에 감금되어 있던 와타코 쨩을 어떻게 구출했는지, 애당초 어떻게 거기를 찾아냈는지 등등에 관해 나쓰노메가 일절 입을 열지 않아 경찰은 곤란한 모양이었다.

"왜 말을 안 할까?"

"정신감정이 필요한 상태이거나, 아니면."

"아니면?"

"자베르처럼 법이 전부라고 믿게 됐을 수도 있고."

"그건 또 누구야?"

"나쓰노메는 자기 나름대로 정의를 실천하려는 건지도 몰라."

"하지만 잘 생각해 보면 네가 그런 일에 낄 필요가 있었을까?"

"무슨 소리야?"

"그 집에서 나온 뒤에 그냥 달아날 수도 있었잖아. 군이 경찰에게 접근해서 위험한 연극을 할 필요가 어디 있어? 우사기타를 내버려 두고 돌아가면 됐을 것을."

"아아, 나도 그런 생각은 했어."

"그런데 일부러 도움을 주다니 너답지 않았어. 안 그래?"

"동감이야." 구로사와는 감정이 거의 실리지 않은 목소리로 대답한 후 다시 낚싯대를 드리우고 가만히 바라보았다. 사실 왜 귀찮은 연극까지 해 가며 협력했는지 자신도 이유는 몰랐다. 우사기타와 그의 아내를 동정해서 그러지는 않았다는 것은 확실하다. "아마도 사람을 유괴하는 놈에게 화가 나서 그랬겠지."

"정의감에서?"

"나쁜 짓을 하고도 자기만 안전지대에 있다니 악질이잖아. 집단의 규칙을 태연하게 어기는 놈은 불쾌해."

"철새에게 이동할 시기를 가르쳐 준 녀석 때문인가."

구로사와는 대답 없이 낚싯대를 당겼다. 잉어가 걸렸다는 손맛이 느껴졌다. 물이 튀고, 끌려 올라온 잉어가 펄떡펄떡 뛰었다. 옆에 있던 나카무라가 오오 가엾어라, 너는 물고기한테 이런 짓을 하고 마음도 안 아프냐고 한탄했지만, 구로사와는 신경 쓰지 않았다. 그건 그렇고 네가 오리오 행세를 하면서 처음으로 전화를 걸어 "뉘신지요?" 하고 물었을 때는 우스워서 웃음을 참느라 고생했다고 말해도 역시 반응하지 않았다.

묵묵히 낚싯바늘을 잉어 주둥이에서 빼낼 뿐이다.

부업인 탐정 일 때문에 남의 소행을 조사하러 온 구로사와는 개찰구를 빠져나와 역 구내에 있는 매점에 들렀다.

신문 기사의 표제가 눈에 들어왔다. 경찰 관계자가 저지른 살인에 대해 대서특필했는데, 필시 나쓰노메를 가리키는 것이리라.

창고에 들어가기 직전, 그가 흘린 한마디가 떠올랐다. 어쩔 수 없는 사정이 있었다고 칠게, 하고 말하고 나서 자기 자신에게 말하는 듯한 목소리로 "그래, 이런저런 일이 있는 법이지" 하고 중얼거렸다.

자, 태어났습니다. 자, 죽었습니다. 그사이에는 이런저런 일이 있어, 아빠.

어쩌면 그때 나쓰노메에게는 그 목소리가 들렸는지도 모르지만, 물론 구로사와도 거기까지는 생각이 미치지 않았다.

신문을 사려고 점원에게 돈을 건넸다.

마침 그때 다른 여자 점원이 와서 "와타코 짱, 슬슬 교대하자" 하고 말했다.

구로사와에게 거스름돈을 내주던 점원이 "아, 예" 하고 대답했다.

귀에 익은 이름이라 구로사와는 고개를 들어 점원을 보았다. 이제 이야기도 다 끝난 마당이니 "우사기타를 기다리나?"라는 말 정도는 걸어도 되겠지만 물론 그는 그런 짓을 하지 않았고, 사실 그러거나 말거나 막은 내린다.

　농성물, 인질 농성 사건 이야기를 지금까지 몇 편 썼으므로 이쯤에서 결정판을 써 봐야겠다는 마음으로 작업에 착수했지만, 처음에 머릿속에 그렸던 정통 범죄소설, 경찰과 범인의 긴박한 공방전의 이미지에는 별로 다가가지 못했습니다. 이것도 아니고 저것도 아니라며 고민하다가 결국은 제가 좋아하는 영화 〈호스티지〉, 〈다이하드〉와 〈네고시에이터〉를 뒤섞어 제 나름의 〈호스티지〉 같은 이야기를 만들어 낸 것 같습니다.

　무사히 끝낼 수 있을지 걱정이 태산 같았는데, 아마도 무사히 끝내지는 못한 듯하지만, 그래도 이렇게 완성하고 나니 마음이 놓입니다.

　인질 농성 사건은 과거에 실제로 있었던 사건의 뉴스와 퇴직하신 경찰관의 체험담을 바탕으로 삼아 일부 가공했습니다만,

이 소설 자체는 허구이므로 현실과는 상관없이 즐겨 주시면 감사하겠습니다.

작품 속에서『레 미제라블』을 인용할 때는 니시나가 요시나리 씨가 번역하신 지쿠마 문고판을 참고했습니다.

**참고 문헌**

아가타 히데히코,『오리온자리는 이미 사라졌다?』(쇼가쿠칸 101신서)

옮긴이의 말을 쓰기 싫거든 돈이라도 내라. 누군가 내게 그렇게 말한다면 5천 원 정도는 낼 의향이 있다. 이게 다 글솜씨가 없어서다. 하지만 이사카 고타로의 책을, 그것도 작가 서문까지 실린 책을 옮긴이의 말로 끝맺을 기회가 또 언제 올지 모르니 이번에는 없는 글솜씨를 최대한 끌어모아 열심히 써 보기로 하자.

이사카 고타로와의 첫 만남은 『중력 삐에로』였다. 대학교 도서관에서 토익 공부 대신 일본어 공부를 하다가 그마저도 지쳐서 소설 서가를 뒤진 끝에 뽑아 들었던 것 같다. 오래전 일이라 솔직히 내용은 이제 기억나지 않는다. 하지만 재미가 없지는 않았던 모양이다. 나중에 『사신 치바』와 『집오리와 들오리의 코인로커』까지 읽은 걸 보면.

두 작품은 읽으면서 "오오" 하고 감탄했던 기억이 난다. 상세한 내용은 역시 세월과 함께 사라져 머릿속에 남아 있지 않지만, 『사신 치바』는 구성, 『집오리와 들오리의 코인로커』는 트릭 때문이 아니었나 싶다. 그렇게 나는 이사카 월드에 발을 들여놓았다.

그러다 2009년 이후 이사카 고타로는 내게 '잡고 싶지만 좀처럼 잡히지 않는, 올려다보아야만 하는 신 포도' 같은 존재가 되었다. 그해 말에 일반 독자에서 일본 문학 번역가로 전직을 했기 때문이다. 이사카 고타로는 예나 지금이나 인기 작가였으므로 나 같은 초짜 번역가가 그의 작품을 맡아서 번역하기란 불가능에 가까웠다. 『왕을 위한 팬클럽은 없다』 『바이바이, 블랙버드』 『오! 파더』…… 검토서를 수없이 썼지만 쓰디쓴 좌절만 맛보았다. 물론 다른 훌륭한 번역가들이 번역해 준 그의 작품을 독자로서 읽는 것은 더없이 편하고 즐거운 일이다. 하지만 부러운 마음이 요만큼도 없었다고 한다면 거짓말일 것이다.

그리고 10여 년이 흘러, 드디어 내게도 기회가 왔다.

이사카 고타로의 신작 『화이트 래빗』을 검토하던 나는 "어, 이거 어떻게 된 거지?" 하고 고개를 갸웃거리다가 한참이 지나서야 "아아, 그런 거였구나!" 하고 무릎을 탁 쳤다. 독자들을 깜짝 놀래 주고 싶다던 작가의 바람 그대로였다.

오래 기다려 온 만큼 내게는 너무나 달콤했던 포도. 이제는 독자가 그 포도를 맛볼 차례다. 이사카 고타로의 작품을 많이 접해 본 독자도, 이 작품으로 처음 접하는 독자도 내가 그러했

듯 "어, 이거 어떻게 된 거지?" 하고 고개를 갸웃거리다가 무릎을 탁 치는 경험을 하게 되리라 기대해 본다. 그의 오랜 팬이라면 입가에 절로 웃음이 맺힐 것이고, 이사카 월드의 초심자라면 책장을 덮는 순간 그의 다른 작품들을 찾아 나서게 될 것이다.

마지막으로, 나는 미처 그렇게 하지 못했지만 독자들에게는 꼭 부탁드리고 싶다. 부디 이 책을 누워서 읽어 주시기 바란다.

책을 읽던 도중에 놀라서 몸을 벌떡 일으킬 수 있도록.

2018년 3월
김은모

옮긴이 **김은모**

경북대학교 행정학과를 졸업했다. 일본어를 공부하던 도중 일본 미스터리의 깊은 바다에 빠져들어 헤어나지 못하고 있다. 아직 국내에 알려지지 않은 다양한 작가의 작품을 소개하고자 노력하고 있다. 옮긴 책으로는 오타 아이의 『범죄자』, 구라치 준의 『별 내리는 산장의 살인』 『지나가는 녹색 바람』, 고바야시 야스미의 『앨리스 죽이기』 『클라라 죽이기』 『장난감 수리공』, 누쿠이 도쿠로의 『미소 짓는 사람』 『프리즘』 『나를 닮은 사람』을 비롯하여, 미쓰다 신조의 '작가' 시리즈, 아비코 다케마루의 '하야미 삼남매' 시리즈, 『검찰 측 죄인』 『달과 게』 등이 있다.

# 화이트 래빗

지은이 이사카 고타로
옮긴이 김은모
펴낸이 김영정

초판 1쇄 펴낸날 2018년 4월 10일
초판 5쇄 펴낸날 2019년 3월 25일

펴낸곳 (주)**현대문학**
등록번호 제1-452호
주소 06532 서울시 서초구 신반포로 321(잠원동, 미래엔)
전화 02-2017-0280
팩스 02-516-5433
홈페이지 www.hdmh.co.kr

ⓒ 2018, 현대문학

ISBN 978-89-7275-880-8 03830

* 책값은 뒤표지에 있습니다.